王昕朋小说精选集

王昕朋 著

文工团员

作家出版社

图书在版编目（CIP）数据

王昕朋小说精选集 / 王昕朋著 . -- 北京：作家出
版社，2022.3
ISBN 978-7-5212-1522-9

Ⅰ.①王… Ⅱ.①王… Ⅲ.①小说集 – 中国 – 当代
Ⅳ.① I247

中国版本图书馆 CIP 数据核字 (2021) 第 185010 号

王昕朋小说精选集·文工团员

作　　者：王昕朋
书名题字：王　蒙
责任编辑：赵　莹
装帧设计：鸿儒文轩
出版发行：作家出版社有限公司
社　　址：北京农展馆南里 10 号　　邮　　编：100125
电话传真：86 – 10 – 65067186（发行中心及邮购部）
　　　　　86 – 10 – 65004079（总编室）
E – mail: zuojia@zuojia. net. cn
http: // www. ZUOJIACHUBANSHE. com
印　　刷：唐山嘉德印刷有限公司
成品尺寸：170 × 240
字　　数：254 千字
印　　张：17.75
版　　次：2022 年 3 月第 1 版
印　　次：2022 年 3 月第 1 次印刷
ISBN 978-7-5212-1522-9
总 定 价：968 元（全十一册）

目　录

第一章

　　小寒大寒，冷成一团。这冷也有冷的个性，冷也有冷的特色。辽东地区的冷就与其他地方不同，一到人们感觉到冷的时候，就冷得滴水成冰，用老爷们儿的话说撒尿都不敢出门，从身子里出来时还冒着热气，到了地面上就成了冰粒儿。进入大寒节气就更冷，风像裹着刀片儿，扑到人的脸上就仿佛拉了条口子一样疼。快过年时，下了场大雪，从此连续不停地下，而且雪花像棉花桃子般大小，铺天盖地，山林和村庄都被覆盖在厚厚的白雪下，浑然一体，整个一雪的世界。这个时候，大人孩子都很少出门。真正是大雪封门。

　　可该做的事，还是得做。

　　何花出嫁了。这事不能等到过年。婶子催得急，似乎一天都等不得了。对这件事，叔不敢说什么，只能眼巴巴地反复看着何花，看着媳妇给她张罗。其实也没什么张罗的，大仗打完了，小仗还在稀稀拉拉地打着，不时就会传来一阵阵轰轰隆隆的炮声，还有军号声，还有……何花出嫁，不敢大办，更不敢弄出响动，一切规矩都从简了。雪橇一到，何花就被叔抱上去。她看见叔弯下腰的时候，眼里满是泪水。何花想，到底是亲叔！

　　一伙娶亲的人在雪地上默默地行进，没有锣鼓唢呐的鸣唱，更没有鞭炮和三眼铳的炸响。时不时在远处和近处爆响的枪炮声，就成了何花出嫁的礼乐。

一匹身量高大的杂毛骡子，拉着雪橇不急不慢地走在雪地上。骡子疲惫，在赶车人的吆喝下努力前行，它鼻孔喷出的热气，在嘴唇边结了层厚厚的白霜，像长了白胡须似的。何花看了直想笑。雪橇上蒙了层红布，被骡子拖着，在一片白茫茫的雪地上挪动，远远看去，像白缎子上落的一滴鲜血慢慢地颤动，十分扎眼。

15岁的何花本不愿嫁，她觉得自己还没长大，虽说和自己同龄的姐妹有出嫁的，可每次回娘家来都哭着闹着不愿回去。何花的婶子做主要她嫁，叔叔想留也不敢留。何花觉得，既然嫁了，就随他去吧，省得成天跟婶子怄气，张口就骂，抬手就打，吃个饭都得看她拉长的脸子。最让何花受不了的是，婶子明知她疼才9岁的弟弟，却故意找弟弟的碴儿，逼她答应出嫁。今儿出门前，用心良苦的婶子把弟弟打发到村头一家远亲那去了，生怕何花看见弟弟哭心软。

路不平整，雪橇颠簸得厉害，何花往后靠了靠身子，立刻觉得后脑勺不得劲。哎，原来是她那条油黑锃亮的大辫子，已经按照规矩，被婶子给盘成了一个发髻。婶子给她盘头发时说：何花啊，头发得盘起来，这是规矩，你做姑娘可以留个大辫子，这回出嫁了，就得把头发盘上。你呢，也别怨恨婶子，婶子也是没办法，咱们穷啊。你想想，家里突然多了你和小弟，吃啊穿啊的多了多少嚼裹儿啊。这年头，多个嘴吃饭，你叔儿就得多受累。你嫁出去了，你叔儿也能缓口气。别怨恨婶子呀！

何花低了头，任婶子摆弄她的头发。她知道，把头发这么盘起来，就标志着她从此成为女人了。坐在雪橇里，何花想着清早叔叔和婶子跟她说的话，还想起了可怜的弟弟，不由得叹了口气，皱了皱眉，心里说，哎哟妈呀，我这可是成了新娘子哩，唉，我那可怜的兄弟哎！

新郎官骑着红马，紧跟在雪橇后面。他头戴两边插着喜花的礼帽，满脸喜气。年过半百的人了，娶了个娇滴滴的小媳妇，自然高兴。可岁月无情，他额头上皱起的皱纹，深深的像几条弯曲的壕沟，仿佛被刀刻出来似的，粗糙的脸被剃刀刮得铁青，显露着他的老气横秋。但皱纹也好，铁青的脸也好，一切一切都遮掩不住他娶了个小媳妇的得意劲儿。他骑在马上，斜了眼睛看着雪橇，里边有他的小媳妇。雪橇在雪地上摇晃，他知道，他的小媳妇也在跟着一起摇晃，美得他眉毛梢都快乐得哆嗦。

雪橇在雪地上轻快地滑行，骡子走得却并不轻松。它低着脑袋，四只蹄子扒地，眼珠子瞪得滚圆，时不时地打个响鼻，地面上的残雪被它踩踏得乱飞。何花坐在轿厢里面像做梦：马上要成那个老男人的媳妇，和他过日子了，谁知道那是啥样的日子？她觉得自己的命好苦，比猪苦胆还苦。去年过腊八节时，爹得急病突然死了，熬过了年，才刚迈过正月十五，娘又得病，后脚跟前脚，随爹走了，撇下了 15 岁的她和 9 岁的弟弟。以后的日子，还不知道该咋过呢。

爹娘死后，好心的叔叔想接何花姐弟俩跟他过，贪心的婶子也拍着手叫好。按她心里的本意，不想带上这对侄男女一起过，好好的日子，突然多出俩累赘，得多大的开销啊，她不乐意。但在这层意思之外，她却看上了何花家的两间土房和三亩好地。可要了人家的地，不要人家的孩子，这种事在村里村外，要被人戳脊梁骨。思来想去，最后还是哈哈笑着，把何花姐弟俩接了过来。

何花姐弟俩刚到叔叔家的头几个月的日子还好过，婶子也没怎么难为他们。但好景就像兔子尾巴，没过半年，婶子就变了脸，先是指了鸡骂狗，干活时蹾蹾摔摔，甩脸子给何花看，后来干脆扯开脸，直接指着鼻子咒骂何花，说什么养只猪，到了年还能吃肉，猪的皮毛下水还能卖几个钱呢！养你就是个赔钱！婶子是什么话难听，她就说什么，根本不管何花还是个小姑娘。何花开始看着叔叔的面子，把满肚子的气忍了，并不与婶子争辩，后来她实在憋不住，也就时不时地和婶子顶上几句嘴。

场光地净入了冬，地里没活家里闲，走乡串户唱二人转的多了。何花特别喜欢听二人转，她天生一副好嗓子，心又灵巧，好多二人转的段子，她听一遍就会唱，唱得有腔有调，出神出韵，什么九腔十八调七十二嗨嗨，她都能唱出来。不光会唱，还会边唱边舞，耍手绢，玩扇子。

就在前几天，来了一个二人转草台班子，在屯子里唱完去了别的屯子。何花又听又学上了瘾，跟着班子去了那屯子接着听，回到家时，小半夜了。

屋里黑着灯，叔叔和婶子歇了，堂屋里灶熄锅冷没丁点吃的。何花黑暗里摸索着，不声不响蹭进屋，悄悄地上了炕。何花刚刚摸上炕，婶子突然破口大骂起来。何花忍气吞声，扯过被子，蒙住头。何花在被窝里流泪，有苦肚里咽。想想还是亲爹亲娘好，爹娘在时，她从没挨过骂。她唱几句二人转，爹娘总是笑眯眯地看着她，还不住嘴地夸她唱得好。

第二天，公鸡刚一打鸣，何花就起来做早饭。锅里舀上水，灶膛生起火，拉着风箱想心事。婶子也起来了，昨晚的气还没撒痛快，她要接着找何花的碴儿。婶子站在灶屋门边，看着何花不紧不慢地干活，开口就骂。何花听见了，先是不敢出声，只埋了头，不理婶子，可眼泪已经悄悄地流下来。但婶子站在一边没结没完地骂，声音越来越大，话也越来越难听。何花心里气不过，实在没法忍下去了。可她不敢和婶子面对面争吵，便编了两句二人转戏词，边慢慢地拉风箱边哼唱：

狠婆子欺媳妇毒赛恶魔，
到阴间上刀山又下油锅。

婶子听到了何花唱戏的声音，听不清楚，便停了骂，凑近点细听。她听明白了，何花唱的这两句戏词，明明是在咒自己，她满肚子的怨气更旺。她心说，小丫头片子，你这是成心跟我作对呀！你要是不言语，我出出气，这事就算过去了，兴许我会对你好点，可你这么咒我，骂我，不是在火上浇油嘛。这么想着，她猛地扑过来，伸手就打何花。这时候的何花早有准备，麻利站起来，闪过身体，躲开了婶子的攻击。然后她使足了劲，照准婶子的身体，一头撞了上去。

婶子冷不防，哪想到何花会来这一招，当即被撞了个屁股蹲，碰翻了面板坐烂了瓢。她一愣怔，接着就撒泼大哭起来：我的个娘哎……小妖精会打人了哎哎……她可就成了精哎哎哎……哎哟我的好瓢成了烂瓢哎哎哎哎……

何花斜眼旁观，见婶子张着大嘴干哭不见眼泪，那哭声倒像是在唱戏。她暗觉好笑，心想，婶子嗓子不孬，能唱二人转。

自打出了这件事，婶子哪肯罢休，整天撺掇叔叔，一定要把何花这个"丧门星"弄出去，赶紧把她嫁喽。叔叔没办法，也拗不过他的婆娘，只好觍着脸找何花商量。

何花说：叔啊，你是怕顶老婆的灯台吧？你们这是要把我推到火坑里吗？

叔叔瞧了何花一眼，又很快地扭了头，把眼睛随便盯在一个地方，无奈地说：何花，叔知道你受了委屈。可，可，唉，我直接说吧，你婶子说了，你不嫁，她就死。嫁了吧，叔求你，就算你帮叔叔的忙了。你要不嫁，唉，你要不嫁，咱的家就散了啊。

听了叔叔的话，何花眼泪汪汪地说：叔！婶儿不能死，我也不想死！咱的家更不能散，我弟弟还得活呢。叔啊，你甭为难。我听你的话，我嫁！我嫁出去了，你就好了，婶子也不会再跟你闹，你们都好了。可我，可我在哪儿都是个受罪啊。说完，眼泪哗啦哗啦地流。

新郎官来迎亲，何花看着眼前这个老男人，心里发冷，自己以后就要跟他过了。但不嫁怎么成？自己答应叔叔和婶子了。想着，她压下自己心里的失望，抬起眼睛，又看了看那男人，再低下头时，已经给自己鼓足了勇气。

她轻声问那男人：我要是嫁了你，往后的日子里，你管我弟弟吗？

新郎官说：管。

她又问：往后的日子里，你让我听二人转唱二人转吗？

新郎官说：让。

对我好？

对你好！

何花听了老男人的话，重新抬起头，盯着老男人的眼睛，提高了声音说：你说话算数？

老男人点点头，嘴边掠过一丝淡淡的冷笑，指了指何花的叔叔和婶子，又指了指窗户外说：当了你叔和婶儿，当了明晃晃的老日头，我要是说话不算话，不得好死。

何花接着说：那好，我信你。男子汉，吐口唾沫起个泡，砸在板上是根钉。走吧！嫁你了！打今儿起，我就是你的人了。

她自己一手拈着红盖头，一手掀起雪橇上花轿的门帘儿，扭身一屁股就坐了进去。她把红盖头顶在头上，尖嗓子喊一声：走哇！

何花坐在雪橇上想心事，坐久了，腰酸背痛腿脚麻。她扭扭身子，活动筋骨，探身抬手把轿帘掀开一条缝，寒气立马往里钻。她呼出一团白气，瞅着白茫茫的雪路，不知道哪是尽头。

天冷尿多。何花小肚子发胀，大喊一声：停下！这一喊，把骡子惊着了，反倒快跑起来。轿夫连喊带拉，停下了雪橇。新郎官催马过来问：咋的啦？何花在轿门那儿探了身子说：尿尿。新郎官说：你先忍会儿，不远了，还有十几里地，再拐几个弯儿就到家了。这冰天雪地的，你到哪儿去解手？再说，兵荒马乱的不安全，说不定什么时候就来土匪。咱们还是快点回家吧。

何花冲他拧眉瞪眼地大声说：都憋了半天了，肚子里也有点疼，实在是憋不住了！

新郎官扭头前后左右地看了看，白茫茫的原野一直伸到了天边，没有丁点动静，更没有什么活物。他感到没有危险，便下了马，他到雪橇边，伸手撩起轿帘，另一只手去扶何花。何花小手搭了他的胳膊，迈下一只脚的时候她松开手，对新郎说：你在这等着，我去去就回！

何花在厚厚的雪地里深一脚浅一脚地向远处一个沟洼处走去，她那大红的缎子袄和八幅绣花红袍子，在一片洁白的雪原上，像是一朵盛开的牡丹花。

何花跑出老远，回头看看，雪橇、骡子、新郎官和轿夫都变成黑点儿了，才放心地撩起袍子解了裤带。可是，她刚刚蹲下，还没尿出来。突然，一阵炮火从天而降。一发炮弹从头顶飞过去，正落在大红扎眼的雪轿上。轰隆隆一声巨大的响声，积雪飞崩，烟尘四起，把娶亲队伍炸了个人仰马翻。何花被那轰隆隆的巨响吓了一跳，她一屁股坐在雪地上，热热的屁股在冰凉的雪地上止不住地哆嗦，好久缓不过劲，袍带子掉了都不知道。

硝烟渐渐散去，世界像死了一样的宁静。何花颤巍巍站起身，蹚着积雪回到雪橇停下的地方，立马被眼前的情景惊呆了：雪橇被炸得七零八落，骡子也没了后腿，鲜血四溅，躺在雪地上挣扎。新郎官连人带马被炮弹击中，血肉横飞，死于非命。她一阵惊悸，接着就是号啕大哭。

她这一哭，竟然哭来了一支队伍。几个骑马的军人来到她身边，一个年轻小伙子跳下马，围着爆炸现场转了一圈，对一个骑在枣红马上的人喊：团长，就一个活的，是个小姑娘。

那个被称为团长的人摘下狗皮帽子，挠挠头皮说：妈拉个巴子的，这事咋弄？咋弄？

旁边有人说，问问她是谁家的，咱给送回去。团长瞅一眼手表说：没工夫了，狗蛋，这小闺女就交给你，别让子弹炮弹皮伤了她。

团长策马而去，其他人紧跟而行。叫狗蛋的小战士不敢怠慢，立刻要把何花往马上抱。何花躲闪着身子，瞪着惊恐的大眼说：干啥？你要干啥？你把我往哪儿弄？我要回家！回家！

狗蛋说：现在两边还在打仗，不让你一个人回家是为你好！你没听见噼里啪啦的枪炮声吗？万一子弹咬你一口，可比那拉你的骡子惨得多！

何花一听，再不敢吱声，任由狗蛋拽着上了马，坐在狗蛋前面。

枣红马在前，其他紧跟其后。这支马队一路飞奔，跨沟越岭。何花紧搂着马的脖子趴着，只听得耳边疾风嗖嗖，不时有炮弹在身前身后炸响，掀起的雪末泥土碎石雨点般砸下来。她心里叫着，老天爷，千万让炮弹跑远点……

狗蛋不时地用膝盖捣她屁股：喂，抱紧了，摔下去可没工夫捡你！

天擦黑的时候，这支队伍进了一个很大的屯子，几匹马打着响鼻停下来。狗蛋喊一声：到家了！前面的人把马拴在树上，跟团长进了一个有门楼的大院子。何花坐直身子，一路颠簸，发髻散了，大辫子吊下来。她四下里一看，妈呀，这里真热闹，人多、马多、爬犁多，热火得像赶庙会。

狗蛋先下马，然后伸手要抱何花下来。何花说：干啥？靠边儿待着。她一个翻身，轻快利落地跳下来，挨地身子都没有晃一下。狗蛋惊呼：哎哟妈呀，你会骑马？何花笑着说：没骑过马还没骑过驴？好啦，我该回家啦，谢谢你。

狗蛋说：你先别说谢，没有团长的命令，我不能让你走，这是首长交给我的任务。何花问：那我得等多久哇？狗蛋摇摇头说：不知道，反正团长这会儿肯定有事，我不能去打扰他。

何花只好靠着一棵树蹲下来，袍带子丢了，袍子敞开着，里面是一条薄棉裤。她感到有些冷，就抱着腿，把棉袍子挽了挽，下摆盖着膝盖。狗蛋来回走动，眼睛不离那大门楼。

何花是个爱说话的人，嘴闲着就急。她喊：哎，那个叫团长的咋喊你狗蛋？多难听！你就不能有个正经名儿？

狗蛋皱眉道：啥狗蛋！那是你听歪了。钩担，懂吗？就是两头带钩子的扁担。我娘刚生下我，爹就用钩担挑着我逃荒要饭，后来爹娘就叫我钩担了。你呢？叫啥名？

何花说：我叫何花。

狗蛋说：嗯，好听。我也姓何，咱们五百年前是一家子。

何花笑道：那就更不好听了，何钩担……黑狗蛋……

狗蛋一跺脚：去你的！小妮子心眼子坏，不理你了！

天很快黑下来。何花冷了饿了，就说：何，何钩担大哥，你不让我走，我饿了，你管饭吗？

狗蛋也饿了。这时候，走来一个又高又胖的战士，狗蛋高兴地想，真好，救星来了。他忙迎上去说：庞班长，你看，这姑娘是团长让领来的，她饿了，你给她弄点吃的。我还有事，先走了。

那庞班长点点头，鼻子里哼一声，又朝狗蛋挥挥手，然后就双眼死盯着何花。何花被盯得心里发毛，讨好地叫一声：大叔——

庞班长瞪眼吼道：啥玩意儿大叔，叫大婶！

何花一听，哎哟妈呀，原来是个女的！就急忙喊：大婶，是大婶，我饿了。

庞大婶把何花领进伙房，何花马上就闻到了肉香，接着就看到案板上两只卤猪蹄。她不由得脱口而出道：妈呀，好香的卤猪蹄！

大婶说：别馋，那是给老马留的。老马最爱吃卤猪蹄了。咱们还是吃苞谷面窝窝吧。

何花不解：马也啃卤猪蹄？

庞大婶说是团长，团长姓马。说着，给了她两个苞谷面窝头。

何花狼吞虎咽，三口两口就把那两个窝头填进肚子，拍了拍肚子说：饱了。

吃饱喝足，庞大婶开始冷着脸子"审问"何花：你为啥冒充马团长家的亲戚？说，不老实就把你抓起来！

何花很委屈：我啥时候冒充了？我没冒充。

庞大婶冷笑：嘿嘿，马团长家的事我最清楚，他就是一个人，哪有啥亲戚！

何花说：我，我，我不认识马团长是谁……

庞大婶瞪圆了眼，白眼珠子比黑眼珠子多出老多：这问题更大了！你是咋来的？你是干啥来的？这里可是解放军的部队。你，你不是……？

何花急了：我有啥不是？不是我要来，就是你们那个骑枣红马的大官把我抢来的！我不要来，那个狗蛋硬把我往马上抱！

庞大婶一听也急了：哎哟妈呀，团长强抢民女，这还了得！天大的事情！她一把抓住何花的胳膊，脸像母夜叉，声音像打磨锅，说，我看你跟我说不清，我也跟你说不清，走，把你关起来，你就慢慢说清了。

庞大婶的手像烧火钳子，隔着棉袄袖子，把何花抓得生疼。何花委屈极了，这一天总碰上倒了血霉的事，十几年没有过的窝囊事今天全摊上。她又急又怕，眼泪像开了河似的涌出来，可怜巴巴地哭求道：好心的大婶，你松手，你听我慢慢给你说吧……

庞大婶心一软，松了手，对何花说：嗯，你说吧，慢点说，只许老实，不许瞎说。

何花用棉袄袖子擦了擦眼泪，开始慢慢道来，从去年腊八起三十多天里连着死了爹和娘说起。她缓缓谈，幽幽讲，徐徐道，哀哀诉，像大姑娘深夜里纺棉花，右手匀匀摇起来，左手翩翩拉起来，拉呀拉，拉出了线头，嗡嗡嗡——嗡嗡嗡——

何花讲完，大婶眼里泪花闪，她一把搂过何花说：可怜的闺女，我错怪了你。我就是这样，麦秸火脾气，改不了。只要是沾上对马团长不好的事，我就上火，猴急。何花，你不知道，我和马团长的关系，那可是不一般！

庞大婶是个心里留不住四两话的直肠子，何花对她说了这么多揪心扯肺的话，引得她肚里有话不说不痛快。话匣子打开了。

我和马团长，嗨，那可是说来话长。打日本鬼子那会儿，我那口子是咱地下党。有一天，组织上送来我家一个伤员，打游击受的伤，他，就是马团长。不过那时都叫他马排长。我开始也这样叫他，后来我就不叫他马排长了，而是叫他老马。那时候，我和我那口子成亲才仨月，还算是新娘子，对吧？就那，我也帮我那口子干了好多好多革命工作，照顾伤员，女人的事嘛。老马伤在大腿，骨头断了，不碍吃喝，就是不能动弹，吃喝拉撒都得人伺候。我那口子还得见天出去干活，我不伺候谁伺候！

我那口子说，干革命嘛，啥都得干，革命就得豁出命，我相信，你能伺候好老马同志。我说，拉倒吧你，我相信，你不能伺候好老马同志！放心，把老马同志交给我吧。

说话动动嘴，干活跑断腿。老马伤筋动骨的，得补，咋补？吃猪蹄子。我见天给他弄猪蹄子，炖猪蹄子，卤猪蹄子。老马说，我卤的猪蹄子贼香，他吃上了瘾。瞧瞧，直到现在，老马还馋我卤的猪蹄子。你看到了吧？那案板上的卤猪蹄子就是给老马留的。

吃喝好办，拉撒难整。你想啊，他一个小伙子，下身不能穿裤子；我一个新媳妇，见天得伺候他拉屎拉尿。这，咋好整？嗨嗨，说起来好笑。那头一天，老马尿憋了，脸红成猪肝子，就是不说。我没有经历过，不知道咋回事，急得个呀，我头发梢冒火，就问：老马，你咋的啦？他好半天才嘴里蹦出一个字——尿。哎哟，妈呀，我家没有夜壶，咋整？急了，我就把家里的油罐子掂来当夜壶，反正我家仨月吃不上四两油，老空着。我掂着我家小油罐子，来揭老马下身盖的被子。老马死活不让。我知道咋回事，笑着说了：老马老马你拉倒吧，你那玩意儿我见过，不稀罕！你尿了我家褥子，我可不高兴！老马蔫了。我说：我是你嫂子，你是我兄弟，这，行了吧？老马就叫了一声：嫂子！我乐了，立马伺候他撒尿。我又寻思，还有拉屎一件，得整好。我把我家的木锅盖当中挖个洞，下面塞个瓦盆，那事又妥了。

看，就这么着，吃喝拉撒睡，我都给老马伺候好。老马在我家住七十八天，队伍上来人接走了他，我还真舍不得他走。

后来，我家那口子让日本宪兵队抓去，再也没有音信。前年春天，我家门前过队伍，老马，骑着高头大马来看我，身后还有跟班的，我后来才知道，他就是那个狗蛋。家里没吃的，我正在锅里煮洋槐叶，不敢认他，试着问：你找谁？他说：就找你！庞大嫂，我是老马，马虎。我心里一热，哎哟妈呀，这么多年，总算见了亲人，嘴一时半会儿不听使唤，结结巴巴地说：你——是——马马——虎——虎——

狗蛋立马不高兴了，说：老乡，这是我们马团长！

老马回头说：什么老乡？她是同志，庞大嫂同志！

我一笑：嗬，老马升团长了！又一哭：老马老马，你大哥叫日本鬼子害死了，就剩我孤苦伶仃一个人……

老马咬紧腮帮子，看看我锅里的洋槐叶，半天，蹦豆似的说：走，跟我走！

我说：老马你想好了，你嫂子我一不会打枪，二不会耍大刀，到了队伍上，我能干个啥？

干炊事员！老马说。

我迷糊着：你说啥玩意儿？

狗蛋说：庞大嫂同志，就是给大家做饭。

庞大嫂同志一拉何花说：嗨嗨，我的事跟你差不多吧？编戏文能唱半天。你说，我和马团长是啥关系？血肉关系，骨头断了连着筋的关系！这里就我敢叫他老马！也就他一个人叫我庞嫂。可也是，我现在还真胖了，成胖嫂了。不信你往我肚子上捅一刀试试，保险淌出来的都是油。

何花笑了：大婶你真有意思。

叫我胖嫂好了，啥玩意儿大婶，好像我有多老似的。胖嫂笑了几声，忽然说，何花，咱俩的事一样，都是没了男人，都是无家可归，你学我，参军吧。留下来，跟我当炊事员！

何花问：能让我天天吃饱肚子吗？

庞大婶说：能。

何花问：能让我听二人转吗？

庞大婶皱了皱眉头，马上又说：能！我唱你听。

何花是个痛快人，心里麻利转了几个圈，也就活泛起来，拉着庞大婶的手说：队伍上能要我吗？庞大婶一拍大腿说：咋不要？有我哩，我去跟马团长说！

两人正说热乎，何钩担一掀门帘进来说：小姑娘，吃饱了？团长有话问你，跟我走。

胖嫂拉着何花的手说：正好，咱都去见马团长。

一进马团长的门，还没等马团长问何花，胖嫂就抢先一步，竹筒倒豆子，把何花的根根梢梢和让她参军的事全都说了。

马团长看着站在面前的小姑娘，看着她那耀眼的红缎子小棉袄，看着她那深潭似的大眼，黑帘子般的睫毛，看着她那玲珑的小鼻子，略显丰实的红唇，还有那俏皮的下巴，处处闪耀着机灵可爱。

马团长看何花，何花不只是被看，她也忽闪着大眼回敬马团长。何花学二人转表演的眼神，她的眼神不怯生。何花看到，马团长是猪鬃头发小眯眼，国字黑脸蒜头鼻，鲇鱼大嘴招风耳。何花不知道马团长从她眼神里看到了什么，她倒是从马团长的眼神里看到了父亲般的温暖和慈爱。

马团长站起来，绕着何花转了一圈，转着打量着，就是不开金口。

庞大婶倒是急了，她不相信老马会驳她的面子，可是老马抱着葫芦不开瓢，谁知道他葫芦里卖啥药！她说：马团长，这小闺女是可怜巴巴无家可归受苦受难的老百姓，咱解放军可不能丢下不管！

马团长一笑，终于说话了，只一句，是命令：好，何花同志就交给庞大妮班长带！

当天晚上，何花就和庞大婶睡在一个被窝里。她平生第一次感觉到暖。她感动地哭了：婶子，我以后就叫你亲娘吧！

庞大婶忙说：别，别！咱队伍一般称同志。你要是一时别扭，就叫我胖嫂。

何花亲切地叫了一声：胖嫂！就止不住哭出了声。

第二天，何花就穿上了军装。她在胖嫂面前走来走去，脸上笑开一朵花。胖嫂也乐，指着何花笑：美的你，先给我学会烧火！

两人正在厨房乐和，团后勤处李助理员进来通知，团里要开庆功会，各单位都要在联欢会上出节目，这是政治任务，必须完成。

胖嫂立刻就想到何花，她说：何花呀，你听到了吧？这个政治任务，咱们炊事班，就靠你来完成了！

何花问：啥叫出节目？啥联欢会？我不会开会。

胖嫂扯一下何花的大辫子说：这就用上了。庆功嘛，大伙在一起乐和，唱歌跳舞演戏，就是图个高兴。

何花高兴了：那好吧，我就来个二人转。

胖嫂交代着：我说何花，政治任务可马虎不得，你只能给咱争光，不能给咱丢脸。

眨眼间，联欢会如期举行。仗还没有打完，会场不能张灯结彩，但是也喜气洋洋，热火朝天。各单位出的节目五花八门，但都是喜庆的。

忽然，红光一闪，一个身穿大红缎子紧身小袄和水红薄棉裤，甩一根油黑大辫子的俏姑娘飞上舞台，还没有开口唱，就一下把全场观众的眼睛聚了光。胖嫂在台下连连点头，心里叨叨：好，何花你这身衣裳先拔了头彩！幸亏有这套新娘子的穿戴，不用借。

何花唱的是二人转传统剧目《大观灯》，本来要两个人演，没人配，她就一个人唱两人的戏。何花一开腔，就把观众紧紧吸引住了。她的唱腔清脆响亮，最易拉住观众；她的声音圆润丰美，最宜传送入耳；她的音色婉转柔和，最能渗入心田。她唱了头一句，胖嫂就乐开了花。马团长听她唱了第一句，喜得嘴角咧到耳门上。何花边唱边舞，那小小的舞台，成了她一个人的天地。

何花唱完《大观灯》，全场的掌声就像暴风过树林，一片哗啦啦。何花要回后台，团宣教股长拦住她说：你听掌声多热烈，不能走。

台下，何钩担领头的啦啦队火上浇油：好不好？好！妙不妙？妙！再来一个要不要？要！再来一个好不好？好！何花同志——来一个！何花——来一个！

站在后面的胖嫂，不管何花能不能听到，大声喊：何花何花，我命令你再唱！坐在前排的马团长也站起来说：何花，再演一个！

何花会十几出二人转呢，演就演！她接着演的是《小拜年》，舞起来，风摆垂杨柳，唱起来，九腔十八调，七十二嗨嗨，发挥得淋漓尽致。唱词风趣诙谐，逗得全场笑声不断。演完了《小拜年》，大伙还不让何花下台，掌声像暴雨，一阵紧似一阵，欢呼声像海潮，一浪高过一浪。

何花下不了台，马团长急忙解围。他站起来，魁梧的身板一戳，两只胳膊架起来，扇动着，向下压着，像老母鸡扇翅膀：停！停！祭灶糖吃多了粘牙，好东西慢慢品味儿！

散场了。胖嫂拉着何花的手，又摇又晃，捧着何花的小脸蛋说：小妮子，你可给咱炊事班争光了！马团长大步流星走过来，两只铁钳大手钳住何花的两肋，薅离了地，滴溜溜转了两圈。何花顿时感受到父爱般的温暖。

胖嫂看在眼里，喜在心里，指着何花说：老马，我给你留下个小妹妹，这算好事吧？

马团长说：不错，你胖嫂干的好事总是比坏事多得多。

周围没旁人，胖嫂说话不把门：你老马干的坏事还少吗？把我家裤子尿湿！

何花一夜出名。别单位以为何花是团直炊事班从哪儿借来凑联欢会任务的，后来知道小姑娘就是炊事班新来的，不免眼红。当然，谁也别想打何花的主意。马团长高兴了，烦心了，累极了，就会让何钩担把何花叫来唱上一小段。有时候，他就自己跑到炊事班说：小何花，唱几句儿。何花就一边择菜一边唱，马团长一边听，一边摇头晃脑打拍子。

何花在炊事班过得很舒心，有什么事，胖嫂总是像老母鸡一样护着她。何花的日子是唱着过的，唱得冰化雪消，唱得绿上柳梢。一晃三个多月过去。

马团长的团是上次战斗的主力团，立了功，师首长特意派文工团来慰问演出。演出结束，文工团的廖团长、李协理员和演员队苏队长专门来到马团长的司令部。

李协理员说：听说你们团有个叫何花的小姑娘会唱二人转，让我们也见识见识？廖团长说：我们想听她唱几句，看看比我们的团员如何。苏队长说：我不相信她能比我们的队员强到哪儿去！

三个人一唱两和，一下子就戳到了马团长的心窝子。马团长笑道：嘿嘿，我们这个小炊事员，不敢吹会强过你们，我看也差不到哪儿去。何钩担，跑步去炊事班，把何花给我叫来！

何花甩悠着大辫子来了，她一站到廖团长他们面前，立马让仨人眼睛一亮。

廖团长说：何花同志，我们听说你会唱二人转，很想听听，你随便唱两句好不好？

何花经常给马团长唱，这会儿看眼前的仨人像是首长，也就边舞边唱了几句单出头。何花没有拘束，舞步轻快，曲子唱得自然认真，声音里有种独特的味道，民间百姓生活中的酸甜苦辣都被融在里边了，让听的人沉入到她的唱腔里，心灵与她共鸣。

文工团的仨人一听，个个面带笑容，互相交换眼神，彼此默默地达成了一致的意见：这个人他们要了。李协理员说话很和气，好像跟何花拉家常。他说：唱得很好嘛。然后又随便问了何花哪儿人，什么时候参军，在哪儿学的二人转，等等。这时候的何花，反倒显得有点拘束了，她立正站在众位首长面前，微微低了头，如实回答了首长的问题。

苏队长是个脸面很白的女同志，她看到何花有些拘束，便站起来，亲热地拉何花坐到她身边，轻轻拍着何花的手说：你别拘束，我们来就是考察下你的艺术能力，你唱得好，也有文艺表演能力。哎，到咱们文工团来吧，团里需要你这样有艺术才能的新生力量，在文工团你可以天天唱，还可以排演许多新节目。你愿不愿意来文工团？

何花感觉自己的脸在发热，微低着头，她想，去文工团唱歌跳舞，还有新节目排演，多好呀。想去。这么想着，便轻声对苏队长说：想去。可是，可是我，我又不想离开胖嫂和我们团长。

李协理员在一边听见何花说想去文工团，显得很兴奋，他转过脸对马团长说：马团长，对不起，何花同志是咱们师难得的文艺人才，我们文工团要了。你得多支持啊！

马团长一听李协理员的话，立刻黑了脸：我中了你们几个臭知识分子的奸计！他板了脸对李协理员说：别说对不起，我这里还没说同意呢。我现在正式跟你们说对不起，何花同志不能去文工团，我们不放！

李协理员见马团长这么说，他不着急，笑眯眯地说：马团长，你先别急着说不行。咱们商量嘛。我们要何花，有十分充足的理由，你这么随便说不放何花走，你有什么理由吗？何花同志到文工团工作，也是革命需要嘛。再说了，将来她干出了成绩，也有你马团长一份功劳，也是你的光荣啊。你要坚持不放人，我们就回去拿师首长的调令来，到时候，你恐怕不敢说不放人了吧？马团长，还需要我再说什么"革命工作需要"和"三大纪律"之类的话吗？

马团长听着李协理员的话，感觉很气愤，也无奈。他转脸盯着何花大声问：何花同志，你真愿意去文工团吗？

马团长的声音在屋子里嗡嗡震响，何花被他吓了一跳，看着马团长铁黑的脸，她有点害怕。她后悔刚才自己不该说想去文工团的话，这么一句想去，就把马团长弄急了，生了这么大的气。她急忙大声回答马团长的话：不去。不去。我不要去文工团……

何花的话音刚落，马团长哈哈大笑对李协理员说：听到了吧？她本人不愿意去！

廖团长也笑了，他说：老马啊老马，真有你的。她说不去就不去了？你说不去就不去了？咱们军队还有没有点纪律？既然加入了革命军队，就得有革命的觉悟，在咱们军队里，不管在哪个单位，都是革命工作。再说了，宣传工作很重要！何花同志一定懂得这个道理。说着话，廖团长转脸问何花，是吧？不等何花回答，他又对马团长说：何花同志如果不懂这个道理也没关系，我们可以对她进行"三大纪律"教育。

马团长板着脸说：好啊，那好啊。你们教育她吧。马团长说完，狠狠地乜斜了眼站在门边待命的狗蛋。狗蛋会意，扭身离开了，一溜小跑着奔了炊事班，把刚才的事对胖嫂说了。

胖嫂三步并成两步，一头闯进团司令部，喘着粗气大声说：你们不能要何花，何花不能走！你们挖墙脚，不讲理！胖嫂说着，上前一把拉何花进怀里护着，像只老母鸡，生怕老鹰把何花叼走。

李协理员皱眉道：你这位同志是谁？我们在开会研究重要的事，你别捣乱！

胖嫂满脸通红，粗喉咙大嗓门道：谁捣乱？你们才捣乱！我是谁呀？我是何花她亲姨，是我把她领来部队参了军。她太小太小，她离不开我。她有肚疼病，她夜里老蹬被窝，我得给她盖。她，她还尿炕，一夜我得叫她三四回。她离不开我，她离了我不成。我不放她走！你们不能像强盗似的来抢人……

胖嫂信口开河，大胆放肆，语无伦次，搞得文工团的人很不高兴。苏队长嘀咕：哪来的泼妇！廖团长说：真是无组织无纪律！李协理员看着马团长说：你们的兵怎么这样？

马团长很难堪，一时不好下台。他突然威严地大喊一声：警卫员！门旁待命的狗蛋立马应声：到！

马团长说：送庞大妮同志去禁闭室反省。何花同志二十四小时之内去文工团报到。立即执行命令！

二十四小时一到，何花就要离开。她到禁闭室和胖嫂告别，哭得一把鼻涕一把泪：胖嫂，你说你是我亲姨，我当时心里热乎得差点流泪，你比我亲姨还要亲！你对我的好，我都记下了，印在我心上，永远忘不了。我真是舍不得离开你，马团长下了命令，我不去没办法。我到了文工团，只要一有空，我就来看你，一定的，一定的！胖嫂，你就让我叫你一声亲姨吧……亲姨——

胖嫂搂着何花，下巴颏儿抵在何花的头顶上，笑着脸，流着泪，热泪滴在何花脸上：乖孩子，好闺女，姨心疼你，姨相信你。是姨不好，姨太自私，姨舍不得你走。水往低处流，人往高处走。你去文工团好，那里才是你的大天大地，比当烧火的丫头强。去吧，去吧，高高兴兴地去，痛痛快快地走。你要记住，马团长是你的救命恩人，不是他救你，你就让炮弹炸个粉身碎骨。你以后有空要来看看马团长，不要忘了团长对你的好……

何花说：亲姨，你说的我都记在心里。我不是小孩子，从那天坐上轿爬犁起，我就是大人了。那天要是不出事，嫁到人家，还不是让人当媳妇使唤！马团长救了我，还留下我，我不是忘恩负义的人！对了，我给马团长卤的猪蹄子还温在锅里，你记着给他送过去……

天擦黑儿，下雨了，雨点砸在院里的铜盆上，像敲小锣。马团长来到禁闭室，抹一把脸上的雨水，跺跺脚上的泥说：嘿，这个狗蛋，还真把你领到这儿来……

胖嫂一笑：你这个老马，他不执行命令行吗？

马团长嗫嚅道：胖嫂你看，想不到事情会闹成这样，我不该让狗蛋叫你。

庞大嫂拍拍身边的长板凳说：老马，坐嫂子身边来，咱唠唠嗑。

老马很顺从地挨着庞大嫂坐下了，就像当年他在庞大嫂家养伤那么听话。

庞大嫂说：老马，别看你当团长领兵打仗是英雄，有些事，你还真想不到。可是，你想不到的嫂子我替你想到了。

老马好像不太明白，只听不说话。

庞大嫂说：老马，何花那姑娘咋样？你喜欢她吧？嫂子我早看出来了。

老马有点急：嫂子，你别想歪了，她那么小，就是个招人喜欢的孩子，我喜欢听她唱……

庞大嫂笑道：哎，喜欢，这就对了，要是不喜欢还有啥说头。老马，你多大啦？三十五了，我记得，我比你大八个月。你要到胡子白了才成家吗？何花现在是小，她会长大呀，要不了两年三载的，她就长成了女人，她就能成你的女人！嫂子我就是想替兄弟你早打主意，我就是不想叫何花去文工团！文工团是啥地方？小白脸成堆！何花到了那里，就由不得咱，也由不得她，小白脸能把她吃了！

老马说：嫂子，我真没有想这么多，我说破天就是个喜欢。

庞大嫂拍着老马的膝盖说：好了，我的个傻兄弟！我知道，你是大首长，你是共产党员，你大公无私。再无私也得要老婆吧？老婆就是自己的，自己的就是私有的，哪还能不自私？嫂子我不是党员，我是有私心，我不怕别人说，我就是为我兄弟想，我兄弟没有想那么多，我就得替他多多想。何花飞走了，咱没法不让她飞，咱得想办法叫她还飞回来。你得关心她，不能断了线！

老马的大手拍了拍庞大嫂的肩膀，忽然大声对门外喊：警卫员！立即解除庞大妮同志的禁闭！

第二章

何花一到文工团，首先接受革命传统教育。廖团长对她说：知道我们文工团是干什么的吗？文工团，叫文艺工作团，是在我党的领导下，继承我工农红军宣传队的传统，运用唱歌、舞蹈、演剧等多种形式开展宣传活动的文艺团体。有人总以为文工团就是唱唱跳跳，错了！我们是为革命搞宣传，很光荣！咱们是布鞋布袜布棉袄，跟着队伍到处跑。身上带着三件宝，竹板、小旗、急救包。

李协理员专门找何花谈心，做思想工作：你从农村来，像一张白纸，很单纯。这很好。我们这里知识分子比较多，他们有好的一面，也有不好的一面。你要学习他们的优点，不要受反面影响，把白纸染花了。

演员队苏队长特关心何花的业务，对何花像老大姐：何花同志，据我初步了解，你上过两年学，这不错，今后读剧本没大障碍。你嗓子好，有先天优越条件，还会唱二人转，业务上有一定基础。你要知道，二人转是民间的东西，精华糟粕并存。要取其精华，去其糟粕，这是毛主席早就在延安讲的。再说，你不能只会二人转，还得学会革命歌曲，很多的革命歌曲。

紧接着，部队开始急行军。苏队长带徒弟，把何花带在身边，让何花第一次体验如何搞宣传鼓动工作。

部队行进在两边山崖陡峭、树木参天的山沟里。谷雨刚过，山沟里凉风飕飕，急行军的战士们个个汗流满面，头顶热气蒸腾。有的战士体力不支，渐渐掉队。

苏队长领着何花站在山沟边的一块突出的岩石上，左手摇着鲜艳的小红旗，右手有节奏地打着竹板。苏队长随着竹板节奏，一板一眼地说着给大家鼓劲加油的快板。她说的快板内容很多是根据现场的情况现编的，真是出口成章，合辙押韵。何花对苏队长佩服极了。疲惫的战士立刻来了精神，喊着：文工团！文工团来了！加油！掉队是狗熊，前进是英雄！苏队长快板说累了，就对何花说：何花，唱！

唱什么呢？何花还没有学会革命歌曲，只好唱了一小段二人转《猪八戒背媳妇》。何花声音清脆响亮，传得很远，加上两边大山的回声，音响效果很好。何花的唱词诙谐风趣，逗得队伍中一片欢声笑语。战士们一扫沉闷之气，精神振作起来，行军的速度明显加快。但是，何花自己都觉得，她唱的内容和形式，跟现场的气氛不搭界，不伦不类的，就不再唱了。她心里说，一定快快学会唱歌，唱革命歌！

苏队长还鼓励她：不错，第一次就能这样！来，跟我一起唱歌！她亮开嗓门领唱：向前！向前！向前！我们的队伍向太阳——预备——唱！战士们立刻调整步伐，跟着苏队长指挥的节拍，齐声唱起来。何花对苏队长好佩服好羡慕啊！

这次急行军结束，文工团驻进一个大屯子，何花和演员队的几个女的住在一户老乡家里。在这里，何花受到一次永远难忘的教育。

老乡家院里有个露天茅厕，是家中女人专用的，男人都是到外面解决。文工团的姑娘当然也就使用院内的茅厕。老乡家的茅厕没有粪坑，仅有一个旧瓦盆和两块垫脚的灰砖。茅厕每天打扫，粪便倒在院外的粪堆上，盖土发酵。

童灵是个很漂亮的姑娘，身条高高，杨柳细腰，胸前鼓鼓，屁股圆圆。她家是个小资本家，平常难免多多少少带点小姐气，有洁癖，上茅厕用的手纸比较多。没有马桶，也没有粪坑，手纸只能随手扔下。

老乡家有位八十多岁的老爷爷，说话底气足，走路脚有根，闲不住，每天早上，公鸡一打鸣就起来背个粪筐外出拾粪。有意思的是，老爷爷头顶上还盘着一条又细又长的花白辫子。童灵是个好奇心强的人，她立刻联想到鲁迅先生笔下的孔乙己，不免暗自发笑，心想，这真是一个戏剧性的人物形象呢。童灵还发现，老爷爷吸旱烟袋锅也好玩，就像玩杂技。没有火柴，吸烟怎么点火呢？原来老爷爷左手拿一块小石头，叫火石，从小竹筒里抽出一根指头粗顶端带有未燃尽黑头的纸条，叫火煤，把火煤紧靠火石，右手拿一个四指长的扁铁环，叫火镰。要吸烟了，老爷爷用火镰擦打火石，"咔咔"几下，火石冒出火星，火星点燃火煤，摇扇几下，火煤就着了。

童灵笑眯眯饶有兴趣地看老爷爷打火吸旱烟，忽然，她的脸色变了。她发现，老爷爷卷火煤用的纸竟然是她扔在茅厕里的手纸！她敢肯定，那就是，因为她用的和别人的不一样。童灵顿时感到浑身不自在，觉得自己的隐私被别人无端窥探。她忍不住，就把这件事讲给同住的姑娘听。几个姑娘叽叽喳喳，有觉得奇怪的，有觉得可笑的。

童灵问何花：你们家吸旱烟吗？何花说：我爹就吸旱烟，没有洋火（火柴），也用那一套家什打火。不过，火煤是用我写过字的纸。

童灵还是很纠结，忍不住把这事告诉了苏队长，希望苏队长侧面了解一下，女厕里的东西怎么会在一个男人的手上。苏队长没有太多的考虑，就拉家常旁敲侧击，向老爷爷家爱说爱笑的儿媳妇了解此事。

爱说爱笑的大婶一听就笑：你说这个呀？嗨，那是我在茅厕里捡的，那么多，好多都不脏，可惜了。我家老爷子可不知道那是哪来的，我给他用的。我们庄稼人，擦包（擦屁股）都使土坷垃还有叶子草棍啥的，哪舍得使那么金贵的纸。再说，纸有纸神，擦包有罪！人是咋来的？是女娲娘娘使泥土团成的，泥土人泥土人，土坷垃擦包不忘本，庄稼人就不得痔疮。城里人住高楼，不沾地气，还使纸擦包，得罪纸神，就得痔疮。对了，你们解放军不信神，就当我是瞎说，放了个屁。

苏队长听了，觉得这事牵扯到军民关系，该和领导通通气，就把事情的大致情况汇报给李协理员。李协理员认为，抓政治思想工作要从细微处抓起，这件事看起来小，可反映出的思想问题并不小。他建议苏队长组织部分女同志开一个小范围的生活会，进行一次思想教育，对事不对人。

苏队长当晚就让和童灵住在一起的八个女同志开生活会。一开始，苏队长讲了上级领导的指示，讲了自己的看法，小资产阶级思想啊，脱离群众啊，等等。苏队长这么一说，姑娘们也认为事情不小了，严重了。大家都不随便开口。

苏队长启发道：不要开哑巴会。对事不对人。

爱说话的祁雅莉开腔打头炮：我这个人头脑简单，开始对这件事只是觉得好笑，说明我的思想观念不强，脱离群众。今后要加强学习。

好像一群羊，头羊一走动，后面的全跟上。发言的基本上都是先讲自己思想认识模糊，然后按苏队长开场白的路子走。

陈小妹看不惯童灵的做派，平常两人常有些小的磕磕碰碰。她的发言不免带些火药味：从一滴水看世界。我觉得童灵的问题是世界观问题，是阶级感情问题。你凭什么怀疑那位可敬的老爷爷行为不端？这说明你根本瞧不起人民群众，资产阶级思想严重，缺乏无产阶级感情，和贫苦老百姓离心离德。这样，怎么能服务人民大众、宣传教育人民大众？打铁先要自身硬嘛。

六个人发过言，只剩下童灵和何花。童灵赶快说：我发言，我要做深刻检讨。她眼里泪光闪闪，不知道是委屈还是悔恨。她说了很多，全是把大家的意思拣最要紧的复述一遍。话刚落音，她的眼泪就毫无顾忌地滚了出来。

何花当然也得发言。她不知道自己该说什么，吭哧半天，才挤出一句话：我要向大姐姐们学习。

在场的人都笑了，笑得不怎么舒畅。

生活会结束都小半夜了。姑娘们躺在铺上，一时半会儿都难以入睡。童灵更是不停地翻烙饼。何花在黑暗中眨眨眼想，原来文工团不光是唱唱跳跳，还有这么多讲究，连擦屁股纸的事都管。往后真得好好学习……

文工团随部队转战白山黑水。何花在转战中迅速成长。有一次，文工团给驻地群众演出，何花表现很是突出。

屯子里早搭好了戏台。文工团的汽灯坏了，老乡在戏台前面挂了八盏陶瓷大"鳖灯"，灯里添满棉籽油，放上指头粗的棉线捻子。八盏灯全点亮，真是灯火辉煌。

戏场四周，早布置八个民兵，他们手中都拿着一根长竹竿，严阵以待。原来这里的老乡看戏有个毛病，爱"轰场"，就是戏正演着，不知道为什么，席地而坐的观众忽然"轰"的一下子全站起来，争先恐后，互相挤搡，乱成一团。这时候，拿竹竿的就用竹竿一阵横扫，强行镇压，人们才会重新坐好，但都不再是原来的位置。

节目开始了，大都是快板、歌曲、舞蹈。观众很安静，演出进行很顺利。老乡没有鼓掌的规矩，你演的节目再好，也不会有掌声。可是苏队长已经习惯了在部队演出时，那种台上台下互动的热烈场面，觉得这次演出观众反应平淡，不理想，就把希望寄托在何花身上。她对何花说：小何，看你的了！

何花和祁雅莉演的是小歌剧《兄妹开荒》，这是从延安老革命根据地学来的。何花刚一开唱，立即吸引了观众的注意力。两人载歌载舞，演出效果不错。接下来是陈小妹和何花演《夫妻识字》，也是延安的节目。何花连着上场，感到有点累。苏队长关心地问：小何，能行吗？何花笑道：没问题！这个节目虽然演得不错，但是和前一个节目差不多，观众反应一般。

忽然，台下有人喊：来一段二人转！有人一带头，好多人跟着喊：二人转！二人转——

苏队长知道，这里的老百姓酷爱本乡本土的二人转，有许多二人转迷，只有看二人转才能过戏瘾。她想应该满足群众的要求，就看着已经气喘吁吁的何花问：怎么样？何花——

何花虽然很累，但看样子苏队长是想让她演一段二人转，她也想演，就痛快地说：能行。就来段《猪八戒背媳妇》吧。于是后台的人立即搞了一个假媳妇，捆在何花背上，不很像，意思也到了，观众能看明白。

何花头戴僧帽，前面圆滚滚，后面背"媳妇"。她刚一出场，就逗得全场大笑。苏队长在台侧也笑了。何花开始走圆场，她迈开步，云里走，甩出袖，佛挥手，扭动腰，风摆柳。何花先吊了一下嗓子，金腔银嗓一亮，截然不同于《兄妹开荒》的味儿。这腔这调，带着一股豪，一股野，一股野花的香，一股蒸笼的热。带给观众的感受，好似拍金盆，敲玉盅，乖儿喊娘第一声！

场面热起来。真想不到，何花刚唱完头一句，就"轰场"了！不知道是怎么发生的，也许是观众躁动和戏瘾扭结所致。台下黑压压一片，挤过来，涌过去，人潮翻滚，尘土飞扬。八根长竹竿拼命横扫，可劲镇压，人浪这边压下去，那边又直起来。人们把戏台挤得摇摇晃晃。

何花哪经过这种阵势，不免惊慌失措，一下崴了脚，蹲坐在戏台上。苏队长一个箭步上去，把何花架进后台，忙问：怎么样？小何！

何花皱眉道：脚痛……

苏队长赶紧扶何花坐下，给她按摩崴了的脚。

戏场经过一阵竹竿的横扫镇压，终于安静下来，人们眼巴巴看着戏台，期待着猪八戒出来好好背他的俏媳妇。可是观众哪里知道，猪八戒崴了脚，背不动媳妇了。不能冷场，乐队赶紧演奏欢快的走场过门，一遍又一遍，不厌其烦。可是老听锣鼓弦子响，不见角儿上场，观众就会烦，就会乱。台下不断传来"猪八戒——猪八戒"的喊声。救场如救火，怎么办？苏队长急出一头汗。

何花一咬牙站起来说：队长，我还上。苏队长关切地问：小何，你真的行吗？何花说：行，不行也得行！苏队长别无良策，也只有这样了。她看着何花瘸拐着走向前台，心里一揪一揪好痛。

好个何花，一上了前台，立即满面春风，全身舞动，迅速进入角色。台下观众万目凝视，支耳倾听，场面异常火爆。何花忍痛演唱完回到后台，一下软瘫了。苏队长上前把何花揽在怀里问：小何，不要紧吧？何花有气无力地说：没事，就是累……

何花给苏队长留下非常好的印象。

月圆月缺，冬去春来。何花在跟随部队转战中，经历了血与火的洗礼。每有大的战役和战斗，何花就和文工团的同志出现在行军途中、营地里、阵地上，用歌声，用快板，用口号，用各种文艺形式进行宣传鼓动。一旦战斗打响，何花就会加入运送伤员、运送弹药的行列，成为一名真正的战士。

在一次攻城战斗进入关键的时刻，廖团长带着文工团的几个战士爬到敌人据守的最后一个堡垒对面的楼上，用铁皮喇叭向堡垒里的守军喊话，让他们不要再为国民党反动派卖命，回到人民的队伍里来，斗地主，分土地。

敌人很顽固，不断用机枪扫射。廖团长知道对面的守军原来是西北军，部队里的西北人多。他就对何花和祁雅莉说：我们给他来个"四面楚歌"，唱西北民歌。何花和祁雅莉俩唱第二支歌时，碉堡里有人偷偷开了枪，子弹把何花左肩穿了一个洞，当时鲜血就流了出来。但何花忍着伤痛唱完了那支西北民歌。

不久，碉堡里有人用棍子挑着白衬衣来回摇，接着，碉堡射击孔里扔出了枪，一支接一支。祁雅莉大声喊：快看，敌人投降了！何花无声地笑起来。

后来才知道，敌人听了文工团唱的家乡民歌，都想念家乡的亲人，不想再打。敌连长坚决督战，并向唱歌的人开枪。就在敌连长刚开枪的一刹那，一个士兵用枪托敲昏了连长，打出了白旗。那连长被俘后说：你们的一支歌能顶十支步枪。

何花在这次战斗中立了功。部队开庆功会那天，已经当了副师长的马团长给立功的战士颁奖。马副师长与何花握手时，不知有意还是无意，踩了一下何花的脚尖，疼得她咧了咧嘴，举手敬礼时小声说：首长，你踩的不是石头。马副师长对何花眨眨眼，歪歪嘴角，又给下一个同志颁奖了。

狗蛋也参加了庆功会。会后，狗蛋找到何花说：我们的女英雄，你还得感谢我啊！不是我当初硬把你抱到马上，你能当解放军？你能当英雄？

何花见到狗蛋，热乎得像见了亲兄弟，上前一把抓住狗蛋的手，上下摇啊摇地说：啊！是狗蛋你啊！好神气啊！我好想你啊！

狗蛋乐道：别老"啊啊啊"的，烦！正式通知何花同志，我现在是排长何钩担同志，狗蛋已经"光荣牺牲"。我说何花同志，你想不想我不要紧，你必须想庞大妮同志还有马虎同志，你要是不想就不是好同志，我也不再理你这个同志。

何花用拳头捣着狗蛋结实的胸脯笑道：何排长你好啰唆。胖嫂我想得心都发痛，马……不想，他颁奖时故意把我脚踩疼了。

狗蛋说：不疼你没记性，这是警告。好了，马副师长说了，他要当面向你道歉。快，跟我走，马副师长正等着。

狗蛋把何花领到马副师长办公室，转眼不知溜到哪儿去了。

马副师长正翻阅文件，见何花进来，撂下文件，大步走到何花面前，两只小眯眼在何花脸上来回扫荡，又一步一个脚印地绕何花转了一圈。何花是战士，只能立正站在师首长面前。首长没开腔，何花只能候着。

马副师长开腔（枪）了，射出的是橡皮子弹：你就是文工团的何花同志吧？看了你的英雄事迹，很感人，我很感动！很感动！

橡皮子弹射在何花的心上，好疼好疼，疼得何花眼泪打转转，就是不敢掉下来。何花只能偷偷用双手使劲揪裤缝。

马副师长说：何花同志，问你一个问题，脚和石头有什么不同？

何花实在憋不住，见屋里没有别人，就大胆说：报告首长，何钩担同志说，你让我来，是让、我、听、你、向、我、道、歉。

马副师长拧眉道：什么？道歉？扯……哼！姑娘出嫁了，出息了，忘了娘家人，反倒让娘家人道歉，这是谁家的理！

何花忍无可忍，眼泪勇敢地毫无顾忌地滚出来，砸在马副师长办公室的地上。此刻，她真想扑在眼前这个小眯眼、这个有着铁塔般身躯的人的胸前，用她的小手使劲擂他的胸脯。但是，她不敢。

马副师长突然哈哈大笑：哎呀，我们的小何花，都成了大演员大英雄了，还经不起几句玩笑话的折腾！来来来，快坐下，别委屈了。

马副师长不由分说，拉着何花的手，硬把她按坐在那也许有一百年历史的雕花太师椅上。椅子太宽大，何花娇小的身子填不满。马副师长两手撑在椅子两边的扶手上，勾头弯腰，小眯眼盯着何花的大眼说：小何花，你伤在哪儿啦？恢复得怎么样？

何花笑着说：不知道！

马副师长说：好，不知道好，忘我的精神！受伤就是挂彩，挂彩就光荣。你受过伤，经过了战火的考验，你已经是一个真正的战士了。祝贺你！离开这么久，你总该汇报一下在文工团的情况吧，嗯？

既然首长要听汇报，不讲当然不行。何花没做过什么汇报，只能东拉西扯毫无头绪地胡乱讲，连她自己都不知道讲了些什么。可马副师长一直很注意听，手老那么撑着，也不嫌累。何花觉得再也没有讲的，就不讲了。

马副师长瞅一眼手表说：我以为你要讲一个小时，你实际上才讲三分五十五秒。不行，不及格。你以后要鼓舞群众，宣传群众，就你这样的口才怎么行？还要加紧学习啊！对不对？

何花抬头翻白眼，刚一张嘴，马副师长直起身说：我老批评你了，也得表扬鼓励一下。说着，他从柜子里拿出一个很漂亮的小盒子，塞到何花手里：送给你玩。战利品，从敌人官太太那缴获的。快去看看胖嫂，小心她刮你鼻子。

何花见到胖嫂，两人立刻抱着黏糊在一起。好一阵子，胖嫂才松开，把何花上下前后瞅了个遍，捏捏何花的屁股蛋子，嬉笑道：不错，长结实了，也长高了，出息了，还没忘你胖嫂！从马副师长那儿来的？

何花把小盒子递给胖嫂说：嗯，这是他送给我的，说是战利品。打开看看是啥东西？

胖嫂好奇地一打开，小盒子立即发出一阵好听的音乐，里面还有小镜子、小银梳子什么的。原来是个音乐梳妆盒。胖嫂笑道：老马这么个大男人，心还真细！何花，你觉得马副师长这人咋样？

何花想了想说：他吧，一会儿很正经，一会儿开玩笑，真叫人摸不透。再说，我觉得，他一会儿像个大叔，一会儿像个大哥。可他终究还是个大首长，叫人害怕。

胖嫂说：男人都有几张脸。他要是能让人一下摸透，还能当这么大的官？大官也是人，也有婆婆妈妈的时候，该怕的时候怕，不该怕的时候就不怕。你和他打交道多了，自然不再怕。你说对吧？

大的战斗已经结束，文工团也不再随部队东奔西跑，能够安定下来，提高一下业务。大家都在刻苦学习，练好本领。由于战斗紧张，文工团一直没有排练大型剧目，现在有了条件，团领导决定要排大型歌剧《白毛女》。

啊！要排大的了，全团的同志都很兴奋，个个跃跃欲试，想着一定要干出个名堂。喜儿是重要的角色，由谁来演呢？女同志中，有四个人比较合适，她们是：童灵、陈小妹、祁雅莉、何花。团长、协理员、苏队长和导演研究分析了这四个姑娘。祁雅莉活泼开朗，嗓子也不错，但是体形不太合适。陈小妹体形好，但她的嗓子不适合演喜儿。童灵和何花比较适合喜儿的角色，她俩各有特点。童灵身材好，亭亭玉立，丰满圆润，唱腔甜美，文化水平高，理解能力强。何花小巧玲珑，活泼可爱，原来的大辫子还留着，她是农村来的，唱腔有民歌风味，更接近喜儿的角色。经过商定，两人谁是 A 角，谁是 B 角，暂不宣布，让她俩同时排练喜儿的角色。

任务分配下去，童灵很快就背会了唱词，学唱也快。何花背词慢，她把剧中她的唱词和道白都抄下来，有空就背。祁雅莉很替何花着急，就主动在何花卡壳的时候给她提词。何花终于把词背得滚瓜烂熟，唱当然对她不成问题。

在一次大伙共同对词的时候，何花出了点岔子。她有一句唱词是："人家的闺女有花戴，我爹没钱不能买，扯了二尺红头绳……"何花哼唱着，忽然嘀咕：我爹没钱咋扯红头绳啊？人家送的吗？

童灵撇嘴笑道：何花水平好高哇，都要改剧本了。

何花不服气：人家不懂，问问还不行啊？

李协理员不大高兴地说：心思不要花在这里。这是经典剧本，演了无数场，在延安毛主席都看过，有什么问题！

苏队长忙说：何花不过问问，说明她学会动脑子了，其实她的疑问也不是毫无道理。

导演摆摆手说：好了好了，这不是问题，我们就按剧本排，一个字一个音符都不动！

排练的时候，童灵也出了点岔子。爹爹死了，喜儿应该悲愤交加地哭诉演唱，可是，童灵总是演唱不出悲愤的感情。导演多次启发诱导，基本没有效果，就说：童灵啊，你再不努力，可要换人了。你看何花，这一点就比你强。你应该和她交流一下。

童灵本来看不起何花，经导演一说，只好与何花交流。她问：小何，你是怎么演的？我是说感情的表演……

何花说：我也不知道咋回事。演到喜儿的爹爹死，我就想到我爹死的事，我爹死后才一个多月，我娘又死了，你说我能不伤心吗？

童灵点点头：原来是这么回事。

童灵有了进步，但是，全剧排练下来，大伙一致认为，何花比童灵演得好，决定何花是 A 角，童灵是 B 角。童灵不服气，也无可奈何，就很少搭理何花。

文工团排练好了歌剧《白毛女》，首先要给师首长和师直属单位做汇报演出。师里司、政、后的首长来观看，马副师长更是积极。何花演出时发现，马副师长像喷着火苗一样的目光，老是在她脸上跳来跳去，让她觉得心里有点发烧。演出结束，首长上台亲切接见演员。一般顺序是从右到左逐个握手，何花排在中间偏左的位置。她和其他演员一样热烈鼓掌，等待首长上台。马副师长三步并作两步地上了台，上台后竟然错开右边的演员直奔何花。台上台下的人都愣了。何花正在鼓掌的手停在半空中，也一时目瞪口呆。

马副师长毕竟是经过风雨见过世面之人，明白发生了什么事情，他突然转过身，面对台下，挥了挥手说：文工团今天演得好，很好！我们谢谢文工团给我们送来精神食粮！说完，带头鼓掌。他鼓掌和他打仗的风格十分相似，一个字：猛。两只胳膊伸张开，距离很大，朝一起收拢时用力大，所以掌声也响亮。何花听文工团的战友议论，马副师长一个人的掌声赶得过一个班人的掌声。

演出很成功，激起了广大战士的阶级仇恨。苦大仇深的战士反应尤其强烈，请战书雪片般飞向各单位首长的办公室，纷纷要求为可爱的可怜的喜儿报仇。师领导决定，文工团应迅速组织下基层给战士们巡回演出《白毛女》。

文工团要下去了，马副师长前来送行，他对何花说：告诉你，何花同志，这可是战斗任务，你要战斗！战斗！争取立功！立功！好马在疆场，英雄在战场！

文工团刚巡回演出，就获得很大成功。看了《白毛女》的纷纷议论白毛女，还没有看过的纷纷要求快来演《白毛女》。何花在战士中间出了名，大伙一看到何花，就高喊：喜儿——何花！喜儿——何花！有人搞不清，见了B角喜儿童灵也这么喊。童灵很不高兴，又不能向大家解释，于是，就对何花撒气，说话像发酵过了头的高粱面窝窝，酸味十足：好啊，现在何花是何花，童灵也是何花，我成了你的影子！

何花很不好意思，好像对童灵做了什么亏心事，赔着笑脸说：我也不知道怎么会是这样。童灵，对不起。

童灵阴阳怪气地说：你这话是从何说起呀！我不是杨白劳，你也不是黄世仁，谁也不欠谁的债。咱们是革命同志，对不对？

何花无言以对，只能送给童灵尴尬的笑。

李协理员正在办公室准备党课教材，一个人粗喉咙大嗓门地闯进来喊：老李，老战友，你这家伙好难找啊！

李协理员抬头一看，连忙站起来迎上去：好家伙，孙大力，老战友，你是从哪儿钻出来的？还是老样子，一点没变！

这俩在延安的老战友，立刻捶胸搭背，你推我搡，嘘寒问暖，东拉西扯，十分黏糊。时间宝贵，孙大力很快扯上主题：老战友，现在，解放大军势如破竹一日千里南下，东北土地改革运动轰轰烈烈如火如荼展开，你我革命重任在肩，没有时间闲聊叙旧……

李协理员知道这位老伙计的毛病，啰唆，喜卖弄，爱转文，就摆手道：好了老孙，我这里洗耳恭听，你就慢慢地道来吧。

孙大力笑道：老战友，不客气，那我就说说？

李协理员说：我有一百个耐心，有话尽管往外倒。

孙大力开始讲了，不光嘴皮子动，手也动，腰也动，腿也动。

我说，老战友，我真羡慕你，在部队，多好！我在地方上，条件差多了。东北这地方，日本鬼子，伪满洲国，国民党反动派，土匪，复杂得很！我现在负责一个"土改"工作队，进驻一个很大的屯子。这个屯子真是个顽固的封建堡垒，水泼不进，针插不进，阶级斗争的盖子很难打开。我们经过访贫问苦，调查研究，认为问题就出在大地主王善人身上。在他脑袋上敲开一个缺口，问题就迎刃而解。王善人五十多岁，娶了佃户朱苦根的闺女叶儿。你看，这和《白毛女》何其相似！一个黄世仁，一个王善人，都是披着羊皮的狼。一个杨白劳，一个朱苦根，都是受剥削受压迫的穷苦人。一个喜儿，一个叶儿，都是可爱的姑娘。还有，叶儿本来是许配给她姑姑的儿子，她的姑表兄立夏的，姑表结亲，亲上加亲，巴金的《家》里就有，《红楼梦》里也有。可恨老地主王善人答应给朱苦根五亩好地，这么一诱惑，就把叶儿搞到了手。是可忍，孰不可忍！朱苦根死了，不是喝卤水死的，是病死的。但是，和杨白劳的死性质完全一样，穷人得病没钱治，还能不死！当然，现在叶儿还和王善人生活在一起，没有逃进深山，头发也没有变白。叶儿原来的对象立夏也没有像大春那样参加中国人民解放军。但是，我相信，如果他们看了《白毛女》，叶儿一定会嫁给立夏，立夏一定会参军！

孙大力的嘴皮子静止不动了，只是用眼睛看着姓李的老战友。

李协理员指着姓孙的老战友说：用心良苦啊！其实，用不着拐弯抹角，都是为了革命工作。实话对你说，能不能去你们那里演《白毛女》，我真做不了主。我们的巡回演出还没结束，好多战士还盼着我们去演。这事得请示上级。不过你等着，我马上去请示。

孙大力心满意足地走了。部队首长认为解放军就是要解放广大人民群众，支援伟大的"土改"运动，是解放军义不容辞的责任，决定立即派文工团下农村演出《白毛女》。

何花和童灵一起随团下去。她俩商量，由童灵演喜儿上半场，何花演喜儿下半场。观众人山人海的，也发现不了中途换人。两个人这次合作得很愉快。李协理员安排演职员抽空访贫问苦，接受教育。童灵悄悄对何花说：我以前真不知道农村老百姓这么苦，我真需要改造思想。何花说：我也要向你学习。当演员要多面手，对吧？

孙大力真是料事如神，一切按他的设计进行。他进驻的屯子，阶级斗争的盖子揭开了。老地主王善人被枪毙，不过，他的脑袋上不是被敲开一个缺口，而是开了花。因为，执行枪决的民兵把七九步枪的子弹头在鞋底子上磨热了，成了"炸子儿"。叶儿成了寡妇，果然嫁给了立夏。立夏经过动员，为感谢贫协会让叶儿成了自己的老婆，果然报名参军，可惜他腿瘸，部队没有收他。

孙大力尝到了文工团的甜头，到处夸文工团的好，说文艺工作太重要了，齿轮螺丝钉真是少不了。"土改"该分胜利果实了，孙大力又邀请老战友带文工团去他那里，再演新节目。这次，文工团演的是歌剧《王秀鸾生产》，正好紧跟形势。演王秀鸾的 A 角 B 角还是何花和童灵，童灵知道自己不熟悉农村，还虚心问何花，两人关系好起来。

农村真是焕然一新。老地主的瓦房，分。大骡子大马，分。银圆皮袄，分。土地，分。孙大力对李协理员说：看看吧，农民分得土地，他们双手捧着盖有大红印章的崭新的土地证，那真是热泪盈眶啊！想想吧，千年的梦想实现了，农民终于有了属于自己的土地，耕者有其田，这是多么伟大的创举！老李，这也有你们的一份功劳！

美国人出兵朝鲜，战火烧到鸭绿江边，何花和文工团员们开始排练抗美援朝的节目，"雄纠纠，气昂昂……"的歌声每天在大喇叭里一遍又一遍地播放。

一段时间里，土匪突然猖獗起来，在解放不久的土地上掀风鼓浪，人民群众生命财产受到严重威胁。一场大剿匪战斗开始了。文工团奉命组成小分队，跟随剿匪部队进山。何花也报了名，但是团里没批。她找李协理员，直截了当地问：我要参加小分队随剿匪部队进山，为什么不批准我？

李协理员正在补衣服，他抬头看了何花一眼，用牙咬断线，然后把线头吐出来说：组织上有组织上的考虑。你是有三年军龄的老战士，服从命令听指挥还做不到吗？

何花走出李协理员的办公室。迎面碰上狗蛋。何钧担同志现在已经是警卫连副连长。何花忍不住就把事情对狗蛋说了。狗蛋说：你去找马副师长反映，他保准替你做主。

何花想，找马副师长等于告文工团领导的状，就说：首长那么忙，这种事我怎么好麻烦马副师长。

狗蛋说：怎么不能讲！马副师长最喜欢争着上战场的战士，他当团长时，手下那些个连长、排长，凡是提得快的都是有战斗就喊着叫着找他请战，把仗打胜了的。我告诉你，这次剿匪部队的一号首长就是马副师长。

何花不再犹豫，跟着狗蛋直奔司令部。没想到，马副师长很干脆，立即批准了何花的请求。

文工团小分队进山的第一场演出是在战斗的间隙。马副师长说：歇歇喘喘，听听唱歌看看跳舞。他是用这种方式给战士们鼓劲的。当时山里正刮西北风，歌声还可以随风飘向土匪盘踞的山头，对瓦解他们的军心也能起到些作用。

第一个表演的就是何花。她唱的是一首母亲思念儿子的民歌。这首民歌表现的是一位到了风烛残年的母亲，思念远离故乡的儿子，在灯下一边缝补着儿子的衣衫，一边流着思念儿子的泪水，哼起儿子小时候喜欢听的民歌。何花情感真挚，唱得凄婉，战士中有好多人流了泪，就连马副师长也不时地揉鼻子。胖嫂则难过得听不下去，抱着一棵大树哭得直不起腰。那天半夜时分，有十几个土匪带着武器下山投诚。马副师长后来在剿匪总结大会上说，文工团的一场演出缴了一个班土匪的械，功不可没！

一天，文工团的一个演出小组到连队演出，这个小组有何花、童灵、陈小妹、祁雅莉四个姑娘。返回时，连长专门派一个班长带着四个战士护送，想不到路上遇到一股流窜的土匪。土匪见到这几个年轻漂亮的大闺女，就想把她们抢过来，临死也开开荤，做一次风流鬼。

负责护送的班长见土匪人多，敌我双方力量悬殊，立即命令文工团员们往林子里撤，又让一个战士去指挥部报信，他带着战士对土匪猛烈开火。双方交火不到半小时，土匪被打死好几个，但班长和三个战士全部壮烈牺牲。

土匪嗷嗷叫着冲过来，抓住了文工团的四个姑娘。有几个土匪饿狼般地撕扯姑娘的衣服，有几个为抢女人打起来。有个长着大胡子的家伙大喊：弟兄们！狼多肉少，这样乱抢，谁也吃不上。共产党分土地，咱们分女人！都听我的，哪个乱来，老子一枪灭了他！

土匪们都住了手，着急地看着大胡子头目。大胡子说：这有四个女人，咱们有十二个弟兄，仨人分一个。先仨人结好帮，再分女人。谁先谁后，按个头大小来！

就在土匪闹哄哄结帮的时候，四个姑娘吓得挤成一团。何花咬牙说：咱们死也不能受这帮禽兽的糟蹋。祁雅莉脸色发白，嘴唇抖抖地说：就是想死也没法死啊……童灵浑身抖个不停，说不出话来。陈小妹吓得哭了。何花知道，那个去报信的战士一定会引来救兵，时间多拖一分钟，就多一分希望。不能听任土匪宰割，得主动出击。

土匪很快结好帮，就要对姑娘们动手。何花忽然大喊：嗨！你们等一下！何花的声音很大，吸引了土匪们的注意。何花对那个大胡子头目说：看样子你是个当家的。我们几个商量了，由我出头说几句话，你们要是听我说完，我们就任你们发落；你们要是现在来硬的，我们就自杀！

一个土匪贼笑：还想赤色宣传？老子边干边听好不好？另一个土匪说：反正是笼里的兔子，跑不了，叫她说，说完了好乖乖躺下。大胡子说：行，有屁快放！

何花不知道自己哪儿来的胆，竟然对着凶恶的土匪讲起来：我想，大家都有家吧？都想安安稳稳过日子吧？你们肯定都是贫苦人，干这一行，也是没有办法，逼上梁山。我们解放军就是专门解放穷人的……

有土匪喊：不听宣传，快乖乖脱裤子！

何花生怕土匪来硬的，忙大喊：别急，再听我说几句。告诉你们，解放军这次进来两个团，你们无处可逃。有两条路，一条路，你们把我们几个糟蹋了，你们就完了。我们几个，都是解放军当官的老婆，我男人官最小，是营长，她们三个的男人，有团长、政委、副师长，你们要是毁了他们的老婆，他们不光要杀你们，还要杀你们全家！另一条路，向解放军投诚，想回家，解放军给发路费，要参军，解放军欢迎。这才是条光明大道。我劝你们不要自寻绝路！

大部分土匪听了何花的话，开始犹豫，你看我，我看你。这样就赢得了一点时间。那大胡子头目看到这种情况，喊道：你这个臭娘们，死到临头还为共产党宣传，我先干了你！他说着，就要撕扯何花的衣服。忽然，"砰砰"两声枪响，大胡子应声倒在地上。

何花抬头看，一个人骑着枣红马，手搦驳壳枪，出现在她面前。啊，是马副师长！马副师长翻身下马，向何花走来。何花真想扑到马副师长怀里号啕大哭，但是，她没有，她站着，一动不动，刚才对付土匪的英雄豪气还在。那三个姑娘倒是抱着何花大哭起来。

马副师长说：文工团的姑娘们，对不起！我们来晚了！他又转身对狗蛋大喊，何连长，把土匪给我押过来！让姑娘们一个个扇他们耳光，出出气！

狗蛋对马副师长附耳小声说：首长，俘虏政策……

马副师长好像没听见，喊着：快押过来！

狗蛋让土匪排着队从姑娘们面前走过，可是四个姑娘谁也没有扇土匪耳光。马副师长心里明镜似的，他肯定，四个姑娘都牢记我军的俘虏政策，就算抛开政策不讲，此时满面泪痕的姑娘也不会愿意和丑恶的土匪照面。

倒是有几个土匪走过何花身边说：姑娘，多亏你讲话救了我们………

这时，马副师长才紧紧握着何花的手说：小何，有种！

何花的小手被马副师长的蒲扇大手攥得生疼，皱眉悄声道：手指头碎了……

何花在参加剿匪战斗中表现出色，她被批准为共产党员，再次立功。童灵她们几个姑娘对何花既佩服又感激，何花被任命为演出队副队长，姑娘们对何花的领导样样服从。

第三章

午后，警备司令部大院里的树上，知了起劲地自唱自乐，不管别人爱不爱听。

马司令听着知了叫就烦。马副师长不再随野战军转战，留在城里任警备司令。大家都叫他马司令。胖嫂也叫马司令，因为她被马司令留在警备司令部食堂当主任。狗蛋也叫马司令，他现在是司令部警卫连长。

马司令的办公桌上放着一张文工团送上来的请示报告和一张人员名单。没仗打了，文工团要送一批人去学校进行专业培训。过去，团里的人多是草根，自学成才，现在有条件了，进行系统学习，提高专业水平，十分必要。文工团送来的第一批培训名单共十人，其中马司令认识的有何花、童灵、祁雅莉。其实，名单送司令批也就是走过场，司令基本上都尊重文工团领导的意见。

可是，这次送来的名单，马司令没有尽快批。他拿着铅笔在名单上虚拟地打对钩，手指捏着铅笔一动又一动，铅笔尖始终没有落在纸上。树上的知了叫得真欢畅，烦！马司令撂下铅笔，翻阅其他文件。

太阳落了，知了歇了，要开晚饭了。马司令拿了搪瓷碗要去食堂打饭，还没有出门，胖嫂端着一个大饭盒笑嘻嘻地进来。

马司令说：我自己去打，谁让你送来的？

　　胖嫂把饭盒往桌上一放说：脚长在我的腿上，我叫我来的。她说着，打开饭盒：看，卤猪蹄，趁热吃。

　　马司令说：我讲过，领导干部不能搞特殊！

　　胖嫂笑：这是屁的特殊，一只烂猪蹄！再说，按上级规定，你这个级别是该吃"小灶"的，你就是不吃"小灶"，"中灶"也不吃，跟着大伙吃"大灶"，够模范的了。再说，猪蹄你一个月也就吃两回。吃吧，吃吧。

　　马司令不情愿地坐下吃猪蹄。胖嫂看着马司令的鲇鱼大嘴啃猪蹄，她觉得比吃到自己嘴里还香。马司令的嘴不闲，她的嘴当然也不能闲：我说马司令，老马呀，要说特殊，我看，就你最特殊！你扳着指头数一数，和你差不多的首长，还有哪个没有家？有谁还没有老婆？你知道吧？就连狗蛋都和咱们司令部门诊部的护士谭琴搞上了对象，你还是光杆枪一条！你说你是不是落后分子？不求上进？别的首长都吃上了自家老婆操办的小灶，看着你来食堂吃大伙，你嫂子我心里憋屈！我知道，好几个人给你介绍对象，你都没看上，嫂子我明白你的心思。哎，我问你，你和何花咋样啦？

　　马司令嘟囔着：啥咋样，她一个小丫头片子！

　　胖嫂在马司令面前转来转去：还小丫头片子？她那年要是嫁到那老男人家里，现在孩子都会走路了！我的个马司令，新婚姻法规定女的十八能结婚，何花满十八岁了，你得抓紧！

　　马司令突然冒出一句：何花要去艺术学校学习了。

　　胖嫂像被人当胸捣了一拳，吃惊地站住，瞪大了眼说：啥？啥？何花要去上学？哎哟妈呀，这可咋整？那学校比文工团的小白脸多得多，弄不好，小白脸能把何花吃得骨头渣子都不剩！马司令，你千万不能让何花去上学，不能让这小鹌鹑越飞越远……

　　马司令把猪蹄子啃完了，胖嫂的话还没有完：马司令，你公事公办，可以不批准她走。老马，嫂子我私事私办，为我兄弟着想。公私分明，不绞缠。

　　临睡前，马司令抽了四支烟，喝了一瓷缸子浓茶。他躺在铺上，老觉得床单上有蒺藜，烙饼翻大半夜。第二天一上班，他第一件事就是在文工团的请示报告上潇洒地飞舞两个字：同意。

文工团去学习的十个人临行前，马司令给大家讲话，他突出两个要点：一、你们是部队派去的，要像打仗一样，拼命学习，不准给部队丢脸；二、那学校，年轻人多，不准搞对象，谁有对象回来搞。讲完话，马司令特派专车送大家去学校。

文工团来的学员一到学校，就惹得别的学生眼红。瞧人家部队，清一色军装，专车专送，多风光！

年轻而新鲜的艺术学校，年轻而充满朝气的学员，正如一句歌词里所唱的那样，"到处都是明媚的阳光"。何花入学时是春天，又是一个阳光浪漫的日子，校园里的梧桐树、洋槐树等各种树木经过一个冬天的休眠，更加生机勃勃；树丛中、苗圃里的各种花儿竞相盛放，笑容可掬。从一座座房子里飘出的琴声、歌声或高昂，或轻盈，仿佛潺潺的小溪、奔腾的河流，汇聚到了一条大河里，发出激扬的涛声。路上来来往往的同学，脸上洋溢着青春风采，身上透露出青春活力，给这座校园平添了几分天真活泼。何花不由深深吸了一口气，心里感到轻松了许多。

何花、童灵、祁雅莉分到了声乐系，住一个宿舍。祁雅莉对何花说：咱俩搭伙好不好？你睡下铺，我上铺。说着就要帮何花铺床。

何花说：别别别！先铺你的，要不，灰土都落到我头上。两人嘻嘻哈哈把床铺收拾好了。啊，这是从没有过过的新生活，多好哇！

她们高兴得太早了，一场考验正等着她们。声乐系主任认为，部队送来的学员虽然是委培，但也要进行一定的测试，否则怎么知道她们的专业程度？怎么因材施教？最起码也得考一下文化课和专业课。

先考文化课。主考的老师大概30岁，个子又瘦又高，头发留得很长，身上的银灰色中山装扣子扣得严严实实，连风纪扣都扣上，把细长的脖子裹得密不透风，给人的感觉是一丝不苟。他说：先自我介绍一下，我，是声乐系主任金浪，金子的金，浪花的浪。

何花觉得好笑。真浪，一个男人怎么取这么个名字？可是，接着，她就不觉得好笑了。

金浪继续说：今天测试文化课，你们要认真应试。我知道，你们部队来的学员，文化程度参差不齐，特殊情况，可以适当照顾。但是，我们是高等学府，文化程度太差不行，达不到最基本的要求，只能退回部队！

何花想，糟了，自己才上过两年学，人家这是大学，我文化肯定过不了关。要是真退回去……

发试卷了，何花一看就蒙，一道题都不会。这是战场，不能举手投降。何花在每一道题后都胡乱写几行字，管它驴唇不对马嘴。

何花真的考"糊"了。她交的卷子不是白卷，上面写了不少字，不好打"0"分，但一道答对的也没有，老师没法判分数，只好评为"极差"！何花知道她文化课的考试结果，急得在宿舍暗自流泪。

祁雅莉忙劝慰她：别急，还有专业课呢，我相信，你专业课一定能拿高分！

何花说：也就指望这个了……

专业课还是金浪一对一地主考。金浪先让何花唱一首自选歌曲。何花不再顾忌，放开了唱。何花刚唱几句，金浪就感到眼前的这个穿军装的学员很特别，嗓子天生的好，声调高，音域宽，音色美，是棵好树苗，经过培育，一定能长成参天大树。文化差，可以慢慢补，但是，天生的好嗓子是补不来的。金浪不动声色听何花唱完，又随意提问一些乐理知识，最后当即宣布，何花的专业课考试评为"及格"。

何花忐忑不安地问：老师，我要退回去吗？

金浪板着脸说：及格了，可以留下。不过，文化课你自己补，专业课，我给你补。

何花高兴得忘乎所以，大声说：谢谢老师！敬礼——

何花毕恭毕敬地向金浪敬了一个标准的军礼，这突然袭击搞得金浪有点手足无措，只能尴尬地一笑。这一笑，丢了他那一丝不苟，只留下本来面目。

然而，说起来容易做起来难。何花毕竟没经过专业训练，基础相对较差，就连五线谱一类的乐理常识都不甚了解。她对自己能不能跟上信心不足。补课时，她问金浪：老师，你看我能赶上大伙吗？

金浪用深邃的眼神扫了何花一眼，生硬地说：把你留下，就是行，我说行就一定行！你是战士，开战前，你能问我这一仗能不能胜吗？你只能拼命往前冲！要有信心，百倍的信心！

何花一边听一边想，金老师还懂得打仗，不简单！

金浪换了口气，语重心长地说：文化艺术是一个国家兴衰的反映。一个国家一个地区，文化艺术的水平代表了国家发展的总体水平。人在接受新的知识之前，都会遇到种种阻力，而最大的阻力往往是自己内心的认同，是对自己的一次次否定。而一旦你内心认同了，就会毫不迟疑地去拥抱新知识。

何花是战士，她有了信心，也有了决心。她学习像打仗，敢拼命。文化课，自己拼命；专业课，主考老师帮助拼命。金浪特别爱惜人才，他断定何花是人才，所以，他愿意牺牲星期天，帮何花补专业课。何花进步很快，她的文化课和专业课，像雏鹰张开的两只翅膀，比翼双飞，翱翔蓝天。经过一段时间的努力，何花在学校学习，真是如鱼得水。

艺术学校声乐系要排练大型歌剧《春回大地》。系里在讨论女主角人选时，两种意见相持不下。以系主任金浪为代表的一种意见认为，何花的声音甜美，入学以来进步很大，尤其是她组织纪律性强，有团队精神、奉献精神，在排练过程中会减少很多麻烦，所以主张让何花担任女主角。一种意见主张让童灵演女主角，理由是童灵形象好，基础扎实，演唱技巧比何花好。

何花对这个女主角很在意，她希望这个机会能落到自己身上。她对名利看得不是那么重要，并不是想通过这个机会一举成名。因为她觉得如果她能演这个主角，就说明她来学校以后的学习得到了老师、专家和同学的认可，说明她身上还有一股子战士的精神气，在学习的战场上打了胜仗。何花把精力全投到角色上，每一段唱词都用心揣摩和把握，反复练习，拿不准的就找金浪或其他老师请教。星期天，艺术学校的排练大教室里，只有她一个人在那里，从晨曦初升练到夜色朦胧。

童灵没有何花那样用功准备，她把心思用在了系里几个老师身上。在她看来，能不能当上这个主角，并不在于水平和能力，而在于系里几位老师尤其是系主任金浪的态度。她今天在这个老师办公室里磨蹭大半天，明天到那个老师宿舍里纠缠大半夜，请求答应支持她。有一个女老师新婚不久，朋友送的一套景德镇产的好茶具刚用几天，童灵到了她家，热情、主动地给她倒茶，心思不在平常状态上，把一个茶杯给摔碎了，弄得那个女教师很不高兴。第二天，她对系主任金浪诉苦说：我不是心疼景德镇产的好茶杯，我是为童灵这种不择手段感到心疼。

金浪笑笑，安慰她说：理解一下学生的心情吧。

离确定女主角的日期越来越近了，系里的两种意见相持不下。金浪去找校领导汇报。一位军队转业的校领导当场拍板决定：搞两台模拟演出，让何花和童灵每人演一场，是骡子是马拉出来溜一溜！把声乐系的师生都组织去观看，让大家看后打分。何花和童灵谁的分高，这个女主角就让谁演！

金浪愉快地接受了这个建议。

金浪凭着对何花的了解，觉得她在一段唱词处理上还有缺陷，就当面给她做做辅导。金浪认真地讲，何花仔细地听。听着，何花盯着金浪的脸，她发现，这个表面严肃的老师，在讲课的时候，面部的表情十分生动，他讲到得意处，脸上竟然泛出红润，青春洋溢，散发出成熟男性的魅力。这时候，他的眼睛似乎深邃又似乎迷离；他的嘴唇翕动，红润丰满。两人离得比较近，何花闻到了他呼出的气味。这是何花从没闻过的特殊味道，它不仅入肺，而且入心入脑。难道这就是男人味儿？这个男人……

金浪忽然问：何花同学，你在听吗？

何花猛醒，急忙答道：听听，我听着呢！

金浪随即问他讲的什么。何花一一回答。危机一闪而过，何花骂自己，混！你战场上开小差！

金浪继续给何花上辅导课，童灵突然闯了进来，朝凳子上一坐，哼哧哼哧地哭开了。

童灵你干什么，没看见我在上课吗？金浪问。

童灵好像十分委屈地说：金主任，你偏心，为什么单独给何花开小灶？

我也需要辅导……

金浪不高兴地说：我是老师，根据我对学生的具体了解，我的辅导是有针对性的。这还要经过你批准吗？

童灵尴尬地说：那，我坐在这里旁听，可以吧？

金浪说：如果你愿意，当然可以。

童灵如愿以偿地当了女主角，在人民大礼堂的演出十分成功。何花作为观众在台下看了那场演出。演出期间到演出结束，她给童灵的掌声次数最多，也最热烈。她对祁雅莉说：童灵的水平比我高。

童灵自从演了《春回大地》的女主角，真是春风得意，趾高气扬。一个星期六的傍晚，宿舍里只有童灵、何花、祁雅莉三个人，童灵脸上神采飞扬，她用幸福的目光看着她俩笑笑说：别看金老师年纪不大，知名度却很高。他写的歌你们听过吧？说着，她轻声哼起来：

> 三月的春风像慈母手上的绣针
>
> 绣得天新地也新
>
> 两只蝴蝶空中舞
>
> 一对蜜蜂花上那个，那个像弹琴……

童灵不唱了，有些神秘地说：我和金老师恋爱了，他对我有意思。瞧，这是今晚的电影票，我和他一起看。说完，她花枝颤动，款款而去。

夜晚，何花在下铺翻烙饼。双层床很不地道，吱哇乱叫。

祁雅莉翻身下来，钻进何花被窝。

床铺窄，两人侧身面对面一阵互相乱挠。闹够了，祁雅莉说：我知道你为啥睡不着，你是为童灵和金浪看电影的事，对不对？

何花不正面回答：爱是什么？是心灵的呼唤？是灵魂的穿越？是肉体的躁动？是目光的碰撞？

祁雅莉回答问题：爱是精神病！是疯子！

何花说：爱一个人，需要什么理由吗？爱他的面貌，爱他的体型，爱他的声音，爱他走动带起的风，爱他呼吸喷出的气，爱他捉摸不定的影子……

祁雅莉用指头捣一下何花的额头说：别发神经了！何花！你真爱上了金浪？你想和童灵争？搞三角恋？我劝你别玩火！在咱们那里，谁不知道马司令喜欢你？这是公开的秘密。

何花说：他一直是喜欢我，喜欢不是爱。我先把他当叔叔，以后又当哥哥。我对他没有爱。

祁雅莉说：对男人来说爱和喜欢，就隔一层窗户纸。

何花说：他总是把我当小孩！

祁雅莉躺好，又伸下头说：何花，马司令有好多女的都想抢，你不要，我可是伸手抢了，到时候你可别后悔！

何花说：随便，你要抢早下手。

好久没有回单位了。又一个星期天早上，祁雅莉对何花说：咱们回去一趟吧，拿点衣服啥的。

反正在一个城市，说走就走。祁雅莉先回文工团，何花先去看胖嫂。

胖嫂一见何花，两人立即搂抱着黏糊在一起。胖嫂拍着何花的臀部说：真是女大十八变，越变越好看！瞧这屁股，多结实多光溜多圆活！胖嫂问了何花学校的事，学习呀，伙食呀，老师同学呀。胖嫂特别关心有没有男同学追何花。胖嫂说：马司令不准你们在学校搞对象是吧？谁要敢打我们何花的鬼主意，我拿切菜刀剁他的爪子！

两人又婆婆妈妈胡乱唠一阵子，胖嫂说：你还没去看马司令吧？谁让你先来看我的？不分轻重！快去！快去！

何花快步走向司令部大院，她刚进大门，就听见院里传来十分熟悉的笑声。她躬腰向里看了一眼，不由得惊奇地睁大了眼睛。大院里，马司令骑着那匹枣红马在地上转着圈，祁雅莉一手抓着马鬃，一手抱着马司令的大腿，看样子想爬到马上和马司令坐在同一个马鞍上。她几次用力都没能成功，放声大笑着喊：司令你别使坏，你使坏我怎么也爬不上去。

何花莫明其妙地觉得心好像被人揪了一下，她不再往院里进，转身去了文工团。她来到自己原来的床边，也不管那床上有多少灰尘，躺下去长出气。她做着深呼吸，努力抚平着自己的情绪。

下午五点钟，和祁雅莉约定回学校的时间到了。祁雅莉如约而至，她看到何花满脸要下雨的样子，嬉笑道：谁惹我们的何花姑娘啦？

何花说：文化课里，我们才学了一则寓言，叫什么《此地无银三百两》，是吧？这真是一个好故事，有教育意义。

何花斜眼看祁雅莉，祁雅莉乐和呵的样子，好像还在品味和马司令骑马的乐趣。何花不想搭理祁雅莉，祁雅莉一点都不生气。两个人一个烦躁，一个乐和，不言不语地回到了学校。

学校放暑假了。何花刚一回到单位，就有人通知她，让她去团领导办公室，李协理员找她。

何花一踏进办公室的门，李协理员就满脸堆笑地对何花说：何花同志，我要祝贺你啊！

何花一愣：祝贺我，为什么？

李协理员说：马司令找我郑重其事地谈过了，让我告诉你，他非常喜欢你，要和你结婚。组织上已经同意马司令和你结婚。

何花头顶上空仿佛响起一声惊雷，把她震得浑身颤抖，两眼圆睁，说不出一句话来。好大一会儿，何花才说：协理员同志，我的婚姻大事，我自己怎么不知道？

李协理员说：你是有组织的人。这件事组织为你做主了。

何花说：组织也不能包办代替我个人的婚姻大事。再说了，我和他没有爱情基础。

李协理员说：革命就是爱情基础。你和马司令都是革命者，这就是你们爱情的最好基础。

何花说：我和他是同志，革命同志，不是夫妻。说完，双手捂着脸抽泣开了。

李协理员很不高兴，皱着眉头围着何花转了几圈，两只手轮换着指点她，严厉地说：何花同志，不要忘了你是一个光荣的共产党员，不要忘了你入党时的宣誓，不要忘了党章的规定。你不要感情用事，好好考虑党组织的意见，服从党组织的安排。

何花哽咽地问：为什么，为什么是我？

李协理员说：因为马司令喜欢你。

何花哭着离开了李协理员办公室。她回到宿舍，躺在床上想，陈小妹和团里一位拉琴的杨辉恋爱，两人年纪相仿，爱得热火朝天，经常出入成双成对，真让人羡慕不已。我何花也不比陈小妹差，找男人也应当是个年轻英俊的小伙，为什么要嫁一个比自己大二十岁的男人？我为什么这么命苦？当初差点嫁了个五十岁的老男人……嗯，是马司令救了我，他对我有恩，可是，就得嫁给他才能报答吗？

何花躺在床上，脑子里不停地打架，两天米水没沾牙，第三天上午，她由胖嫂和狗蛋陪着，和马司令办了结婚手续。

婚礼是革命化的。当天晚上，客人散尽，马司令满面红光地说：何花同志，小何，休息吧，不早了。

何花说：我现在有家了，我是一个有家的人了，我得写信告诉我弟弟芸子。那一年，我就答应过他，我要接他，我要照顾他。可是，这些年，我没有条件，我做不到，我对不起他……

何花说着说着哭了，她一边哭，一边写信，泪水滴在信纸上，打湿了刚写的几个字。蓝墨水洇洇散开，字迹慢慢模糊。何花狠狠撕碎信纸，接着在下一张上写。何花的泪水很旺，像泉水，不住地往外涌。泪水不偏不斜，总是滴在信纸上。何花的信总也写不完，信纸撕了一地，像天女散花。

马司令张嘴打了无数次又大又长的哈欠，何花的信还在无穷无尽地写着，不知道何时才能写完。无奈，马司令和衣躺在新婚大床上，不久，就打起了如雷的鼾声。

马司令起床总是很准时，他立即发现，何花和衣蜷曲在沙发上，睡着了，像一只熟睡的小花猫，脸上还挂着清晰的泪痕。马司令心头顿生怜爱，他拿过军大衣，轻轻地柔柔地盖在何花身上。这个无数次冲杀滚爬在炮火连天战场上的汉子，何曾有过如此柔情？而今，这个躺在沙发上的小女子，使他的钢筋铁骨浸淫了男女之情的柔化剂。马司令站在沙发前一动不动地用眼睛爱抚着这个小花猫，这个小女子，这个已经属于他的老婆的女人，足足有五分五十五秒。

马司令看一眼手表，然后来一个标准的向后转，迈开军人的步伐，上班去！

第二天晚上，似乎又到了该熄灯就寝的时候，因为，部队的熄灯号吹响了。马司令好像一个刚到部队的新兵，大声说：哎，这是熄灯号吧？说着，用火辣辣的眼神扫射何花。

何花没有反应。忽然，她双手抱头呻吟着：哎哟！哎哟！我的头疼，疼死了………

马司令赶紧给门诊部急诊室打电话。值班医生很快满头大汗地赶来。忙乎一阵子，医生说，没什么大问题，精神有些紧张激动，服两片安定，好好睡一觉就好了。说着，对马司令意味深长地一笑。

何花服了药，躺在婚床上，不一会儿就睡着了，衣服没有脱。天很热，何花穿得很薄。马司令怕打扰她，不敢给她脱衣。他看着这个全身丰满圆润的女人，用他喷火的双眼看着她……

马司令突然觉得自己好可怜，他无奈地摇摇头，使劲挠一挠猪鬃头发，把衣服脱得只剩下短裤，然后，老老实实地躺在这个他不敢伸手去摸，怕摸一摸就会融化的冰雪美人身边。

马司令突然闻到一股清香，一股从没有品味过的女人气，这是身边的女人的味道，是他的女人的味道。这女人味儿刺激了他的神经，使他极度兴奋起来。马司令坐起来，蒲扇大手就要伸向女人的胸脯。这是我的老婆，我还等什么？女人温柔地翻了个身，留下的是汗湿的脊背。马司令的手定格了。

座钟的声音很响，手表的声音也很响。马司令一不做，二不休，把医生留给何花的安定也吞下了两片，再次躺下。

第三天晚上，座钟响亮地敲了十一下。马司令笑着对何花说：新媳妇，你今天有什么事早点说，别来突然袭击。司令的眼光里，隐藏着三分乞求，暴露出七分强求。

新媳妇解读了马司令的目光，她平静地说：没什么事，一切正常。

马司令说：熄灯号早就吹过了。

新媳妇说：遵守制度，那就熄灯。

马司令说：天真热，脱衣服吧！

新媳妇说：天是热，那就脱了吧。

新媳妇很老实地仰卧在婚床上。马司令高兴，激动，好奇，紧张，百感交集，手忙脚乱。

不料想本来温顺的新媳妇突然叫唤：哎哟，你弄死我了！

司令一听，立刻折戟坠马，只落得英雄气短，长吁短叹。

五天之后，胖嫂对老马和新媳妇分别进行了耐心的教育和指导。胖嫂的循循善诱效果明显，老马和新媳妇各有所获。

第四章

开学了。临行之前，胖嫂到家里给何花送行，千嘱咐万叮咛，让何花每个礼拜天都回家看看。胖嫂说：学校离司令部不远，马司令又有专车接送，不用你跑路。你是有家的人了，心里得时时刻刻想着这个家，想着家里的男人。

说着，胖嫂向外屋看了一眼。马司令就在外屋来回踱着步子，等着给新媳妇送行。胖嫂拉着何花的手来到外屋，像亲娘送三天回门的出嫁闺女。外屋沙发上，何花的行李马司令已经给准备好。那些行李全都装在一个"玻璃丝"结成的网兜里，装着脸盆、毛巾、牙具、笔记本，还有几件替换的内衣，简简单单。

马司令在外屋接电话，不知对方是什么人，说了些什么话，让他高兴得哈哈大笑，对电话那边的人说：我这新媳妇会炒菜，她当过炊事员。哪天你小子过来，让她炒几个菜，咱好好喝一场，不醉不休，不醉不休！

马司令看见何花和胖嫂出来了，跟对方连个招呼也没打就挂断了电话。可是他一看见何花那满脸的乌云，就马上拉长了脸，双手朝后倒背，眼睛看着正前方，还吭吭干咳了几声，表示他的存在和威严。

胖嫂不管三七二十一，把网兜往马司令手里一塞，推了他一把，嗔怪地说：你新媳妇要出门了，你有啥话赶紧说，我在门口等着。说完就向外走。

何花紧走几步追上她，拉着她的手不让她走，低着头站到她身后。胖嫂看了一眼沉着脸的马司令，温柔地抚摸了一下何花俊秀的脸蛋问：小妹子，没啥可说的？

何花点点头。

胖嫂看着马司令，对何花，也是对马司令说：也是，这都是两口子了，有啥话床头上说，当着我一外人说出来多难堪呀！说着，给马司令使眼色，意思让马司令在前边走。

马司令迈出的步子特别大，三步两步就走到门口的台阶上。两个站岗的士兵赶忙立正敬礼。马司令突然心血来潮，把网兜放在地上，立正站好，挥起右手，用洪亮的嗓门喊道："革命军人个个要牢记——预备，唱！"

那两个战士跟着马司令唱起来。虽然只有三个男人合唱，但声音整齐、宏大，激情飞扬。何花听了这首每个战士都熟悉得不能再熟悉的歌，内心产生震撼和共鸣，心里跟着唱，不知不觉地也立正了。胖嫂虽然看上去很严肃，眼睛、眉毛却在笑。听到"一切行动听指挥"时，她轻轻地捅了何花一下。何花明白胖嫂的意思，无可奈何地摇摇头。

马司令并没有派车送何花，而是胖嫂背着马司令，让狗蛋私下给安排的车。这事马司令不知道，何花也不知道。马司令知道后，把狗蛋狠狠地骂了一通：你小子胆大包天啊！敢动用我的名义私人用公车。是不是不想干了？不想干就卷铺盖滚蛋！但是，马司令没骂胖嫂，也不在胖嫂面前提这件事。

马司令说是送新媳妇，到门口的台阶上就与何花分别了。本来，何花想着赶快离开那个被称为自己家的房子，一开始头也没回。下到最后一级台阶时，她一只脚踏空，差点儿摔倒，身子倾斜时正巧回头，自然地往后看了一眼。她看见高高大大的马司令，那个已经是自己男人的马司令，睫毛上有两滴金子般发光的东西。马司令发现何花回头时，赶忙转过身。何花又发现马司令的肩膀有点儿抖，她的心怦然一动，想着，老马对我动了真情。

何花新婚后去学校的第一个礼拜六晚上，马司令一会儿坐在客厅的沙发上目不转睛地盯着电话机，一会儿走到门外的台阶上踱步，急得像热锅上的蚂蚁。第二天上午，马司令有事外出，专门把胖嫂叫家来说：给你，这是家里的钥匙，中午你给做做饭，何花喜欢吃啥你最了解，看着做吧！

胖嫂问：烧猪蹄是等何花回来做还是我先做？

马司令摘下帽子，挠了挠头皮，不好意思地笑了笑，说：都成！

马司令中午回来时，一上台阶还没进门，就亮嗓子大喊着：新媳妇，我的新媳妇回来了？

胖嫂已经做好饭，在沙发上打盹。马司令没看见何花，又钻到里屋看了看，出来后一屁股坐在沙发上，不高兴地推了胖嫂一把说：哎，哎，不是请你来睡觉的！你兄弟媳妇咋没回来？

胖嫂睁开睡意蒙眬的眼睛看了马司令一眼，哎哟妈呀，司令的脸红得火烧火燎，像喝了二斤半烧酒，眼睛瞪得比牛蛋还大！她忙说：没回来？这个死丫头！我一再嘱咐她，一个礼拜回来一趟，咋就不听话呢？

第二个礼拜天，何花还是没回家。马司令正巧要下部队视察，也没有回来，他打了几次电话，家中电话没人接。他不放心，又把电话打到胖嫂那儿说：你到家里看看，你兄弟媳妇回没回来。你告诉她一声，我有任务回不去。

胖嫂一开始没敢说何花没回来。过了一个小时，马司令又打电话过来，张口就问：给我新媳妇说过了吗？

胖嫂只好说：何花她没回来。可能是学校那边……

马司令没等胖嫂说完就挂断了电话。

第三个礼拜天，马司令一早就起来等，几次摸起电话想给艺术学校打电话，拿起来后又放下，放下又拿起来，反反复复好几次。最后，给狗蛋打了个电话：狗蛋，你小子跑步来见我。

狗蛋不知发生了什么事情，找了辆自行车骑着赶过来。他听马司令说何花两个礼拜没回来，也觉得不正常，不应该。马司令让狗蛋去学校接何花，他说：要是不愿意回来，你给老子把她绑回来！

狗蛋迟疑了一下，想说什么，马司令冲他一拍桌子：滚！

何花很快回来了，当然不用绑，是狗蛋用自行车把她驮回来的。

马司令一见何花，他不动声色，尽力保持平静，在何花面前嘻嘻哈哈地说：新媳妇你心真狠，两个礼拜不回家见我。

何花说：你不是说要我们努力学习，不许掉队吗？我基础差，得利用一切时间学习，不加油能不掉队？我这是"一切行动听指挥"！

马司令无言以对，只好挠挠头皮笑道：有理、有理，吃饭、吃饭！

何花低着头吃饭，她心里还在反复演唱在校学习的一首新曲子。算起来，何花已经有二十天没回家，甚至没有和新婚的丈夫通一个电话。不是故意，也不是粗心，是她实实在在还没有把这个家安在心里边。家，不仅是一栋房子，也不仅是几个延续血缘关系的组成人员，而是心灵的港湾。

马司令问：在学校吃得怎么样？

何花头也没抬，应付道：我就要吃饱了。

马司令嘿嘿一笑：慢点，别噎着。

马司令又问：新媳妇，学校有没有洗澡的地方？

何花没在意，她的心思还在那首新曲子上。

她的这种态度让马司令很不高兴。司令喊了一声：新媳妇，何花同志！

何花咕噜一声站起来，两腿立正，向马司令敬了个礼：首长，请指示！

马司令想笑，眼皮朝上翻了翻没笑出来，"啪"地扔下筷子，起身离去，走到门口又返回身戴帽子、扎腰带、换皮鞋。何花这时才意识到自己犯了个错误，得罪了马司令——一个她十分敬重的男人。可是她不知道自己应该怎样做，茫然不知所措地站在原地，直到门被重重地关上，马司令有力的脚步声消失，她才心事沉重地坐下。对面的墙壁上，挂着她和他的结婚照片。她知道，不管她愿意不愿意承认，那个肩膀挨着她的肩膀，头挨着她的头，咧着大嘴开心傻笑的男人就是她的丈夫。过去，他是她的上级，她得服从他；现在，他还是她的上级，又是她的丈夫，她还得服从他。这也许就是命，是一个叫何花的女人的命。她有点害怕了。马司令的脾气她了解，弄不好到组织那里告她一状，组织上给她个处分也不是没可能。她赶忙给胖嫂打电话。这个时候，只有胖嫂能说动他。可是胖嫂那边没人接电话。胖嫂到现在还是一个人过，家里没人接电话她肯定不在家。

何花想跑去找胖嫂，她正一步门里一步门外，忽然看到马司令在院子里教祁雅莉骑马，上次刺眼的一幕又在重演。何花忽然在心里骂着：小妖精！

骚情！那是我男人！泪水忍不住在眼眶里打转。她要出去，马司令回来了，他看了何花一眼问：怎么，我的新媳妇想出去？要不要我骑马送送你？

何花赌气说：不稀罕，你想送谁就去送谁！说着，眼睛已经被泪水模糊了。

马司令摸了一下她的脸说：哎哟我的娘咪，脸皮有点发烫，是上火还是……

何花"哇"地哭出了声，趴在门框上的身子不住抽动。马司令犹豫了一下，突然把她紧紧抱在怀里说：我的新媳妇哎，听你哭我心就疼。何花转过身，也紧紧搂住了马司令。何花就在这一刻猛然发现，自己还是爱马司令的，也许敬畏的成分远远大于爱，但毕竟有了爱。

二十天没亲热了，那天晚上，何花和马司令做爱时配合得相当默契，几近完美无缺。马司令从她身上下来后，她还恋恋不舍地抱着他。

从那以后，每个礼拜六下午放学后，何花都回家和马司令一起度周末。他们家原来有组织上分配的公务员，马司令不要，说是浪费一个兵。他平日一天三顿在食堂里吃，到了周末就让胖嫂过来帮忙做饭烧菜。胖嫂也乐于和他们夫妇一起过周末，像是他们家的一名成员。

一个礼拜六中午，何花在学校刚吃过饭，胖嫂打来电话说：何花你快回来一趟。你老家来人了，马司令出差，正好我在你们家卤猪蹄子，就把他们领你们家了。快回来！

何花一听，赶紧坐上公交车往回赶，下了车，又一路小跑好一阵子才到家门口。

胖嫂正在门口张望，见何花急匆匆赶来，迎上去说：嗨，你们家来的两个人真有意思！他们来到司令部大门口，看到俩站岗的卫兵，也不敢上前问，就在门前转来转去，时不时还往院里看。卫兵看他们可疑，就吼着让他们走开，把那小的吓哭了。那男的赶紧掏出一封信，递给卫兵看。卫兵一看是咱司令部的信封，这才让他们在传达室等着，忙往马司令家打电话。正好我接上，就把他们领家里来了。你快进去看看吧。我还有事，走了！

何花一进客厅，就看见有俩农村人在沙发旁边靠墙蹲着。两个人一见何花回来，忙躬腰站起。那年纪大的脸色谦恭地叫着：太太——

何花像被人当胸扎了一锥子，急喊：叔！叔！你咋这么叫？我是你亲侄女何花，还是以前的小花！

何花的叔尴尬地说：老辈子，闺女当了皇后娘娘，当爹的见了都得下跪……

何花笑道：嗨！那是旧社会，现在是新社会，人人平等。你侄女不是官太太！叫何花！

叔捣一下身边的半大男孩，那男孩怯怯地叫一声：姐……

何花上前一把抱住男孩叫着：芡子，是你吧芡子！长这么高了，要是在街上碰见，我还真不敢认你！何花说着，眼圈红了。

何花见两个人还站着，忙让他们坐沙发。叔刚一坐，沙发忽的下陷，吓得叔赶紧站起来看，才坐的那地方还好好的。

何花笑道：没事，那是沙发，里面有弹簧，坐吧。

芡子立马坐上去，还故意看着叔颠颤几下。叔这才小心翼翼地坐了。见侄女亲热随和，没有官太太架子，叔的话渐渐多起来。

叔告诉何花，她寄的信先送到乡政府，那里一看信封上印着鲜红的警备司令部几个字，不敢怠慢，立马派人送到屯子里干部手中。干部赶紧把叔叫去，让叔拆开信封，看看咋回事。信当众一念，大伙都惊呆了。原来都认为何花这闺女没有了，哪想到何花当了解放军，还嫁了个警备司令大官，成了官太太！婶子知道了这事，心里老犯嘀咕，生怕何花骑着高头大马，腰里别着盒子枪，带着护兵，回来问她的罪。这回叔来，婶子一再让叔捎话，求亲侄女别和她乡下婆子一般见识。

何花笑道：这是哪里话！我还得感谢婶子，不是她，我还参不了军，也不会有今天。叔你一定告诉婶子，何花那时小，不懂事，惹她生气，大人不计小人过，请她原谅。

说着说着，亲情慢慢上来了，也就觉得亲热起来。何花知道叔和芡子还没有吃饭，赶紧去食堂打来满满一大碗菜，四个大馒头。她还从柜子里拿出一听军用牛肉罐头打开。芮子吃着罐头说：真香！真香！

刚吃过饭，马司令回来了。他一进门就大喊：新媳妇，我回来了！人还没到，声音先进了屋。

叔猜到回来的是谁，急忙拉着芮子站起来。马司令一进屋，发现俩生人，扫一眼说：哦，这是谁呀？

何花忙介绍：这是我老家的叔叔。这是我弟弟芮子。这是马司令。

叔躬身叫一声：马司令……

马司令哈哈笑着说：没见过，听说过。好，好。何花的叔也是我的叔。你们谈吧，好好谈。何花你给我好好招待客人！我刚出差回来，还有急事要处理。失陪。说着，他一头钻进书房再不露脸。

何花笑笑说：他就是忙。咱们不管他，说咱们的。

叔忙说：那是，那是，大官，哪能不忙！

后来再说起来就是东扯葫芦西扯瓢，问自己想知道的，说对方不知道的。马司令家的房间很多，有的是地方。晚上，芮子看啥都新鲜，对啥都感兴趣，电灯，自来水龙头，抽水马桶，军用水壶，牙膏牙刷，他都要看看，摆弄摆弄。经过一番观察了解和亲身体验，芮子向何花提出了一个大胆的要求：姐，我要和你在一起，我不想走了。你那时候就说过，你要接我！

何花心里一热。可不是吗！想当初，她上轿爬犁前，是对芮子说过那话。这些年，她一直觉得对不起芮子，总觉得欠芮子什么。现在是条件好了，她也真想把芮子留在身边，可是……

何花只得拉着芮子的手，亲热地说：芮子，姐心疼你，姐想把你留下来。可是，你要知道，这里是部队，你看，到处都是穿军装的解放军，纪律很严很严，不能随便留下老百姓。你再看，这家里的东西，全是公家的，吃的穿的用的，都是公家发的，连人也是公家的。你不是公家人，能给你发吃穿吗？你回家好好上学，长大了当解放军。

叔赶紧说：芮子你别傻！你姐住的是兵营，别给你姐惹事！

第二天上午，何花领叔和芮子上大街，逛公园，让这两个人大开眼界。她不敢领他们逛商店，她没钱。部队是供给制，她每月的津贴费才六万元（六元），马司令的津贴费是每月四百八十斤小米，折合四十八万元。可寄一封平信就得八百元。好在芡子没提要买什么东西。

下午，叔和芡子要走了，何花尽量给他们带些东西，毛巾、肥皂、袜子、军用罐头什么的，多是些部队发的消耗品。何花特意交代叔，一定要把那个粉红色的"化学"梳子交到婶子手里，就说，那是何花孝敬婶子的。

叔叫了一声大侄女，吭哧半天才说：看看你家有不要的旧军装，给上几件………

何花感到很为难，不是舍不得，部队发军装，都是交旧领新，哪有什么不要的旧军装。她说：要那些旧军装干啥？

叔嗫嚅着：穿上军装，在屯子里……

何花明白了叔的意思，只好把马司令的两件半新不旧的军装给了叔。临行，何花塞给叔四万块钱，说是路费，给芡子五千块钱，让他路上买烧饼。

叔和芡子走了，何花心里很不是滋味。她觉得对不起他们。这么些年没见面，他们大老远的来了，给了他们什么呢？屯子里人会怎么想？她觉得特别对不起亲弟弟。爹妈早死，她就是芡子的亲人，她有责任管亲弟弟。可是，她管了吗？她想管就是管不了。

何花心情本来就不好，回到家又和马司令闹了点不愉快。马司令知道何花把自己的旧军装送人，就不大高兴地说：你不通知我就随便送人，这不对。

何花心里正阴着，听马司令这么一说，立刻来了火：你那两件破衣服有啥了不得的？不就是破烂儿吗？你说你一个大司令，我家来了人，你是怎么接待的？你给了他们什么？你来不迎，走不送，不搭不理不露头，摆你的官架子！你看不起他们就是看不起我！你看不起我还要我当老婆干什么？我亲弟弟无依无靠，多苦啊！我这个当姐姐的对不起他，对不起我死去的爹娘！

何花说着说着哭起来，哭得很伤心，哭得马司令手足无措。他真想不到，他就是随便说了那么一句话，竟然惹得何花嘟噜这一大串子又辣又麻的话。

马司令赔着笑脸说：好了好了，别生气了，是我不对，招待不周，下次改正，好不好？我不是舍不得那旧衣服。我是怕他们在屯子里穿上那军装招摇显摆吹牛，影响不好。你以为，他只是想要件旧衣服？

何花不哭了，也不搭理马司令，端着盆子去卫生间洗衣服。

何花每个周末回家，到家也想练歌，可是家中什么伴奏的乐器也没有。祁雅莉建议她买一台手风琴，边演奏边唱。她一打听，手风琴的价格并不高，她和马司令两个人三个月的津贴费就够买一台了。她给马司令说了，马司令不反对，让她找胖嫂说。她说：胖嫂又不是咱家的会计管咱家的钱，我给她说，她还以为问她借钱呢！

马司令说：你还是得给她说。

何花问：为什么呀？

马司令没有正面回答，只是笑了笑，笑罢说是到司令部看个文件，匆忙走了。

正好，胖嫂就在自家厨房里做饭，何花就找胖嫂说了。胖嫂听何花一说，马上放下手中切菜的刀，愣怔地盯着她问：一定要买吗？

何花点点头说：我得用。

胖嫂又问了一句：一定要买吗？

何花突然明白了点什么，反问：胖嫂，他的津贴费在你那儿啊？

胖嫂点了点头，说：马司令压根儿就没有多少钱。

何花很不高兴，阴沉着脸说：胖嫂你说清楚，他的津贴费怎么会在你这里？我是他媳妇！

胖嫂摸起菜刀，拍了拍案子，吼道：何花你别以为你当了司令的媳妇又上了学，就有啥了不起。告诉你，在我眼里，你还是那个何花，跟我当过烧火丫头的何花！

何花又气又急，呜呜地哭着跑进卧室，背起自己的军用书包就要走。胖嫂在门口拦住了何花，把真相向她和盘托出。

原来，马司令在战争中失去许多战友。这些战友中，有几个在新中国成立后，马司令通过各种渠道和他们家人联系上了。有的家中父母双亲还在，有的家中有妻子儿女，因为种种原因，生活都过得拮据。马司令一天到晚忙得不可开交，哪有工夫亲自办这事，就安排胖嫂，每月把自己的津贴费拿出三分之二，分成几份，给这几家烈属寄去。

何花听了，还是不高兴，她心想，马司令为什么不告诉我一声？那些牺牲了的战友不是他一个人的战友，也是我何花的战友。他不告诉我，就是没把我当一家人，当亲人！何花觉得刚才那样对胖嫂很不冷静，就解释道：胖嫂，我不是针对你，我是怨他不给我说清楚。咱俩是误会。其实，我也给我的第一个老师、牺牲的演员队苏队长的老母亲汇款。你看，我学习也忙，干脆，这事，以后你也帮我办了吧。我这就先谢谢你了！

胖嫂是麦秸火脾气，来得猛，熄得快。她又用切菜刀一拍案板笑道：你这个鬼丫头，刚才我恨不得一刀剁了你！

何花赶快调和气氛，笑着拉胖嫂的手说：剁吧，剁了你兄弟媳妇，你兄弟一枪崩了你！

胖嫂对何花说：你和马司令在部队上吃供给，津贴费本来就没多少，接济那些烈属用掉了一多半，哪有钱买手风琴！胖嫂怕何花难过，劝道，何花，别急，咱今天不买明天买，明天不买后天买，总有一天能买上。

何花笑了笑说：那是，日子总是越过越好。

胖嫂临走嘱咐：记住，不准和马司令生气。

马司令回家后，什么也不说，自己烧好洗脚水，认真地烫脚。马司令不像有的男人不爱洗脚，让老婆逼着洗，不洗不让上床。马司令是过去行军打仗养成的好习惯，他每天都要用热水烫脚，而且，一洗就是半个钟头，不紧不慢，不厌其烦，搞得何花很烦。

何花等着马司令开口说话，可老马只顾专心致志地洗脚，金口就是不开。

无奈何花只好冷着脸说：胖嫂讲了，没有买手风琴的钱。

马司令尴尬地一笑说：供给制嘛，都穷。我听说咱部队有位大将军，看中了一部好书，都没钱买。你看，你看……

何花阴沉着脸说：手风琴可以不买，不过我对你有意见！

马司令一扬剑眉，笑道：哦？有意见？提吧，我欢迎！

何花说：你要是把我当老婆，就不该把家里的事瞒着我。何花我不是小心眼的人。你以为就你给牺牲的战友家寄钱？我也在这样干！

马司令大嘴一张，惊喜道：真的？那你也犯错误，瞒我了。小坏蛋，看我不整死你！他说着，也顾不得擦脚，猛虎捕食般抱着何花就滚在了大床上。

何花急喊：灯！灯——

跷起长腿，用还滴着水的脚丫子夹住电灯开关吊线，拽灭了灯。灯光走了，喘息呻吟声来了……

快要毕业了，何花要及早准备她的毕业作品。她想请金浪老师辅导，金浪很看重这个有才华的学生，也愿意尽心辅导。哪个老师不希望自己的学生有出息呢！教学工作紧张，辅导只能在课余时间进行。

这天晚上，何花又请金老师在琴房辅导，时间很晚了，这师生俩沉浸在艺术的世界里，忘记了时间。忽然，童灵闯进来，气势汹汹地指着何花的鼻子说：哎，你是个结了婚的女人，规矩点，不要吃着碗里看着锅里！这深更半夜的，你不忌讳，别人还忌讳呢！你自爱一点好不好？

金浪气得浑身发抖，指着童灵吼道：你是学生还是泼妇？出去！

何花从来没有受过如此的羞辱，当即倒在地上。童灵吓着了，急忙跑回宿舍。祁雅莉看到何花的床一直空着，很不放心，她刚出宿舍，就碰到童灵急匆匆回来，忙问：见何花了吗？

童灵喘着气说：何花病了……在……琴房……

祁雅莉一听，赶紧往琴房跑，半路上正碰见金浪背着何花去学校医务室。祁雅莉慌忙跟着去。

其实，何花是患了重感冒，发高烧，加上童灵恶言恶语的刺激，两股子火攻心，才一下子犯病。到医务室一检查，医生吓得脸都白了，说是有事只给校长说。

医生告诉校长，何花这个女学生怀孕了。艺术学校只有校长知道何花是马司令的媳妇，他不敢怠慢，给狗蛋挂了电话。狗蛋没向马司令请示，急忙和胖嫂一起到学校把何花往医院送。路上，何花骂狗蛋和胖嫂：你们多管闲事！我现在是最关键时刻，你们这样一折腾，我的身份暴露了，还影响我的毕业成绩！

　　胖嫂嗔怪：是毕业成绩重要还是孩子重要？

　　何花这才知道自己怀孕了。她虽然是第一次怀孕，但作为女人，也深深懂得这对自己意味着什么。她不再嚷不再闹，只是默默地流着泪。胖嫂理解她的心情，掏出手绢给她擦眼泪。从当上管食堂的主任，胖嫂就不再用袖子擦眼泪，平时身上带着手绢。不过，何花还是几次提醒她：你那手绢要隔两天用肥皂洗一洗，别过三个月就跟抹布差不多了。胖嫂一边给何花擦泪，一边安慰她：等孩子生下来，你想唱歌还不是照样唱？我听人家说，孩子在娘肚子里就听歌，保证又漂亮又聪明。说不定，你生的这个孩子又像他爸那样会骑马，又像你那样会唱歌。骑着马唱着歌，那多带劲啊！

　　何花被胖嫂说笑了。

　　马司令闻讯赶到医院时，人在走廊里就大声叫着：新媳妇我来看儿子了！

　　何花只在医院观察室待半天就要回学校，学习紧张啊！可马司令坚决不干，一定要把新媳妇接回家休养几天，他嚷嚷着：不能亏了我的新媳妇！不能亏了我的儿子！回到家，马司令下决心一定陪新媳妇好好待两天。

　　马司令说到做到，一到家，他让何花乖乖躺到大床上，他就坐在旁边，一会儿问新媳妇渴不渴饿不饿，一会儿问新媳妇热不热冷不冷，真是无微不至，关心到脚趾盖头发梢。

　　何花很少说话，马司令就自己说：哎，人心都是肉长的，不管是男人还是女人，不管是官还是兵，不管是富人还是穷人。要是自己的男人想着别个的女人，要是自己的老婆想着别个男人的影子，要是自己的老婆趴在别个男人的背上，那，这个人的心说不定要碎掉……

　　何花躺在床上，静静地听着，不说一句话。她心想：眼前这个男人，一向是炮筒子脾气，说话竹筒倒豆子，今天拐弯抹角的，真有耐心，用心良苦。也许，是我这个小女子改造了他，他也改造了我。马司令的话里有话，何花完全明白。她想不到，自己随意的言行，会让这个钢骨铁筋的汉子心碎！何花的心隐隐作痛，她不得不检点自己。

何花说：老马，忙你的去吧，我没事了。

马司令说：我说过，这次我一定好好陪你两天，肯定要陪！他的话音刚落，电话铃响了，是上头有事找他。马司令放下电话，走到何花身边，无奈地挠挠头笑着说：你看，这，这……

何花摆摆手说：走吧，走吧，我没事。

马司令走了，何花也走了。何花回到学校宿舍，天已经完全黑下来。童灵看到何花，她不好意思照面，躲了出去。

祁雅莉看到何花，惊呼起来：哎哟何花，你不要命啦？为啥不老实待在医院里？

何花见屋里没有别人，就冷着脸子说：祁雅莉，咱俩是好朋友吗？

祁雅莉说：那当然了，咱们一直是好朋友。

何花说：好朋友？我看是敌人！

祁雅莉吃惊道：何花你怎么这样说？我哪里惹着你啦？

何花说：我是把你当朋友，可你却心怀鬼胎，搞阴谋诡计！咱们一到学校你就要和我睡上下铺，你是为了监视我！你两次故意和马司令演骑马的戏，那是为了刺激我！我只和你一个人说过爱男人影子的混话，可是，马司令却知道了！只有一个人看到金浪背着我去学校医务室，那个人就是你，可这事马司令也知道了！祁雅莉，你还有什么解释的吗？你这个特务！

祁雅莉听何花说完，一直沉默不语。何花厉声道：特务分子祁雅莉！你要老实交代！

祁雅莉好半天才说：何花你不要说话这么难听，什么特务？我承认，你的怀疑都对，但是这些都是胖嫂一手安排的。胖嫂知道咱俩好，就让我干这事。我问她，是不是马司令的意思，她说马司令不知道，她说她就是关心你，为了你和马司令好，怕你在学校出事情，才这样。我也是觉得，咱俩是好朋友，才想着关心你，帮助你。何花你好好想一想，我这样做，伤害你了吗？

何花说：你是没有害我，但是你伤了我的心！我以后还敢对你说心里话吗？

祁雅莉长叹一声，伤感地说：唉！想不到结果会是这样，好心没好报。

何花，我对不起你……

何花的毕业作品得到了好成绩。学业刚完成，何花就临产了，生了个胖小子。马司令高兴得全身每个毛孔都笑。他说：给孩子取名"东东"吧。新媳妇你再给我生一个小子就叫"北北"。东北嘛！

何花说：我可不能保证再给你生一个！

满月那天，童灵来看何花，她先是祝贺，后是道歉，请何花原谅。何花真诚地笑道：同志间，免不了磕磕碰碰，越碰越黏糊。过去了就没事了，别放心上。

童灵一脸喜气地说：我和金浪已经登记结婚了。

何花说：好，祝福你们！金老师年轻英俊，才华横溢，将来大有前途。你和他在一起，他一定会帮助你在音乐的道路上越走越好。

童灵高兴得神采飞扬，不过，很快脸上就浮现出一片阴云。她说：还是你有眼光，找了个高干，吃的住的用的都比别人好。我和金浪连个房子也没有，得挤他宿舍里住。

何花说：一切都会好起来。你别着急。

童灵刚走，学校声乐系年轻的女辅导员也来看何花。两个人聊一阵子闲话，辅导员抱起孩子想逗一下，没想到孩子和他爹的性格极为相似，一到生人的怀里就哇哇大哭，哭得十分响亮。正在客厅里的马司令立即冲进来，从女辅导员怀里夺下孩子，睁着大眼瞪着她说：干吗，想抢我的孩子？

女辅导员闹了个大红脸，咕噜一句：粗野。站起来走了。

何花接过孩子，埋怨马司令：你看看你，把我的辅导员气跑了。人家回到学校一说何花有个粗野的丈夫，你让我的脸往哪儿搁？

马司令见何花生气了，就赔着笑脸说：新媳妇别生气，哪天我去学校约你的这个辅导员赔礼道歉可以吧？说完，他的脸沉下来，闷闷不乐地坐在床沿上。

这下轮到何花急了。她说：你也别往心里去了，这事我自己处理。

马司令拉过何花的手，轻轻地揉搓着，脸上像变戏法似的，先是冲她无奈地笑了笑，接着又阴沉下来，想说什么也没说出口。

何花看出马司令有心事，而且与刚才的事无关，她想问，又忍住了。她是军人，懂得纪律，马司令不愿说或不想说的，她没有权力打听。于是，何花就说：你忙你的去，别在这烦我。

马司令亲了亲儿子，走到门外又转过头来，隔着窗户玻璃回头看了何花一眼。他的这一眼，让何花心惊肉跳。难道又要打仗，马司令要上前线了？但是，她的担心不在于此。作为一个军人，对战争的认识和理解远非一般人可比。真的战争发生了，作为军人，只能义无反顾地走上战场，军人的妻子必须全力支持。何花担心的是自己会不会脱下军装，离开部队。

早在一个月前，就有人传说，军分区文工团要撤销，一部分并到大军区，一部分转业到地方。陈小妹来看她时，告诉她团里正在排名单，李协理员和廖团长等几个团领导天天晚上开会，一开就是半夜。见了团里的同志，他们不是躲着走，就是哼哼哈哈不正面回答问题。陈小妹有点嫉妒地说：有马司令撑腰，何花你的工作安排还不随你挑随你拣。

何花说：我没指望他为我工作的事说话。他压根儿不会替我说话。

不过，真的要何花离开部队，她一千个不乐意，一万个不高兴。到那时，唯一的办法只有让马司令开口。

晚上，马司令回到家，见何花和胖嫂正在沙发上说悄悄话，他脱下皮鞋，蹑手蹑脚走到里屋，看了一眼熟睡的儿子，然后回到客厅里。胖嫂主动坐到另一只沙发上，让他挨着何花坐。还没等马司令坐下，何花就开口了：哎，我们团到底是保留还是撤销，定下了吗？

马司令说：是嘛，我还没见到方案呢。

何花说：你这个马虎，在这件事情上可别给我来马虎。我先把话说前头，你们撤也好保留也罢，反正我不离开部队。

马司令端起茶杯喝了一口水，假装漱嘴，到卫生间转了一圈，出来后严肃地说：你有什么想法、什么要求，可以向你们团里反映。你离不离开部队，也不是我司令员定的，那要根据工作需要，对不对？

何花不高兴了，一把夺下他手中的茶杯说：这茶是我刚泡的，你可不可以端起来就喝，也不是你能定的。

马司令笑笑，给胖嫂使了个眼色，意思是让胖嫂劝劝何花。胖嫂扭了一下脖子，表示无可奈何。

马司令干咳了两声，挺直了腰，一字一句认真地说：何花同志，你是个老战士了，应当懂得服从命令听指挥，还用我再教你吗？

何花没理他。胖嫂在一旁接上说：马司令你也别给何花上政治课，要说服从命令听指挥，何花做得一点都不差。

胖嫂就差没说组织上命令何花嫁给马司令这事。马司令和何花当然都听得出这个意思。马司令沉默了，何花却抹起了眼泪。胖嫂这才意识到自己的话有毛病，成了哪壶不开提哪壶。她干脆来点痛快的，直截了当地说：马司令你就是给何花她们团领导说一声也不犯事。你是咱部队上的司令，你媳妇孩子不跟着你在部队上算啥子事？

马司令说：咱部队上还有很多同志老婆孩子在农村。

胖嫂说：你和何花的条件不是不一样吗！

马司令不高兴地说：啥条件不一样，就因为她是司令老婆？

何花急了，气哼哼地说：你是成心让我转业是不是？那好，我要转业就转回老家。我带着孩子单过。

马司令也急了：你敢，老子……

两个人的声音一高，屋里熟睡的孩子惊醒了，"哇哇"大哭。何花赶忙到屋里去喂孩子。胖嫂借这个机会，又劝了马司令一会儿。她说：老马，你要是让你新媳妇生气，把奶水给拒回去，奶不了孩子，孩子营养不良长不好，你可别后悔。

马司令黑着脸不说话。

文工团撤销的当天，团里人员的分流去向也同时确定下来，何花名列转业人员行列之中。这就意味着她要脱去军装，离开军队。她接受不了，怀着一肚子怨气，想回家和马司令闹一场。马司令不在家，打电话问狗蛋，狗蛋说司令下基层了。何花觉得他这个时候下基层是故意躲开她。她更恼火，更生气，搬了凳子站上去，把挂在墙上的镜框够下来摔碎了，取出她和马司令的结婚合影照片，三下五除二撕了个粉碎。

就在这时候，胖嫂风风火火地闯进来喊着：哎哟我的个小祖宗，你一个人在家爬高下低的也不害怕。说着就去抱何花，何花一下就瘫在胖嫂怀里。胖嫂看着一地碎照片，不由火冒三丈，把何花抱起来像丢枕头一样朝沙发上重重地一摔说：何花这就是你不对了。文工团撤销也不是马司令定的。他没帮你说话，你可以怨他，骂他，可是你不该把这照片给毁了。他又不是坏蛋。

何花说：他就是个坏蛋。我是他老婆，他一点不帮我。

胖嫂说：就算你不在部队上干了，不穿军装了，也不会失业。你想唱歌到地方文工团嘛！省文工团、地区文工团，条件也不比部队文工团差吧。

何花说：那你怎么不脱了军装去地方工作。省机关、地区机关都有食堂，你去那里当你的火头军头多好。

胖嫂的嘴秃噜了，哼唧了一声说：反正这事你不能赖马司令，他是个好人，待你不赖！

何花的性子上来了，嘴上的岗哨也撤了，说话特难听：你要觉得他人好，你搬过来和他一起住吧，我走！说着，就开始收拾行李，抱上孩子要出门。

胖嫂气得围着沙发转了几个圈，最后连着蹦了几下，气急败坏地喊：何花你等着，有你后悔的那天！

何花说：我一辈子也不想和一个没人情味的男人在一起。你放心，我不会后悔。

话是说出口了，腿却迈不动了。一个女人带着孩子能到哪里去？去学校吧，学校是集体宿舍，又面临毕业；回团里吧，文工团已经撤销，等于这座庙拆掉了。总不能带着孩子流浪街头吧？何花为难了，犹豫了。

已经出了门走出很远的胖嫂，觉得对何花发火不对劲，又返了回来。何花见胖嫂回来了，就又摆出一副要离家出走的架势。

胖嫂上前拦住何花说：你要走也得等司令回来，要不然司令还以为我使了坏，我落个不清不白，说不定司令一发火把我给关起来！说着说着，胖嫂的眼泪也落下来。何花一下抱紧了胖嫂，两个女人哭成一团。

马司令回来，既没对何花说一句安慰的话，更没有一句解释。何花知道木已成舟，只有接受转业这个事实，也没和他吵闹，只是一连几天都不理他。何花不理马司令，马司令也不生气，不是冲何花笑笑，就是逗儿子玩，再不然就捧着张报纸在那儿看，从前到后，从上到下，一个字也不落下，好像那些方块字是坚硬的食物，他要把它们嚼碎了吞到肚子里。

这时候，马司令的命令也下来了，调他到省军区任副司令。虽然同在一个城市，但省军区和军分区不仅两个级别，驻地也不在一起，所以得搬家。何花也就在这一天脱下军装，离开了部队。

临行之前，何花面对军旗立正站好，庄严地举起右臂向军旗敬礼。想到这是自己人生中最后一个军礼，她的眼泪再也止不住流了下来。转过身，何花想扑到老马的怀抱里寻找安慰和爱抚，却发现他已离去……

第五章

　　转眼之间又一个春天到了。北方的春天与南方比起来，不仅更有戏剧性，而且更有观赏性。南方春夏秋冬四季不太明朗，一年之中绿水青山，春意盎然，往往不容易分辨。而北方的春天从开始酝酿，到崭露头角，再到绿水青山，就像一个演员化装的过程，细心的人看来带有艺术风格，就是粗心的人也会觉得色彩分明。何花过去对这一点没什么特殊感觉，天气由冷转暖，春天就来了。这个春天的到来，却是儿子马东东提醒了她。

　　那天是个星期天，何花在屋子里洗衣服，保姆孙姨带着刚满周岁的马东东在院子里玩耍。忽然，何花听见东东惊讶的叫声，出门一看，东东昂着头，全神贯注地看着院子里一棵大柳树，还用手指着，牙牙地说：花，花。

　　孙姨教他：那不叫花，叫，叫芽，芽。

　　何花这才发现，柳树的枝条与前几天相比发生了变化。过冬时的柳树枝条干瘦，还有些地方皲裂开了，现在却丰满了，光滑湿润了，上边长出一颗颗小苞似的东西，嫩绿而新鲜，准备脱颖而出，给春天增添一抹绚丽。何花抬头瞧着返青的柳条，心便和这柔韧的柳条一起随风摆动。她抱起儿子，高兴地把东东举过头顶，赞扬他说：儿子，你的眼光太厉害了，比妈妈还早看到春天。

　　一年之计在于春。春天一到，人们更加忙碌起来。省文工团的演出任务也排得满满当当。转业到省文工团的何花，已经当上了一名专业歌手，并且担任了演员队的副队长。她对自己从事的工作非常满意，也非常认真，每场演出都不愿落下。带孩子的任务就交给保姆孙姨。

孙姨是组织上帮着挑选的，但她到马司令家做阿姨，马司令和何花却做不了主，得胖嫂说了才算。孙姨到马司令家时，胖嫂把她叫到一边，前后左右地看。孙姨人挺干净，穿衣打扮也利索，胖嫂感觉挺不错。她满意了，然后她又大事小事仔细地叮嘱孙姨，规矩定完了她还不放心。在一个多月时间里，只要她空闲了，就来到马司令家，处处盯着孙姨的举动。直到她认定孙姨听话，手脚也勤快，人老实可靠，最后才确定下来。她对马司令说：老马啊，就是她吧，人不错。老马哈哈大笑着说：你说行就行了嘛，我的事不是从来都是你做主吗。老马的话，说得全家都大笑起来。

一开始，因为怎样称呼孙姨，马副司令和何花还犯过难。孙姨的年龄比司令小一岁，司令可以称她小孙。她又比何花的年龄大 19 岁，何花称她姨称她姐都是可以的。可是，他们是两口子，关起门来孙姨也是一家人，总不能两种称呼吧？最后还是胖嫂拍了板，你俩都叫孙姨算了，比着孩子叫，不就一称呼嘛！

胖嫂没看错，孙姨是个能干的女人。她果然不负马副司令和何花的厚望，将全部心思，全部时间，还有她自己的爱，都用在了马东东身上。何花演出忙，有时候一出去就是一个礼拜甚至十天半个月，回到家抱着儿子左看右看，越看心里越高兴。因为儿子一天比一天长大，一天比一天精神，一天比一天聪明。

何花充满幸福地看着儿子对马副司令说：你看咱们家东东像不像墙上的那个孩子？

马副司令朝墙上看了一眼。那是一张很多地方都有的宣传画，画面是一个可爱的小男孩抱一只白鸽子，题目叫《我们热爱和平》。马副司令说：嗨，胖小子挺好啊，可他和我儿子比，还是差远了！

何花笑道：瞧瞧把你美的！这么好的大儿子，还不是我生给你的！都说了，老婆是人家的好，儿子是自家的好。对吧？

马副司令说：你答对一半，那个叫何花的女人，永远是我的新媳妇！别的女人嘛，哪个也比不上我的何花。这么说吧，儿子好，媳妇更好。

听了老马的话，何花觉得好像吞下一勺蜂蜜，甜得她把眼睛笑得眯成了一条缝儿，恨不得扑上去搂了老马，狠狠咬他一口。

然而，日子是个五味瓶，里面装的不总是甜蜜。

省文工团要组织中国人民赴朝慰问团，慰问在朝鲜战场上抗美援朝的志愿军，慰问我们最可爱的人。组团的时候，团里专门开了动员会，领导号召大家踊跃报名参加慰问团。有的演员怕上前线，风传第一届慰问团到了朝鲜前线慰问，正赶上美国鬼子的飞机狂轰滥炸，就有演员牺牲了。

何花是演员队副队长，又是共产党员，曾经还是战士，经历过战火的考验，理所当然地带头报名参加赴朝慰问团。

报名参加慰问团那天，何花特地提早下了班，直接回到家。

晚饭后，马副司令趴在地上，高兴地和儿子玩骑马的游戏。小马骑在老马身上，老马在地板上转圈爬，小马还不时拍老马的屁股，奶声奶气喊叫："驾！驾！"爷俩疯够了，孙姨领走了东东。

老马刚坐下，何花就递上一杯刚泡的香茶说：老马，给你说个事。今天上午，我们团组织演员参加赴朝慰问团，动员大会上我报名了。

马副司令正端着茶杯，小口抿茶。听了何花的话，忽然张大了嘴，半口茶含在嘴中不动，好半天才将茶水咽下去说：哦，哦。赴朝慰问团，这个事我知道。你报名了？

何花说：我跟你说啊，团里有不少同志都害怕去呢，可他们嘴上又不说出来，大部分人都犹豫着，也有人说些家里的这困难那困难。当时我想，我经历过战火的考验，我怕什么！我是党员，所以就带了个头。也没来得及和你商量，我想你会支持我参加慰问团的。

马副司令说：那是。

何花说：我记得，那年我上前线演出，受了伤，立了功，还是你给我授的奖。

马副司令说：那是。

何花说：我记得，那年剿匪我报名，团里不批，还是你特批的。

马副司令说：那是。

何花说：那是，那是，你就不能说点别的？

马副司令说：那是。

何花不高兴了：老马，你到底听没听我说话？

马副司令说：我听着呢，你报名了，赴朝慰问。

何花说：我看你今天不对劲，你是不是不想让我赴朝慰问？

马副司令剑眉陡扬，大声说：我老马啥时候都是坚决支持争着上前线的战士。上朝鲜战场，我没能去，还病了一场。我就是希望，战争，应该远离当了母亲的女人。

何花听明白了老马话里的意思，也大声说：老马，我知道你心疼我，你舍不得我去，舍不得咱们儿子在我走了后没人管。我也懂得，英雄也有儿女情长的时候。老马啊，咱们东东早已断奶，有孙姨带着，她那么喜欢咱们东东，难道你还不放心？再说了，不是还有胖嫂帮忙打理吗，你就一百个放心吧。

过了一会儿，何花又说：老马，在战场上，你曾经是铁骨铮铮的汉子、叱咤风云的英雄，现在又是党和军队的高级领导，我猜，你肯定会支持自己家人的革命选择！

听了何花的话，马副司令哈哈大笑起来：好！好啊！看不出来，我的小媳妇进步了啊，还能给我做思想工作了。反串啊？

孙姨正在厨房里忙乎，听客厅里声音好大，还以为两口子拌嘴呢，急忙跑过来，正赶上副司令大笑，不知道在笑什么。她也笑道：首长，何老师，开饭了。

夜渐深，远处不断传来火车的鸣叫。城市上空，交叉移动的探照灯的闪光，时不时反射到窗玻璃上。何花和马副司令两人仰卧在大床上，对着天花板眨眼。灯熄了，能看到什么呢？似乎两人都在看对方的心。又一声火车的长鸣传来，隐约，却很清晰。马副司令侧身面对何花。何花也侧身面对马副司令。

如果有可能，写信吧。马副司令冒出一句话。

有机会，我肯定写。何花说。

何花参加了中国人民赴朝慰问团，同去的还有祁雅莉。何花虽然也参加过战场的宣传和慰问，但这次赴朝慰问和以前大不相同。她一跨过鸭绿江，就终日处于兴奋、感动、激动之中，像扑进了沸腾的海洋。何花的歌声，响遍了飞机场，高炮阵地，坑道口，战壕里。何花的歌喉特别具有感染力，受到指战员们的热烈欢迎。"一条大河波浪翻，风吹稻花香两岸……"何花唱起这首歌，往往感动得满身战火硝烟的战士热泪盈眶。

经过十八天的紧张慰问，总算有了一点空闲时间，何花才想起该给家里写封信，她答应过老马要写信的。

老马同志：

你好，我来朝鲜半个多月了，慰问很紧张。我们冒着敌人的炮火到前线慰问，表演节目。给志愿军战士送上好多慰问信，慰问袋，里面装的什么都有。战士们还让我们签名留念，把我的手都签痛了。你知道，我的字不太好，不好意思。慰问团有好多名角，京剧的四大名旦，还有捐献一架飞机的常香玉。比起他们，我这个无名小辈算不了什么。我只有加倍努力。

好了，又要出发了。不要回信，我们流动性大，来信收不到。别忘了刮胡子。

信写好了，信纸才用一半，空着挺可惜。何花心血来潮，随手在空白处画了两匹马，大马的头下是一匹小马。画得一点都不像。何花笑着把信纸装进信封。

马副司令的办公桌上，每天上午九点，就会有人送来一摞文件、报纸、书信。自从何花赴朝慰问后，马副司令就特别注意来的信件，每天都要把文件、报纸抖一抖，看看里面会不会夹着何花的来信。就这样抖了二十五天，终于抖出了何花的来信。马副司令把何花那没写几行字的信看了三遍，嘴里咕哝一句：这个新媳妇，啥也没写。不过，马副司令还是在何花的画上发现了一个小秘密，他笑着把信锁进抽屉，又咕哝一句：回来找你算账。

马副司令出差俩礼拜，办公桌上堆成了山，他费了好长时间才把新媳妇的信抖出来。

老马同志：

你好，我们现在慰问活动更深入了，我们有时候给志愿军面对面演唱，就是一个战士我们也唱。战士好感动啊，热泪盈眶！我们也流泪了。我们在演唱的空隙，还给最可爱的人补衣服。我们到战地医院为伤员演唱，护士忙不过来，我们就搭把手。打针换药不会，接个大小便还行。我就为一位被炸丢一条腿的伤员处理过大小便。面对男人那东西，不忌讳。我记得，胖嫂对我讲过，当年你在他家养伤，她就不稀罕你的那个。战争不分男女，对吧？

还有，领导讲，我们的慰问快要结束了。

马副司令把新媳妇的信看了四遍，隐约看到新媳妇在信纸上对他傻笑。马副司令又把信锁进抽屉，嘴里咕哝：这个胖嫂，啥都讲，看我不收拾你！

墙上的日历一张张撕去，马副司令撕去二十八张，与何花同去慰问的祁雅莉回来了。她向马副司令报告，她们俩到前沿阵地为战士演出，突然，一颗炮弹在身边爆炸，两名战士当场牺牲，她们俩被土石掩埋。祁雅莉从土里拱出来，不见了何花。牺牲的战友和何花很快被扒出来，何花全身血肉模糊。他们立即被抬下去了。

马副司令急问：何花到底是死是活？

祁雅莉既痛苦又内疚：我不知道……真的不知道。

马副司令问此次赴朝慰问团的领导，得到含糊的答案：何花血肉模糊，昏死过去，被送进战地医院，当时并没有牺牲，但到医院后的情况就不知道了。

马副司令身经百战，经他手处理的阵亡通知书，记不清有多少。有战争就会有牺牲。此类事情，都有专人负责。作为高级将领，马副司令不可能到处追问自己老婆的下落。等待，就是唯一的选择。

等在浆糊盆里，很黏；等在热锅里，很急；等在黄连水里，很苦。马副司令像往常一样那么忙，生活一如既往。不管有多忙，他回家的第一件事就是抱起马东东，在客厅里转几圈，饭后还要和他玩一会儿。马副司令甚至要东东夜晚和他睡。孙姨坚决不同意，副司令只好作罢。

一天晚饭后，马副司令又趴在地板上让儿子当马骑，不过，这匹马不是昂首奋蹄，而是垂首漫步。忽然，骑在马上的东东喊了一声：妈妈！老马听到了，但是没在意，因为东东经常这么空喊。东东又喊了：妈妈！妈妈！小家伙喊着，从马背上翻滚下来。

老马抬起头，呆了！全身凝固成一尊雕像。

老马，我回来了。

这熟悉的声音在老马的耳边炸响，把老马炸醒。他慢慢站起，问：是你？你没有……

满面笑容眼闪泪光的何花说：我去马克思那里报到，他说，咱们都姓马，你家的老马和小马还需要你，回去吧。我就回来了。

马副司令鼻子一酸，大步走进卫生间。孙姨听到何花说话，从厨房冲出来，哭喊着：何老师！何老师！你可回来了！你不知道啊，这些天，我们是咋熬着过的呀！我们是天塌地陷了哇，我们的日子过得昏天黑地，没头没尾。小东东一喊妈妈我的心啊，就比那刀割的还痛……孙姨抱着何花，鼻涕一把泪一把，蹭了何花一肩膀。

马副司令在卫生间听着孙姨的哭诉，心想，这个孙姨，真是自家人，怎么知道我心里的话？

才十点钟，孙姨就把一切收拾停当，哄着东东去睡觉了。何花和马副司令也熄灯就寝。

久别胜新婚？不对。奈何桥上走一遭，又如何？

老马问：新媳妇，都说你血肉模糊，昏迷不醒，你伤哪儿啦？

新媳妇说：我当时被震昏送到医院，原来我身上是粘上了牺牲战士的血肉。我是脑震荡，大腿被炮弹皮擦伤，没伤骨头。

老马说：让我摸摸你的伤……说着，手，伸上来，嘴，凑过来。

新媳妇嗔怪：我写信让你别忘了刮胡子，你怎么不听话？

老马笑：别提信，提信我还得找你算账！你说，你在那匹老马的两条后腿中间画了什么？

新媳妇装迷糊：没画什么呀，那不就是匹公马吗？

老马搂过新媳妇说：别装糊涂！

远处，又传来火车的鸣叫。

第六章

朝鲜的战火终于停了，我们新中国开始集中力量进行建设。我们搞建设，需要大力加强宣传鼓舞工作，对文工团比较重视。省里有文工团，省里一些行业如煤炭、青联等也有文工团，加上京剧、地方戏等各种类别的剧团，省城里的文艺团体有二十多家，最多时演员达几千人。十几家剧院、电影院天天都有演出。

省文工团归文化厅直接领导，团长由省文化厅一位副厅长兼任。行业的文艺团体归行业主管部门的宣传文化处管，与省团不是一个等级，所以，省文工团自然形成了老大的地位，独占省大礼堂的演出舞台。行业团的团员，只有比较出类拔萃的，才有机会进省文工团，而且名义上是"选拔"。童灵转业后，先进了煤矿文工团，第二年在全省文艺会演中获得了女子组第一名，才进了省文工团。这个时候，何花已经是省文工团的演员队副队长，副处级待遇。

北方省是一个煤炭大省，煤矿又大多集中在这个省的北部。正值新中国建设初期，上马的项目多，用电量大，煤矿的地位在全省举足轻重。省的矿业局放在煤矿集中的一个市，市长和矿业局局长两个职务由马副司令在部队时的战友、现任副省长葛福林亲自兼任。那个市被北方省的人们称为煤都、太阳城、热和力的源泉。省文工团到那儿演出，一去就得十多天，每个煤矿、发电厂都得跑一遍、演一遍。一个地方不到，那个地方就会提意见，说省、市只重视那家不重视这家。文工团的领导只好把演员们分成几支小分队，分别到各个煤矿去。

煤矿都建在农村，有的还非常偏远，文工团员坐着大卡车颠簸，一路上飞扬的尘土、煤灰被风挟裹着直往眼睛里、鼻子里和嘴巴里钻，不一会儿就灰头灰脸，一车人几乎都成了同一张面孔，坐在对面都认不出来是谁。吐一口唾沫，唾沫也是黑的。可是，文工团员们没有一个人埋怨，大家激情四射，一路高歌，为能到工人中间演出感到骄傲。有的团员生病了，团领导不安排他下煤矿演出，他还找团领导吵闹，说团领导不让自己向工人阶级学习。

何花第一次到矿山，高高的井架，飞转的天轮，拔地而起的煤矸石山，以及来来往往头戴红色安全帽、身穿工作服的工人，汇成一股沸腾的热流，让她感到新鲜、振奋、激动。和那些列队欢迎他们的煤矿工人握手时，她的眼里泪花闪烁。

向煤矿工人学习！向煤矿工人致敬！文工团员们喊着响亮的口号，加入劳动的行列。这是文艺工作者深入基层必须做的第一件事，不参加劳动就不是革命的文艺工作者，或者说革命就不自觉、不彻底。有的女文工团员还没登台演出，就累得东倒西歪，支撑不下去了。

何花在艺术学校的系主任金浪，调到省文工团任副团长。他这个瘦弱的书生，被分配到井口抬大筐。他从小没干过这种出力的活，不懂得怎样用劲，头伸着，腰躬着，两手抱着杠子。那杠子往下滑一下，他的屁股往上撅一撅，肩膀上的杠子也往下动一动，走出十几步就被压趴下了。和他一起抬筐的工人丢下杠子，跑过来把他拉起，帮他拍打身上的煤灰，连说对不起。他闹了个大红脸，赶忙赔礼道歉，说：是我没有学习好，今后我要拜你为师，好好向你学习。

何花和几个女团员有的被分配到食堂帮厨，有的被分配到灯房学习。何花一进灯房，顿时眼花缭乱。一盏盏擦得明净的矿灯整整齐齐地摆放在架子上，仿佛一颗颗安睡的星星。

灯房的值班班长叫庞天明，她长得人高马大，体形酷似强壮的小伙。她说话的声音又粗又重，不仔细分辨，真听不出她是女人。她人挺热情，一见何花和陈小妹，上去又是握手又是拥抱，嘴里一口一个好姐妹地叫着，让何花她们听了，心里热乎乎得像喝了烧酒。

庞天明自我介绍：我妈生我的时候，让我爸给起个名字。我爸是大老粗，没有文化，吭哧了半天也没想出个名字来，最后看了看窗外天亮了，就顺口说叫天明吧。我妈气得骂我爸，说，那要再生个孩子是天黑的时候，是不是就叫天黑？

何花和陈小妹都笑了。人与人之间本来就没有太大的距离，距离都是人为形成的。无论你职务高低，年龄大小，只要把自己同对方放在对等地位，尊重别人，也就会赢得别人的信任和尊重。庞天明身上散发的热情，与何花身上的亲和力很快就融会贯通，一脉相连。从省城来的文工团员，和煤矿灯房里的女矿工，很快就成了好朋友。

晚上，慰问演出在矿山礼堂举行。本来容纳一千多人的礼堂，满满当当地挤了两千人，有下班的矿工，有矿工家属，有附近村子里的农民。煤矿同当地农村的关系比较和睦，农民支持国家开煤矿，煤矿也尽可能地为当地农村提供一些方便。剧团下乡演出的少，煤矿里不管是放电影还是有演出，对当地的农村总是敞开大门。

演出开始前，按照惯例是煤矿领导讲话，有的矿领导三言两语说几句欢迎的话，就宣布演出开始。何花到的这个煤矿领导，讲起话来像老太太的裹脚布，又臭又长，欢迎词翻来覆去说不够，讲着讲着还跑了调，从国内形势到国际形势，从政治到经济，从矿山安全生产到职工福利，好像做总结报告。金浪急得不时看表，一脸的无奈和不安。文工团员从省城坐火车到这座"煤都"，用八个小时，下火车来不及休息，先在矿业局大礼堂连演两场，接着坐卡车到矿山来。来到先劳动，人已精疲力竭，再拖下去，恐怕就支撑不住了。

陈小妹化着妆，眉笔掉在地上，发出轻微的呼噜声。旁边的人推醒她说：咱是来给工人演出，注意点，别犯阶级感情错误。

陈小妹求救似的看何花一眼，何花无可奈何，笑得有些勉强。

演出终于开始了。何花第一个登台，她看见台下一排排整齐的队伍，整齐的服装，仿佛又回到自己熟悉的部队，情绪一下子提起来，精神达到最佳状态，连续唱了三首歌，赢得台下雷鸣般的掌声。何花一带头，其他团员的情绪也跟了上来，整场演出效果非常好，出乎金浪的意料。

演出结束，何花想起庞天明几个人值夜班，没来大礼堂看演出，就对副团长金浪说：灯房里有几个值夜班的女同志不能看演出，我去灯房给她们唱首歌。

庞天明一听何花是专程来唱歌给她们听的，激动地握着何花的手说：文工团的姐妹太好了，太好了！

在灯房里，何花一连唱了五首歌。庞天明用自己喝茶的杯子给何花倒了一杯开水。何花见杯子边沿上有一层黑不溜秋的东西，又是庞天明个人的杯子，接过看了一眼就放下了。

为了和工人阶级交朋友，何花唱完歌还和庞天明闲聊。何花看庞天明的身高、体形、长相和胖嫂特别像，连说话的嗓音都像，简直就像一个模子倒出来的。她就把胖嫂的情况对庞天明讲了，还玩笑似的说：你们俩都姓庞，会不会是什么亲戚呀？

谁知何花这么随便一说，庞天明倒较真了，她一下子蹦起来说：真的？说不定你那个胖嫂是我老姑呢！我听我爹说过我老姑的事。你赶快给我联系，现在就去办公室打电话，快！你只要一报我爹的名字就知道是不是她！

何花想，如果真能让她们认上亲，倒也是一桩美事，就和庞天明一同跑到矿办公室给胖嫂打电话。何花把庞天明的情况大致讲了，一说庞天明她爹的名字，胖嫂立刻在电话里大叫起来：哎哟何花！他是我哥！庞天明是我哥的闺女，她就是我的亲侄女，我是她亲姑！

庞天明就站在旁边，她一听到对方的讲话，伸手就夺过话筒大喊：姑！姑！我是你亲侄女庞天明，亲亲的侄女！我爹常念叨你，想不到姑你在部队上当了大官！

俩炮筒子把电话震得嘎嘎乱响，再加上热泪交流，把何花都感动得泪花闪闪。

不久，庞天明利用休假到省城来看胖嫂，何花请假陪着她们姑嫂二人转了省城几个景点。庞天明再三给胖嫂说，何花姐是个好演员，好大姐！

省文工团第三次到煤都慰问演出是春节前夕。何花一下车，庞天明就跑上前来，抢过她的行李，拉着她的手，亲热得像一对久别重逢的亲姐妹。

庞天明先把何花拉到矿山的宣传橱窗前，指着一排披红挂花的女工对何花说：何花姐，你能认出哪个是我吗？

庞天明高高大大的身子在女工中非常扎眼，何花根本不需仔细辨认，用手指着前排中间那个说：这，这就是你！

庞天明咯咯笑道：我们局有个领导来视察，指着我的照片问矿长，你们搞错了吧，女先进工作者中怎么还有个男同志？把我们矿长乐得差点儿趴下。

童灵在一旁撇了撇嘴，心里说，你还好意思说出来。那不是嘲讽你的吗！

何花也笑了：这个领导可能是近视眼。

庞天明说：咦，姐你怎么知道他近视眼？他还就是个近视眼。中午在食堂吃饭的时候，他突然从人群中站起来，大声问庞天明来了吗。我说，到！报告局长，我就是庞天明。局长说，你们矿长告诉我，说你力气比男同志还大，我不太信。你敢不敢和我掰手腕？

童灵惊奇地看着庞天明。

庞天明说：我说敢，我卷起袖子就把胳膊肘儿放在桌子上。他也学着我卷起袖子。我第一个回合就把他给干倒了！

童灵笑道：你不给领导留点面子？

庞天明说，凭啥给他留面子？他官大还有我何花姐家老马姐夫官大？我何花姐在家不照样说一不二！

何花忙把话题转移到庞天明的婚姻上：天明，胖嫂说你在谈男朋友，有没有这回事？那男的干什么？

庞天明指着橱窗里一个男子的照片说：就是他，干掘进的，队长。

何花看那个男青年膀大腰圆，虎里虎气，精神头十足，就是牙齿不整齐，有两颗从厚厚的嘴唇中探出头，显得有点儿多余。她说：你们俩都是先进工作者，不错嘛！

童灵在一旁说：这叫门当户对。

庞天明好像对童灵心存偏见，一听她说话就皱眉头，就说：你别胡说八道。俺们两个村子离十几里路远，不是对门。俺是来矿上以后认识他的。

童灵听了又想笑，见何花拿眼睛提醒她，就把脸转向一边。

这次演出期间，矿业局的一位领导向带队的金浪谈起，他们打算搞一台歌剧，名字已经党委常委会讨论通过，叫《煤都迎春》，内容是反映旧中国与新中国两代煤矿工人的工作、生活和家庭。他们打算向省里写报告，让省文工团和省煤矿文工团一起搞这台歌剧。

金浪一听，当即摇头说：这不是艺术，是政治艺术。搞艺术的同志都知道，哪有起个名字就能搞出一台戏的。就像生孩子一样，孩子还没怀上，你有个孩子名字就一定能生男生女？

矿业局的领导不高兴了，面色严肃地说：我们的艺术就是要为政治服务嘛！艺术也得政治挂帅。这个名字是局主要领导同志定的，我们已经组织创作班子，围绕领导的意见开始创作了。

金浪说：你们要这样搞，省文工团不参加。

矿业局那位领导脸色很难看，一拍桌子说：省文工团也不是你说了算，得听党的！说完拂袖而去。谈话不欢而散。

文工团的同志听说后都很气愤。有的说这是典型的外行指导内行，根本就不懂艺术。有的说，用行政命令搞艺术，他们也能想得出来。有的说，省委宣传部文艺处的同志不会接受这个意见……

然而，这些文工团员太天真了。他们人还没回到省城，省委宣传部的批复就下来了，命令省文工团和煤矿文工团一起排练《煤都迎春》。为了保证这一"重大而光荣"的政治任务顺利完成，还专门成立了领导小组，简称"煤指"，由省委宣传部副部长孙大力兼指挥长。

孙大力在"土改"结束后，到一个县任教育科科长，以后升地区行署宣传科科长，不久调省委宣传部，任副处长、处长，一路升到现在的这把交椅。他从延安一同调东北的老战友、师文工团的协理员李其初，因为给"胡风集团"的一位诗人写过一封信，讨论诗与歌词的问题，差点被打成"胡风分子"。还是马副司令说了话，李其初才躲过一劫。文工团撤销，他被分到一个县中学当音乐老师。

孙大力亲自到省文工团宣布省委宣传部的批复，宣布完又作了"重要讲话"。他一上来就点着金浪的名字说：你自己不懂政治不说，还把省委宣传部拉上跟着你背黑锅，胡说部文艺处的同志是内行，不会同意搞政治艺术。为这，部长在省委常委会上作了检讨。我告诉你们，部领导对这台歌剧十分重视，一再强调，你们团和煤矿团一定要用一流的编剧、一流的导演、一流的演员来搞这部剧，只许成功，不许失败！

孙大力讲完，金浪慢腾腾地从座位上站起来，诚恳地说：副部长同志，我可以发表意见吗？

孙大力表情严肃，用不满的眼光看了金浪一眼，没说同意，也没说不同意。童灵的座位与金浪中间隔着两排。第一排是团领导，第二排是队长级领导，第三排才是演员。童灵想劝阻金浪，就拍了拍何花的肩膀小声说：你帮我劝金浪坐下，别当出头鸟。

何花不以为然地说：没事，提意见，很正常嘛。

金浪摘下眼镜，擦了擦又戴上，然后直了直腰，平静地说：我认为部里的决定有些武断，用行政命令代替艺术规律……他说完这句话，会场就有些乱了。有的人说，金团长说的好，这样搞艺术还不如直接发文件号召。有的人窃窃私语。有的人还为金浪鼓掌。

孙大力和宣传部、文化厅、矿业局来的几个人脸色大变。文化厅一位处长指着金浪吼道：不许你攻击省委宣传部！你给我坐下！

这位处长的态度，引起省文工团演职人员的不满，会场上一片嘈杂、吵嚷。有的人喊：你文化厅的处长有啥了不起？不能以势压人！有的人说：不懂文艺冒充懂，瞎指挥！

文工团本来有会议室，因为没有主席台，领导和群众不便分别，加上来的又是位省委宣传部副部长级的人物，所以把会场放在了人民大礼堂。文工团从团领导到演职员全都坐在前几排，孙大力副部长等几个领导在主席台上。这些文工团员中藏龙卧虎，有何花这样高级领导干部的家属、子女，还有的女团员因为经常参加省机关的舞会，和省领导比较熟悉。

孙大力了解这些情况，有些专场舞会就是他在中间组织协调。他马上换了一副笑脸，向台下深深鞠了一躬，说：同志们请安静，听我说几句。同志们，现在我们党正进行整风，党号召大家提意见，帮助党整风。各民主党派、人民团体都已经积极行动起来，大鸣、大放、大字报、大辩论，这"四大"是我党赋予大家的权力。同志们，我党真诚地希望大家帮助整风，你们刚才的意见很好，你们应该用大字报写出来，当然，也可以在会上表达，大鸣大放嘛！

省文工团响应孙大力副部长的号召，开始"鸣放"，贴大字报。文工团的排练厅里，办公室走廊里，甚至人民大礼堂里，到处都贴满了大字报。

孙大力不失时机地带宣传部和文化厅的干部到文工团来逐一阅读大字报，还不时在小本子上记点什么，以表示虚心接受的诚意。文工团贴大字报的同志挺高兴，看来上级领导对我们的意见还是重视的，文艺的春天就要来了！

没过多久，孙大力小范围召集有关人员开会说：同志们，上级来了指示，"反右"斗争开始了！我们要立即行动起来，坚决打退资产阶级右派分子的猖狂进攻！

按照上级部署，省文工团开始了"反右"斗争。团里的党支部书记杨辉的第一张大字报，点燃了文工团"反右"斗争的烈火。

金浪在团里大会上多次讲过，唱歌的不练嗓子而练喊口号，你的业务能精到哪去，能高到哪去？这就是猖狂反对文工团的群众参加政治运动，这就是典型的资产阶级右派言论。

先是开会。动员会，检讨会，说明会……白天没开完，晚上接着开，人人过关。接下来是揭发、检举、解剖，然后又是批判会、斗争会。演出停了，排练也停了，人民大礼堂里天天响起的不是优美动听的歌声，而是声嘶力竭的口号声。

何花和大多数团员感到迷惘，感到困惑，同时也有一种精疲力竭的感觉。一天晚上，何花会后骑自行车回家，眼睛迷迷糊糊睁不开，"咣当"撞到一辆三轮车上，自行车和人都摔倒在地。三轮车司机急忙把她和自行车一起拉着送到家。

马副司令正在院子里焦急地踱着步子等何花。一听动静，马上开了门，"哎呀"惊叫一声：我的个新媳妇哎，怎么弄成这个样子？连忙把何花抱到沙发上，不满地说：一个唱歌跳舞的文工团，整天开会开会开会，搞他妈的什么名堂！

何花不想让他过问自己工作上的事情，就没有搭话。

孙姨过来给何花送茶的时候，何花长长地叹了口气，像是对孙姨倾诉，又像自言自语：累了，太累了！

马副司令在一旁接着说：那就休息。我给你请假。

何花说：我请假得有理由，不然那些人会说我逃避阶级斗争。

马副司令挠了挠头皮，想了一会儿，说：就说怀孕了。我老马的媳妇怀孕了，还不准个假呀？！

何花下意识地摸了摸自己的肚子：哎，你让我欺骗组织啊？

孙姨说：首长也是为你好。这两天东东都知道替你急了，老是让我抱着他到门外等你。

何花从孙姨怀里接过已经睡着的儿子，轻轻在他鼓鼓的腮帮上亲了两下，冲孙姨点了点头。孙姨又把她的态度，通过同样的方式转告给马副司令。

马副司令的这一招确实见效。何花从此离开了喧闹的省文工团，在家休息了半年，躲过一劫。不过，让她始料不及的是，真的怀上了第二个孩子。

何花离开文工团"反右"斗争第一线，文工团"反右"照样搞得如火如荼。运动的结果是：六个人被划为"右派"，其中金浪是"极右"，因为他是向党猖狂进攻的"急先锋"。本来要对他进行劳教，但因为歌剧《煤都迎春》需要他，经过孙大力特许，留他在文工团，由群众对他进行监督改造。

北方省委领导为了调动全省人民建设社会主义新北方的积极性，掀起"大跃进"的高潮，指示宣传部和文化厅在全省开展征歌比赛。一时间，全省上下，从机关到基层，到工厂矿山到农村田间地头，从大学院校到科研院所，凡是有人群的地方，都在讨论歌词。省报报道说，一对工人夫妻，下班后一回到家就开始讨论歌词。妻子做着饭，一心想着歌词，竟然忘记了炒菜，直到丈夫在外屋高声大喊，油锅，油锅！妻子还没醒过神来，跟着喊唱歌，唱歌——

马副司令看了报纸，气得朝沙发上一扔：搞什么搞，形式主义！

正在玩耍的东东被马副司令突如其来的发火吓得傻了眼，赶忙朝孙姨身后躲，躲到孙姨身后又探头探脑地偷看马副司令。

在一旁织毛衣的何花不高兴了，冲马副司令嚷：你一个土老冒不会写词作曲，也犯不着对别人指手画脚。看看，你把孩子吓着了！

马副司令挠着头皮，对儿子笑，对媳妇笑，见没人理他，自言自语地说：有啥了不起，不就几句顺口溜，我也会。说着，真的念了一段顺口溜：

大山大河大煤矿，
猪肥羊肥牛马壮。
头顶一轮大太阳，
咱们北方好地方。

孙姨扑哧笑了，鼓着掌说：首长不仅会打仗还会作诗，了不起！

马副司令嘿嘿一笑道：你问问何花，那时候行军打仗，好些快板词是我念给文工团的。

何花本来想讽刺马副司令几句，仔细一琢磨，他刚才那几句顺口溜还有点意思，忙拿出笔和纸，对马副司令说：哎，你再把刚才念的几句诗说一遍。

马副司令眼睛一瞪：干吗？你想拿到报纸上发表，让我老马丢人现眼？我不干！

何花起身拉着马副司令的胳膊，摇晃几下，撒娇道：你就再慢点说一遍嘛。

马副司令朝东东挤巴一下眼皮，对何花说：注意影响，这儿有革命的下一代，祖国的花朵，拉拉扯扯不好。然后，郑重其事地问何花，你刚才说啥？我写的诗？我那叫诗？哈哈哈，我老马也会写诗了！

何花板起面孔问：你到底说不说？

马副司令见媳妇要动真格的，也认真地回答：好，我再说一遍。

何花记下马副司令的几句顺口溜，用音乐的旋律哼了一遍，眉飞色舞地对马副司令说：哎，咱家也可以参加征歌大赛了，就用你作的这首词，我请金浪老师帮着谱曲。

马副司令一听何花提金浪的名字，脸一下子拉长了，一屁股坐在沙发上，哼了一声，没再说话。何花没注意他的神情变化，跑到屋里把刚记下的几句顺口溜重新誊抄一遍。她一边抄一边哼，一边想：这几句顺口溜听起来合辙押韵，像是从心中流淌出来的声音，这种声音自身就带有强烈的感情色彩，正是民歌的本色。她在艺术学校读书时，听金浪老师讲过，民歌，顾名思义就是人民之歌。中国民歌从最早的起源到现在，一直同人民群众的生活息息相关，同人民群众的思想感情密不可分，同人民群众的诉求和愿望也有密切联系，因而现实性强是民歌的一大特色。有些表达人民群众现实愿望的民歌，唱了几十年甚至上百年，仍然很受欢迎。何花相信马副司令刚才念出的几句顺口溜不是心血来潮，也不是随心所欲，而是他骑在马背上在北方的山山水水之间奔驰时，真实心情的写照。

第二天，何花一上班就把这几句诗交给了金浪。金浪读了，激动得容光焕发，说：好词，改一改，谱上曲就是一首好歌。

何花心里乐滋滋的，没等金浪问，就主动说道：是我们家男人写的。

金浪一愣：马副司令也会写歌词？

何花说：是，真的是他写的，我不骗你。他说，我记下来的。

金浪连声说：好，好！全民征歌，没想到真征来了许多好歌。告诉你何花，咱征的歌，你这一辈子也唱不完。

听说何花找金浪写曲子，杨辉找到何花，严肃地说：何花同志，金浪是右派。他的副团长职务已被停职，这些你是知道的。

何花理直气壮地说：他不是副团长，但他还是个好的作曲家。他为人民谱曲，为"大跃进"唱赞歌，难道不行吗？

杨辉说：马副司令是老革命，他写的词不能让一个右派谱曲。

何花不屑地嘲讽道：你革命，那让你谱曲，你能写出来？

杨辉气急败坏地走了。他当然不死心，找到孙大力告了何花一状。没想到孙大力这次没有支持他，反而把他狠狠批了一通：杨辉呀杨辉，你有没有一点政治头脑？何花说得没错，金浪谱曲在北方省目前没人能比，让他谱曲有什么不好吗？

杨辉咕噜咕噜着说不出话。

孙大力说：在文工团那种文艺单位，做事要政治挂帅没错，但也要动脑子。政治不就是让人动脑子吗？你可以以文工团组织的名义，责令金浪谱一首好曲子。真是好曲子，那是组织上的功劳嘛，是改造右派取得的成绩。说不定你文工团这次会出一个好典型。

杨辉豁然开朗，回到团里立刻找金浪谈话，以文工团党支部的名义，给金浪下了死命令。他说：给《北方好地方》谱曲是政治任务，你必须在两天之内写出来交给我。这是党和人民对你的考验。

金浪摘下眼镜，看了杨辉两眼说：这是艺术。

杨辉说：艺术怎么了？艺术也得服从政治。

何花没有想到，金浪对她也产生了误会，以为马副司令凭借职务层层施压，给了自己这样一个"政治任务"。他把歌词锁进抽屉里，见了何花也不提。一周过去了，何花没听到金浪的反应，就去道具科找他。

金浪被划成"右派"后，停止了副团长职务，被安排到道具科当了一名普通职员。文工团也讲自力更生，艰苦奋斗，有些道具能够自己制造的就自己动手。所以，道具科里木匠、铁匠等工种一应俱全，像个手工作业的小车间。金浪写曲子的手，拿起木工用的刨子，掌心磨破了，出了血，结了疤；疤磨破了，又出了血，没出一个月就结成了茧。道具科科长虽然是个爱才惜才的老头儿，口口声声称金浪为金老师，但又不敢不让金浪干活。金浪也不愿让别人可怜自己，同情自己。科长就把自己的办公室腾出来给金浪休息和创作用。

何花第一次去找金浪，金浪跟着道具科的同志去拉材料了；第二次再去，金浪看见她来了，故意躲着不见。她第三次再去时，没见到金浪，心里有些失望。她给金浪留了张纸条：

　　金老师，我很想念你，来找你两次都不在，希望你与我联系一下。

何花

道具科有杨辉专门布置负责监督金浪的人，何花写的纸条很快就到了杨辉手里。杨辉如获至宝，回到家兴致勃勃地对陈小妹说：看看，看看，狐狸尾巴露出来了吧！金浪和何花在学校时就勾勾搭搭，惹得童灵争风吃醋。这下好了，证据全落在我手里了。

陈小妹说：嘿，这有什么大惊小怪，不就是学生给老师留个纸条吗？又不是情书。

杨辉扬了扬纸条说：我很想你。这是啥意思？

陈小妹说：同志之间想念不正常吗？想念战友、怀念战友的歌多了去了，都有问题？再说，何花不是那种人。金团长也不是那种人。

杨辉一听陈小妹嘴里还称金团长，不由得怒火中烧，"啪啪"打了陈小妹两个耳光。

杨辉和陈小妹结婚后，按规定，夫妻双方同在团里工作的，可以解决住房。但是，文工团的职工宿舍就是几栋新中国成立前盖的筒子楼。他们住的这座筒子楼共四层，每层四户，每层一个共用的厨房和卫生间。房子与房子之间隔音效果不好，他打陈小妹耳光的声音，传到了整个楼层。陈小妹不想让邻居，也是一个团的同事知道自己家庭不和，强忍着愤怒没有反抗。看着杨辉穿衣服、穿鞋要外出，她上前拦住说：杨辉，你不要做昧良心的事。

杨辉说：你给我滚开！

陈小妹没动。杨辉对陈小妹腿上狠狠踢了几脚。陈小妹这回忍不住大声叫起来：杨辉，你做亏心事，不得好报。

杨辉回答她的是"咚咚咚"下楼的脚步声。

杨辉是去找孙大力副部长汇报。孙副部长并不像杨辉那样看重这张纸条，他心里也认为何花的话无可挑剔。可是，杨辉是基层党组织负责人，反右斗争的积极性高，如果轻易否定了他的意见，就会挫伤他的积极性。但是，如果支持杨辉，拿这张纸条说事，首先得牵连何花。何花是部队首长的家属。这件事情闹不好……他捧着茶杯想了好大一会儿，对杨辉说：你继续加强加大对金浪的监督。至于他和何花之间的事情，证据不足，先不要张扬。

孙大力副部长绞尽脑汁想了好几天，最终想出了一个他认为损人不害己的办法。

这天，何花一回到家就感觉气氛不对劲。孙姨领着东东在院子里玩游戏。东东看见她回来了，高兴地扑上前搂着她的脖子喊：妈妈，妈妈，你教我唱歌。

何花顺手把包放在地上，抱起东东，刚要朝院子里的石凳子上坐。孙姨伸手要接东东，对她说：首长和胖嫂在等你。

何花几个礼拜没见胖嫂，听说胖嫂来了，立刻兴奋地喊着胖嫂向屋里跑。她推开门，却一下子愣了。胖嫂坐在正对门的沙发上，好像刚刚和什么人生过气，脸上的阴云还没散去。见她进来，也不像过去那样迎上前和她亲切拥抱，只是礼节性地点了点头。恍惚中，何花觉得屋子里有一道沉重的影子和一股烟味，朝窗口一看，果然是马副司令脸朝外站在那里，手指里夹着正在燃烧的烟头。何花不想去招惹他，就坐在胖嫂旁边的沙发上，嘻嘻笑了两声，想缓和一下气氛，然后再和胖嫂聊天。还没等到坐稳，她的眼睛落在茶几上，接着又跳了起来。

茶几上放着一张纸条，是她留给金浪的那张纸条的复印件。她马上明白了马副司令生气抽烟，并且把胖嫂叫来的原因，一下子怒上心头，一脚踢倒了茶几，猛地站起来，指着马副司令吼道：姓马的，你什么意思？有种把话说清楚！

马副司令没想到何花对这件事的反应如此强烈，一时找不到回答的词儿，只好像鸡啄米那样不住地点着手指头：这个，这个……

胖嫂不能见马副司令吃亏，赶忙去拉何花，劝她说：马副司令也没别的意思，只要你认个错，以后保证不犯，这事就算过去了。

何花猛地转个身，用力推了胖嫂一把。胖嫂没有防备，身子晃了几晃，一屁股坐在地上。何花说：我凭什么认错，向谁认错？我身正不怕影子歪！

胖嫂站起来拍拍屁股说：那也行，马副司令已经给你在省机关管理局找好了工作，马上就下调令。你就别再去文工团那是非之地了。

何花用手怒指马副司令说：你要是干涉我的自由，侵犯我的人身权利，我就和你说再见！

何花说完，走到院子里，仰天大叫一声，接着放声痛哭。

马副司令愣了。胖嫂也愣了。两个人你看看我，我看看你，面面相觑。胖嫂怕何花闹出事来，抬腿到院子里去了。马副司令捡起那张纸条左左右右看了一眼，揉搓成个小纸团，毫不迟疑地放进嘴里，咀嚼几下咽到肚子里。

何花第二天又去找金浪。这一回，金浪没有躲她，在道具科长的办公室里与何花见了面。何花问：老金，那首歌的曲子你想过没有？

金浪实事求是回答说：我想过，可我不是御用文人，怕当官的不满意被杀头。

何花马上明白了金浪拖着不给《北方好地方》写曲的原因，激动地说：老金，金副团长，你连我何花也不相信了吗？看来这"反右"斗争真把你改造成了另一个人。

金浪笑了：好吧，一周内我交给你！我想象得到，马副司令骑在马上，放眼北方大地，心潮澎湃，于是诗从心底流出。

何花听金浪描述的景象，心情也很激动。她忽然觉得，马副司令也是一个有情趣、有追求的人，只是自己忽略了。她想起早在自己开始唱歌时，马副司令就很喜欢听。打了一场胜仗，他高兴了，就让狗蛋或胖嫂把她叫去唱歌。当然，不是让她唱歌他一个人听，而是把机关和警卫部队的战士叫来一起听。有时候，战士们在院子里听，他在屋子里听，边听边打着拍子。有时，他还会对狗蛋说，去，告诉那个丫头，这个歌再唱一遍。不，唱两遍。如果不是马副司令，何花会有今天吗？

金浪见何花走神，问道：马副司令是不是很喜欢听你唱歌？

何花点了点头。

金浪说：什么叫知音？知音就是知道你在想什么，你爱什么恨什么，能听出你心底发出的声音。

何花想起有几次自己和孙姨带东东在院子里玩，玩着玩着，她对东东轻轻唱起了歌。孙姨对她眨巴眨巴眼睛示意。她顺着孙姨的目光抬头一看，窗户上马副司令的脑袋瓜子瞬间即逝在窗户玻璃上。她的歌声再起时，发现他的脑袋瓜子又挨着了玻璃。

何花想，金浪说的对，这就是知音，这就是能相伴终生的知音啊！

一周后，金浪把何花叫到排练厅，让她唱了一遍他改过词又谱上曲的那首《北方好地方》：

大山大河大煤矿，
头顶一轮大太阳。
春来满山绿，
秋到遍地黄。
猪肥羊肥牛马壮，
地勤人更忙。
千山万水都走过，
北方是个好地方。

何花唱着唱着，情不自禁地流下泪。

当天晚上，文工团在省人民礼堂有演出。演出一结束何花就匆匆往家里赶，一进门就"哎、哎"地叫着。马副司令正在沙发上看报纸，抬头看了她一眼没有说话。

何花说：哎，我叫你呢！

马副司令说：我不姓哎。你嫁给我这么久，连我姓啥也不知道吗？

何花一下子语塞了。她原来高高兴兴地回家，想把马副司令写的歌唱给他本人听听，让他也乐一乐，没想到他迎头给了这么一棒，把她给打蒙了。她突然意识到，自己对他的确存在着歉意。虽然她嫁给了他，成了他的媳妇，并且为他生了孩子，可是，直到现在，她内心还排斥和他做爱，平常像老鼠躲猫一样躲着，要么搂着儿子早一点儿睡觉，要么磨磨蹭蹭等到他打呼噜才上床；实在躲不开了，也是像学生做作业一样应付。他每次想和她接吻，她都把脸转向一边。她怕他的胡茬子碰她，怕闻他嘴里的气味。她没有去体会他的感受，他的感情。此刻，她心里真的感到有几分惶惶不安了。

马副司令过了一会儿没听见何花的动静，以为她已经悄悄进了卧室，所以低着头继续看报纸。这时，东东跑出来，径直跑到门口，抱着靠在门框上的何花的大腿，哭喊着：妈妈，妈妈！

马副司令一下子站起来，三步并两步走到何花身边，不由分说地把她抱到沙发上，着急地问：新媳妇你怎么啦？

孙姨在一旁说：何老师没事，可能有点儿累吧。

何花的眼里滚出两颗豆粒大的泪珠。马副司令一看，马上火冒三丈：新媳妇你告诉我，是不是有人欺负你？老子马上派人把他抓起来！

何花摇摇头。

孙姨见多识广，猜出何花有话要对马副司令讲，就把东东抱到屋里去了。马副司令腿一弯，蹲在何花面前说：新媳妇，你有话就说，别吓唬我行不行？

何花抚摸着他宽阔的额头，轻轻地叫了一声：老马。头一歪，倒在了他的怀里。

这天晚上，两个人做爱时都感觉到了对方的真情实意。完了事，马副司令像个孩子一样躺在她的怀里睡了。

全省征歌结束后，接着举行了文艺会演。何花以一首《北方好地方》夺得第一。童灵不服气地对别人说：何花不就是选准了一首歌吗？我不信她一辈子就吃这一首歌……

金浪因为写了《北方好地方》的好曲子，不仅名声大振，而且被提前摘掉"右派"帽子，恢复了副团长职务。

第七章

轰轰烈烈的"大跃进"沉寂了。

北方省文工团演员队队长何花，带着团里的童灵、陈小妹、祁雅莉等几个歌唱演员到基层深入生活，就在庞天明所在的煤矿。

她们经过一些村庄时，几次遇到一哄而上拦车乞讨的人，不管是大人还是孩子，个个面黄肌瘦，嘴唇发干，少气无力，说话都很费劲，像是从喉咙里挤出来的：大姐，行行好吧，给口吃的。

演员们身上不带干粮，只有少量的现金和粮票，要到煤矿交生活费。面对那些饥饿的人们，她们只有闭上眼睛。每次遇到这样的情况，再到开车，她们互相可以看到各自眼中的泪光。车子到了煤矿大门口，又被几百个饥民围住。到城里接她们的煤矿司机说：千万别理他们，这些人沾毛赖四两，有的好几天没吃饭，一阵风就给吹倒了。你不小心碰他一下，他就找到管饭的了。

童灵问：这些人天天在这儿堵门吗？

司机点头说：矿食堂过去还有剩菜剩饭，现在口粮按定量供应，还越来越紧，我们自己都吃不饱，哪还有剩菜剩饭给他们。

陈小妹问：这些都是附近的农民吗？

司机说：也不全是。有当地的村民，也有矿里职工的亲属，大老远赶来，以为矿上怎么也能管得起饭。一顿两顿还行，可是……说着说着，声音哽咽了。

何花觉得心情很沉重。

这时，一阵歌声飘过来，唱的是《北方好地方》，音色稚嫩、干净、清亮。何花抬头望去，见人群中有一个小女孩，梳着一根长长的辫子，由于瘦削，瓜子脸被拉长了，两只大眼睛好像饿得发慌，一看到食物就会滚过去。女孩的表情并不完全是悲观，还带着淡淡的笑意。何花问司机：那个女孩子你认识吗？

司机摇头说：肯定又是家里大人带着到矿门口卖唱的。一天好几拨，还没等咱认识就走了。

这时，矿警队的人出来了，吆喝着从人群中开出一条通道，放何花她们坐的车进去。大门轰隆隆关上了，何花回头朝人群中看了一眼。

胖嫂认了庞天明这个亲侄女，一天到晚乐和呵的。何花到矿里体验生活的第二天，胖嫂也借着休息赶来了。不知庞天明给矿领导怎样汇报的，矿领导对胖嫂的到来十分重视，专门在矿领导用餐的小餐厅安排招待晚宴。晚宴前，矿里一位领导专门陪着胖嫂在矿上参观。胖嫂大身板，大脸盘，穿着崭新的军装，她倒背着双手，迈着方步，一走两晃，矿领导给她汇报时，她嗯啊嗯啊地应着，不时点点头，也不表态，活脱脱一副首长的派头。何花被矿领导请来陪同胖嫂。她一见面，想去拥抱胖嫂。胖嫂对她摇摇头，只轻轻地和她握了一下手，颇有气派地说：小何同志，听说你在这里体验生活，好，好事。

何花觉得好笑又好气，几次想挨近胖嫂提醒她。胖嫂却故意躲着她，让她没有单独插话的机会。直到进了餐厅，胖嫂示意何花进了洗手间，才长长出了口气说：哎哟妈呀，快把我难为死了。何花你说我装得还行吗？

何花笑道：胖嫂，你这是何苦呢！

胖嫂说：还不是我那侄女天明让我拿足了派头。

何花这才明白是庞天明请胖嫂到矿上来演出这出戏的。庞天明刚刚和掘进队的男人结婚。她昨天还对何花埋怨说：我那男人饭量太大，我们两人的定量粮不到半个月就光了。我不能老觍着个脸找领导批吧。领导批一次可以，绝不会批第二次。咱矿上有几家粮食够吃的？

何花给了庞天明五斤粮票。她感动地用手擦了几回眼皮说：何花姐你这人心眼真好。我姑就说，高级干部的夫人，像你这样亲热咱小老百姓的，那可是羊群里的骆驼！

何花说：你听她的！我周边那些高级干部夫人都比我好。你姑她管那些高级干部的供应，还不了解情况啊？

庞天明眉飞色舞地说：我还不知道我姑有那么大的权力呢。庞天明没对何花说请胖嫂来，也没再向何花打听胖嫂究竟做什么工作。胖嫂突然来了，何花隐约觉得庞天明颇有心计。

一进餐厅，胖嫂、何花面面相觑。圆形餐桌上，放着几杯白开水，两盘蒸红薯，两盘窝窝头，还有咸菜、辣椒等小菜。矿领导开门见山地说：今天请你们两位，一位是首长夫人，应当丰盛一些，可是矿上现在也遇到困难，请两位理解……

接着，矿领导诉了一大堆苦，说了一大堆难。说来说去，矿上的工人也缺粮食吃。胖嫂一句话不接，何花弄不清矿领导的意图，更不想搭话，一顿饭吃得潦潦草草。回到胖嫂住的招待所房间里，胖嫂才拧着庞天明的耳朵骂：混蛋！你那点鬼心眼我早就看明白了。你是想让我和何花给你们矿上点支持。你知不知道，我手里根本就没这权力。

庞天明委屈地说：你不给矿领导面子，我们两口子以后怎么混？你别忘了，我是你亲侄女！

胖嫂说：你是我亲妈也不行！你要想混出个人模狗样来，就给我踏踏实实工作。

第二天一早，胖嫂没等矿领导派车送她，自己坐长途汽车走了。她临走再三叮嘱何花：我那侄女你得好好替我管教管教，老是想走歪门邪道，早晚吃大亏。

何花她们几个文工团员在不同的岗位上体验生活，干的工作不一样，上下班时间也不同。一天中午，何花从大门口经过时，又听到有女孩子唱《北方好地方》。何花的双脚仿佛系上了沉重的石块，朝前怎么也迈不动。

前些日子，金浪和何花商量文工团下一步发展时，就掰着手指算过"接班人"。何花是两个男孩子的妈妈了，一个东东，一个北北。陈小妹生了个女孩子丽丽。童灵的乖女儿叫金玲。廖团长调省文联工作，祁雅莉和他结了婚，他们的儿子飞鸿才满周岁。其他一些青年女演员也将陆续结婚生孩子，培养新人的任务已经摆在眼前。

何花听到这个唱歌的女孩声音甜美、干净，觉得是个唱歌的好苗子，就想当面试一试。如果真的发现一个好苗子，也是文工团之幸。于是，她走到门口，向门卫说明了情况。门卫告诉何花，要想让那个女孩子给唱歌，得给半块馒头。

何花跑回宿舍，拿了二两粮票，到食堂买了个馒头，满头大汗地跑到门外，那个唱歌的大眼睛小姑娘正要离开。何花拉着小姑娘的手，刚要把馒头递给她，几十双手一下子伸过来。何花一边把唱歌的大眼睛女孩子紧紧搂在怀里，用身子护着她，一边把馒头掰开，朝她嘴里塞。可是，何花的力量根本不能与众多饥肠辘辘的人抗衡，那女孩吃到嘴里的一口馒头还没咽下肚，何花手中的馒头就被抢走了。门卫见何花被围在中间，生怕她出事，赶忙过来驱散了人群。

大眼睛女孩没哭，只是有点儿惊悸。何花非常喜欢眼前这个大眼睛女孩，问她：你愿意学唱歌吗？大眼睛女孩仰着脸看了看她，使劲点着头。何花问：你叫什么？女孩说：白菊。

何花把小女孩带到宿舍，帮她洗了澡，梳了头，然后让她唱了几首民歌。那女孩唱歌的时候，何花心里已经做出决定，要把这个女孩子带回省城，推荐给金浪作为文工团的第二代培养。陈小妹、童灵、祁雅莉见了这个小女孩，也都挺喜欢。

童灵说：这孩子是块好坯子，就像一块没经过雕琢的美玉，一旦雕琢出来价值不可估量。

陈小妹提出一个现实问题：现在国家困难，这孩子的户口进省城怕不好解决。户口进不了省城就没商品粮供应……

何花毫不犹豫地说：我管她吃。

祁雅莉很热心：我也可以帮点粮票。

何花到矿领导办公室，给金浪通了个话。金浪高兴地说：何花，团里的同志都能像你这样具有为团里的前途、为民歌的后继有人负责的精神，咱们团就更有希望。

何花说：童灵也做了不少工作。

金浪没有吱声。

何花知道童灵和金浪夫妻关系不太和睦，但是不想介入太多，就没有再往下说。

何花结束体验生活回到省城，刚一进家，就看见客厅里的沙发上坐着个乡下人，膝头趴着个孩子。何花刚要仔细辨认，那人站起来喊了一声：姐！那声音干涩得就像拉锯。紧接着，那人一拉身边的孩子说：快叫姑姑！孩子怯生，一双大眼干眨巴就是不开口。

何花这才看明白，是弟弟芡子带着他的儿子来了。她心头一热，快步上前，一把抱起她的亲侄子，眼圈也就红了。孩子有 4 岁了吧，个子这么小，身子这么轻，小脑袋瓜像一个倒置的梨子，脖颈就是梨子把儿，真让人担心轻轻一碰就会掉下来。芡子也就 23 岁，满脸枯皱皮，瘦成电线杆。

何花自从离家，一直没有回去过，几次说要回乡探亲，都因为太忙而作罢。现在，弟弟和侄子来了，当然高兴。忙问：吃饭了吗？

芡子说：吃了、吃了，是副司令姐夫陪着吃的，饱饱的！

芡子有了上次的经验，这回比较顺利地进了军区大院，进了副司令姐夫的家。马副司令也真长了记性，不忘新媳妇的教训，这回接待新媳妇的娘家人比较热情。新媳妇不在家，副司令亲自接待芡子，陪吃饭，还在百忙中和芡子唠了一会儿嗑。不是有电话找他，副司令还会多唠一会儿。芡子对副司令讲的无非是家里困难、饿肚子的事，他不敢对副司令多讲。其实，芡子讲的，副司令大致都了解。

副司令不在，芡子对姐讲的可就不一样了。芡子告诉姐，生产队的公共食堂早就揭不开锅，散了，社员各家自己想办法。锅没了，大炼钢铁给砸了。水缸没了，生产队里集中起来盛人粪尿。人总得吃饭，没锅就用铜盆，没缸还有坛子。但是没粮食可就没有办法了！野菜，树叶，能有多少？社员本来像一首歌里唱的那样"都是向阳花"，现在个个成了夏枯草。人，先是瘦，瘦，瘦，不久就是胖，胖，胖……

何花奇怪地问：怎么，有吃的啦？

芖子苦笑：姐，你没有见过饿死人吧？咱家那生产队就是……

何花立即正色道：不许胡说！你没和副司令说这话吧？

芖子怔着脸说：我没那么傻。姐，咱叔没了，咱婶儿也没了。他俩就是那样，先是瘦，再是胖，那是浮肿啊！接着就是嘴里淌黄水，头一歪，没气了。

何花半天没说话，好一阵子才说：是啊，自然灾害……

芖子说：别处不知道，咱家那里，不淹不旱，没虫没雹。

芖子还想讲生产队里的事，何花不想再听，听了不舒服。她想，自己是演员，要向群众宣传大好形势，鼓舞广大群众的革命干劲，听了这些负面的东西，表演起来感情会是什么样？何花当然相信芖子的话，因为，在矿上，她已经耳闻目睹了饥民的惨状。何花问：兄弟媳妇咋样？

芖子说：姐，你兄弟媳妇走不动路了。有点吃的都给了你侄子，她说，咋着也得保住何家的一条根……姐，姐，你兄弟媳妇还说，快去找咱姐，快去吧，你要是回来晚了，可就见不上我了……

芖子说着，泣不成声，涕泪交流。

何花哽咽着说：好了，好了，我都知道了。你们赶快走，现在就走！我尽量想办法……

何花是想帮芖子一家，可是，她能有多少办法？自己一家四口加上孙姨，都是吃购粮本上的定量，再多一两也没有。但是，怎么说也比芖子家强。何花想，粮票在农村不好用，还得用钱买粮，但总不能买好粮让芖子背回去吧，还是给芖子拿了三十斤全国粮票。家里还有什么能让芖子带的？几斤米，几碗面，几听部队发的罐头，还有腌的黄羊肉，都给芖子装进布袋子里。

孙姨看着何花给芡子装吃的，几次想说什么，最终还是没说。倒是何花看出孙姨的意思，解释道：孙姨你放心，咱们会有办法的。

孙姨只好笑着说：那是，有办法……

东西收拾停当，芡子拉着儿子正要走，马副司令回来了。何花忽然觉得有点心虚，好像背着马副司令做了什么亏心事，急忙把芡子带的东西往外掏，还说：你看，这是……

马副司令按住何花的手笑道：干什么？新媳妇，麻烦！

副司令当着芡子的面叫新媳妇，搞得何花很不好意思，她轻踢了一下副司令的脚跟嘟哝：什么新媳妇！老太婆了。

马副司令不理何花的茬，笑呵呵地对芡子说：就要走了？不多住几天？弄辆车送送？

芡子是个聪明人，哪敢提车送，拿走人家这么多东西，副司令不说啥就是万幸。芡子领着儿子满意地走了。

马副司令笑问何花：新媳妇，招待还满意吧？

何花充满歉意地说：这一下，咱家困难了……

马副司令告诉何花，狗蛋的一个部下在部队农场工作，狗蛋说他可以从农场搞来点大豆、土豆、猪头、猪杂碎什么的。上次，部队开着越野车，车上架着机枪，去大草原打黄羊，收获不小，何花家分了半只黄羊，腌起来了。最近还要再干一次。总之，我们的钢铁长城是不会饿肚子的。

就此机会，何花把准备领养那个小女孩的事对马副司令讲了。马副司令说：好哇，咱们家正缺个女孩子，我喜欢女孩儿！

何花忽然心生感动，怎么老马最近家里的什么事都顺着她。何花想报答老马，夜晚，她一反往常，主动向老马发出甜蜜的信号。老马惊喜地接受了邀请，极尽欢畅后，酣然睡去。

其实，马副司令最近特忙。海峡对岸眼看这边暂时困难，就叫喊着要"反攻大陆"，还派零星的特务到海边骚扰。马副司令备战繁忙，哪有心思管家里的事，一切家事有老婆做主，落得省心。

困难过去了。省文工团副团长何花，作为"社会主义教育"工作队的队员再次来到煤城。

这天早上，"社教"工作队副队长、省委宣传部副部长孙大力召集队员学习。因为强调要向工农大众学习，他要求所有队员开会时不许坐凳子，要像当地农民那样，要么屁股下垫块砖头或旧报纸席地而坐，要么就蹲着。有个女队员第一次不习惯，朝地上蹲时用力不当，裤裆下边裂开了一条缝，露出里面的红裤衩，惹得几个男队员大笑了一阵，孙大力也忍不住扭过脸去偷笑。

庞天明骑着自行车风风火火地赶来了。她刚生过第二个孩子不久，吃得又肥又胖，个头显得更强壮了，那辆半新不旧的自行车被她压得吱吱乱叫，人还没到自行车的惨叫声先到，引得一圈人的目光都投到她身上。她大大方方取下车把上挂着的花篮，对何花吆喝着：何姐，我姑给我拍了封加急电报，让我来找你。

何花大吃一惊，猛地从地上站起来，也是用力过猛，裤裆下边响了一声。她马上意识到裤子裂开了，赶忙夹紧了两条腿，一动不动地站着问：出了什么事？

庞天明把花篮朝她怀里一塞说：什么事，你自己的事都忘了？

何花确实想不起自己有什么事还需要胖嫂拍加急电报，并且派庞天明来找她。她看了一眼主持学习的孙大力。孙大力看何花的目光很严肃，可是和庞天明的目光相遇马上变得非常谦和。庞天明是工人，工人阶级是领导阶级，省委宣传部副部长对工人阶级表示出谦恭，那是合乎时宜的。

庞天明把胖嫂的电报放到何花手上。何花看了一眼，扑哧乐了，心里说，哎呀这个胖嫂，我还以为出了什么大事，弄得人仰马翻的。不就是过一生日吗，自己还真给忘了。她转脸对庞天明说：天明，谢谢你了！

庞天明大声大气地说：任务完成了，走了，走了！

庞天明正要翻身上车，孙大力喊了她一句：庞师傅，过两天请你给我们讲你在万恶的旧社会吃苦受罪的事，让我们接受接受教育！

庞天明应了一声：你们把眼泪准备好。我一讲起来，再坚强的人也会哭天抹泪!

学习结束,回到住的房间,何花把花篮朝桌子上摆放时,才发现缎带上有一行字:

花儿越开越美丽。祝新媳妇生日快乐! ——伏枥的老骥。

何花的眼睛一下子潮湿了。那行字不是马副司令亲手所写,但话肯定出自他的口中。

晚上,当年何花从煤矿带出去的那个大眼睛姑娘白菊来了。她已经从省艺术学校毕业进了省文工团,成为继何花、童灵、陈小妹、祁雅莉之后的第二代专业歌手。她天生一副好嗓子,从小就喜欢唱歌,经过专业培养之后,很快就崭露头角。她连续在全省文艺会演中获得少年组民歌比赛第一名,被省里一些报纸誉为"小百灵"。

白菊对何花心存感激之情,死活要认何花为干妈。何花开始不同意,胖嫂没少做工作。胖嫂说:你两个儿子,没有闺女,就算多生了这么一个闺女。谁也没规定党员不能认干闺女。

何花说:我觉得妈这个称呼太重了。我要是应下来,就得把当妈的责任担起来。我怕自己不称职。

胖嫂说:你呀,就是心眼太好了。

何花无论是在生活上还是事业上,对白菊都倾注满腔心血。刚开始,白菊吃住都在她家里。冬天到了,她嘱咐孙姨给白菊做件棉袄,孙姨忙起来时,何花就拿起来帮着缝几针。春天到了,何花带着白菊和东东、北北两个儿子去百货商店买衣服,给白菊挑得最仔细,而且花的钱最多。东东嫉妒地问她:妈,我是你亲生的,还是姐是你亲生的?何花抚摸着儿子的脑袋瓜子,情深意长地说:你们都是妈的孩子!孙姨有时也提醒她:何老师,你得平衡平衡,别让两个儿子觉得你疼白菊过了头。在白菊的事业发展上,何花更是呕心沥血。一个音符,一段唱腔,一个表情,都不厌其烦地反反复复教她。为了让她提高得更快,何花几次找金浪,让金浪把白菊推荐到省艺术专科学校学习。

何花一见白菊，沉着脸问：你怎么来了？这些年，何花对白菊像自己的两个儿子一样，从来都是该宽的宽，该严的严。

白菊说：妈，团里来演出。我知道今天是妈的生日，过来看看妈。我没带什么礼物，唱一首《北方好地方》当作生日礼物献给你吧！

白菊一开腔，声音像具有强烈的磁场效应，马上把"社教"队的队员和驻地附近的人吸引过来。白菊对《北方好地方》的把握能力在一定意义上比何花还好，感情也特别充沛，就是没有伴奏，也能深深打动在场的人。一首唱完，掌声四起，纷纷要求她再唱几首。

白菊动情地说：今天是我的妈妈的生日。我再给妈妈献上一首《世上只有妈妈好》。

一直站在旁边的孙大力开口了，咄咄逼人地说：不能唱那首歌，那首歌是资产阶级歌曲！

在场的人全愣了。白菊刚要争辩，何花用严厉的目光制止住她。何花送白菊出门时，白菊不满地说：唱了那么多年的一首好听的歌，怎么成了资产阶级？这歌还有阶级呀？

何花说：小孩子不要瞎讲，多用眼睛看、耳朵听。

白菊还是不解：妈，您不是也喜欢唱这首歌吗？爸、胖姑他们也都喜欢听啊！

何花叹了口气，没有说话。她知道自己没有充足理由说服白菊，其实她自己也不理解，也无法说服自己。

何花在"社教"工作队的任务结束回团后不久，一场轰轰烈烈的"无产阶级文化大革命"运动就开始了。

这天上午，省文工团召开全团大会，动员开展"无产阶级文化大革命"。杨辉指挥几个"运动办"的人在梯子上爬上爬下，把北方省文工团的牌子摘下，换上的新牌子写着"北方省东方红宣传队"。

何花正在看换牌子，觉得身后仿佛有一阵风，她轻轻转过头一看，原来是金浪。他的整个身子在发抖，抖出一股裹挟着冷气的风。童灵不知是怕风还是怕事，与金浪的距离相隔很远，不时拿眼睛偷偷看他的表情。

何花心里有些不悦。当年童灵猛追金浪，今天和金浪怎么变成了陌路人？何花想起最近团里的传闻都对金浪不利。有的说他对当年被划成"右派"耿耿于怀，多次在不同场合进行翻案；有的说他作为北方省文工团的副团长、团长，一直坚持资产阶级的文艺路线；有的说他当年反对排演《煤都迎春》，是反对党的领导，反对工人阶级；有的说他新中国成立前夕从敌占区的大都市跑到尚没完全解放的解放区，是国民党派遣的特务；还有的说他生活作风问题严重，和几个女团员关系不清不白。何花对这些传闻全都不屑一顾，她始终认为金浪对党对社会主义文艺事业是忠诚的，热情的，全身心投入的。

"动员会"由"运动办"主任杨辉主持。他把主席台上的长桌换成小桌子，只有他一个人坐在主席台上，对着麦克风声嘶力竭地叫喊。他每念一段文件，就停下来领着大家呼口号。这时候，他就像个猴子，忽而跳到东边，忽而转到西边，眼睛四下乱瞅，台下哪个人嘴张得不大，哪个人拳头举得不高，甚至哪个人的表情不严肃都观察得非常仔细。一直皱着眉头的金浪当然不会逃过他的眼睛。他几次不点名地说，北方省文工团就有资产阶级代表人物，这个人物推行和宣传的是与革命文艺相对抗、背道而驰的资产阶级货色。比如说，他经常对团里的民歌手说，唱民歌第一要注重情感。这对不对呢？

对！台下有人高喊。何花回头一看，是陈小妹。接着，台下一片应声，都是支持陈小妹的，还有人为陈小妹热烈鼓掌。何花心里为陈小妹捏了一把汗，担心她回家后又得挨杨辉一顿拳脚。这些年，陈小妹经常挨杨辉的打骂是团里众所周知的事情。金浪批评过杨辉，何花也数落过他，他当面认错，转身就变脸。有人劝陈小妹与杨辉离婚，陈小妹始终没有同意。

杨辉气急败坏地吼道：你们是不是对那个资产阶级代表人物还心存幻想？告诉你们，趁早打消这样的念头。这次"文化大革命"，就是要把那些资产阶级代表人物批倒斗臭！

台下有人发出唏嘘声，表示对杨辉的反感。杨辉看开不下去了，只好宣布散会。金浪走出会堂，在台阶上等待着何花。他对何花说：暴风雨就要来了，准备迎接更严峻的考验吧……

运动一步步走向深入。大街上出现了铺天盖地的大字报。红卫兵到处"破四旧"。一天，趁着没人，金浪把一大包东西交给何花说：这是我呕心沥血搜集的《北方民歌大全》，杨辉早就想搞到手。放在你家吧。

何花接过来那包沉甸甸的东西说：放心，没人敢抄我的家。

这天，文工团驻地也出现了第一张大字报。这张大字报是揭发批判金浪的，让文工团很多人奇怪的是，大字报是童灵写的。

童灵在大字报中罗列了金浪十条罪状。这张大字报在北方省文工团引起轰动。因为是贴在宿舍小区里，那些早晨起来上学的孩子们首先看到。

杨辉和陈小妹的女儿丽丽指着金浪的女儿金铃说：你爸是坏蛋！

金铃反驳说：你爸才是坏蛋！

两个孩子对骂几句，其他孩子在旁边呐喊助威，吵嚷声惊动了大人们。有的打开窗户朝这边张望，有的放下手中忙着的事情赶过来。一时间，整个宿舍大院里一片混乱。陈小妹伸手给了女儿一巴掌：小孩子家懂得什么？再乱说我把你的嘴撕破！

这时，推着自行车往外走的杨辉经过这里。他看了一眼童灵的大字报，嘴唇边露出一丝得意的微笑，说着：革命群众觉悟起来了，形势大好啊！

文工团的正常排练和演出全停下来，全团人员每天不是集中学习，就是到文化系统的其他单位参观"运动"成果展览。团"运动办"通知今天所有人员在团里等候通知，所以，大伙儿集中一起，有的围成小圈儿议论童灵的大字报，有的三三两两坐一堆拉家常，有的男团员干脆玩扑克牌。何花四下看了一眼，断定金浪没有来。她又在人群中找童灵，也没有看见她。

二十分钟后，礼堂里的所有喇叭都响了，随着《大海航行靠舵手》的歌声响起，在场的人齐刷刷站起来，全都挺胸抬头，双脚立正，神情庄重、严肃，仿佛等待着检阅。随着音乐声响，一个头戴黄军帽，身穿黄军装，臂上佩戴红袖标的人从台后走到台上，来人是杨辉。

杨辉满面红光，对着台下喊道：大家鼓掌，热烈欢迎省文化系统"文革"领导小组的领导！

会议的主角开始登台亮相了。第一个上场的是省文化系统"文革"领导小组副组长孙大力，他也穿着黄军装，只是没佩戴领章帽徽，胳膊上套了个红袖标。尾随孙大力身后的有四五个人，童灵也在其中。

何花感到非常不可理解，这个世界怎么一夜之间就变得让人琢磨不透了？童灵先是贴丈夫的大字报，就让人费解，此刻她又一跃成为主席台上的人物，更让人百思不得其解。

台下议论纷纷，有点乱了。杨辉把头上的帽子摘下来，拿在手中挥舞着喊：安静，安静！孙副组长要作重要讲话。

孙大力对省文工团的会风非常熟悉，所以也不在意，脸上依然同过去一样带着亲和的笑容，说话也和过去一样慢条斯理，一副文质彬彬的腔调。不过，他的话却像刀片一样，说出一句等于在人的心头划出一条伤口。

站在主席台上的童灵，也许是怕自己的目光和台下团员们针尖似的目光相遇，也许是第一次登上庄重、严肃的主席台不习惯，头一直仰着。她的两手不知所措地忽而交叉放在前边，显得有些紧张；忽而倒背后边，显得有些不安；忽而低垂，让人觉得急躁；忽而又去摆弄一下头发。

陈小妹在下面低声说：不会演的戏偏要上台，非演砸了不可。

祁雅莉说：别人有革命的胆，勇敢着呢！

孙大力的讲话很简短，他讲完，杨辉冲着后台高喊一声：把北方文工团走资产阶级道路的当权派押上台来！

"运动办"的两个年轻人押着金浪走上台。金浪昂着头，看不出丝毫畏惧。没有人招呼，台下的文工团员几乎都站了起来。由于站立过猛，很多人的身子碰撞到座位椅子，发出一片哐当哐当的响声。

杨辉气急败坏地大声吼叫：坐下，都坐下！谁同情走资派，谁就是我们无产阶级革命派的敌人！

台下暂时安静了。

何花注意到，表面上，童灵好像和刚才没有太大变化，但仔细看，她的眼睛半闭半睁，眉毛微微颤抖，脸上也渐渐变暗变黑。她突然高高扬起胳膊，喊了一声：打倒走资派金浪！

金浪的身子哆嗦一下，马上又恢复了镇定。

孙大力不知向杨辉嘀咕什么话，杨辉让那两个造反派把金浪押到最前边。他厉声喝道：金浪，低下你的头，向文工团革命群众认罪！

金浪依然昂头挺胸，目光平视着前方。

杨辉拿掐着金浪的脖颈，把他的头往下按。可是，金浪的头按下去又抬起来。恼羞成怒的杨辉抓住金浪的头发，狠狠地把他向地下摁，忽然猛一搡。金浪扑倒在地……

金浪被打倒，靠边站了。虽然没有任何一级组织、任何一位上级领导宣布免除何花和另几个团领导的职务，但是，实际上他们也被剥夺了领导权。终于有一天，何花也被拉到了台上，陪着金浪一起挨批斗。每到那个时候，金浪都会对造反派说，我是团里主要负责人，有什么问题都由我承担，不要为难他们。回答他的是一顿拳打脚踢。

何花回到家里，吃饭的时候，唉声叹气。马副司令就说：我的新媳妇，愁啥？吃饭，吃饭。人是铁，饭是钢，一顿不吃饿得慌！

何花想唱，想吼，想骂人，想咬人。她几次想和马副司令大吵一场。她点了火，他却不上当。马副司令越是劝她，安慰她，她越是心里烦躁。也许身体某个部位、某个细胞也受了刺激，她那一段时间的性欲特别旺盛，上了床就主动去亲他，摸他，像发了疯一样，动作又猛又有力……

一个月后，何花发现自己怀孕了。马副司令高兴得当着医护人员的面就把她抱起来，从三楼的妇产科一直跑到楼下的停车场。一路跑着一路开怀大笑：我老马老来得子，大喜大喜！

何花说：你让这孩子跟着我挨批斗啊？

何花说这句话的意思，是让马副司令帮自己打个招呼，不要让自己再挨斗。她不怕在她头顶上挥舞拳头，在她耳边喊口号。她不忍看杨辉那几个人穷凶极恶地折腾金浪……

马副司令瞪着眼睛看着她的肚子说：谁敢伤了我新媳妇肚里的孩子，老子一枪崩了他！

马副司令当然不是随便说说应付老婆，到家他就把胖嫂叫来，说了自己的意思。

胖嫂两个巴掌拍得噼里啪啦地响，嚷嚷着：老马呀，我的马副司令呀，这事有啥难的？咱部队有基地，有干校，哪地方塞不下何花？只要你开口，下边的人还不忙得屁颠屁颠的。

马副司令狠狠抽了两口烟没吭声。胖嫂见马副司令心事重重，又说：你要是不放心，就把她交给我，我让矿上我那侄女照顾她。

没想到，胖嫂和孙姨把行李都帮何花准备好了，何花又不同意走了。她对马副司令说：现在搞运动，我还是不能离开文工团。

何花并不知道，为了对付她，杨辉和孙大力已经有了一箭三雕的阴谋。杨辉一心想整何花，就去孙大力那里寻求支持。孙大力对整何花不仅没有兴趣，还心存疑虑。首先，何花是马副司令的夫人，马现在还是副司令，他的战友在高层的很多，捅了马蜂窝不是好事。自己不过是个副厅级，不能小鸭斗公鸡。其次，何花不过是个唱歌的演员，挂个副团长，也就管管业务，对他构不成威胁。再者，何花家庭出身贫苦，参军多年，负过伤，立过功，不好抓她什么辫子。

杨辉绞尽脑汁，想起来这事最好交给童灵去办。一来童灵多年对何花名气比她响、职务比她高耿耿于怀；二来童灵是个女人，女人整女人比男人劲头大；三来何花一直没揭发金浪的问题，如果童灵整她，可能会激起她对金浪的怨恨，从而起来揭发金浪。毕竟童灵是金浪的夫人。孙大力觉得杨辉的阴谋可行，反正他不会出面，于是就同意了。

这天早晨，何花骑自行车刚进文工团的大门，早已在传达室里等候她的童灵从窗口喊了一句：何团长。何花还以为自己听觉出了毛病，毕竟从运动一开始，已经有一段时间没人称她为团长了。她把自行车靠在墙边上，毫无顾虑地推开传达室的门。忽然，几个年轻力壮的小伙子一拥而上，连推带拉把她带到院子里。童灵一边猛烈地敲锣，一边高声喊：大家快来看，黑帮分子何花被革命群众抓住了！

围观的人越来越多。有的人对眼前发生的事情目瞪口呆，有的敢怒不敢言，也有一些人跟着童灵和造反派起哄，对何花说三道四。童灵十分得意，拿出事前杨辉策划和起草的批斗稿，当众读了起来。她是演员，情绪又处于亢奋状态，读起来有声有色。最后一段，有一句话：走资派不投降，怎么办？让他们靠边站！童灵为了营造更好的氛围，故意先念了"让他们——"接着大声喊出"靠边站"！周围的人听了，以为她是让大伙"靠边站"，哗啦一下子全都朝后退。人们也不知道"边"在哪里，一直退到十几米外的墙角，有的干脆借这个台阶溜之大吉。

这时，戴着红袖标的白菊出现了。她上去就当胸给了何花两拳，然后指着何花的鼻子说：黑帮分子何花，从今天起，我和你，和你们家断绝一切关系！

何花一下蒙了，心像被一把锋利的刀子狠狠捅了两下。

何花哪里知道，这是杨辉策划的"阴谋"。杨辉知道何花不好斗，就让无知的白菊出头。他吓唬白菊说：何花对你有什么好？马副司令那么大官，也没给你在省城里安上户口，何花是副团长，也没给你在文工团报上正式职工。你现在还是"黑人黑户"，我们可以随时把你赶出文工团。你要是能和何花划清界限，站出来狠狠批斗她，有立功表现，我们就可以给你解决户口，报上正式职工。白菊害怕被赶走，终于咬牙站出来，为了立功，还狠心捅了何花两拳。

胖嫂这几天老不放心，每天都往何花家跑。她一听说白菊的"革命行动"，破口大骂白菊：这个忘恩负义、狼心狗肺的臭妮子，看我非抽死她不可！说着就要去找白菊。这时，已经是初中二年级学生的马东东回来了，他穿着军装，腰扎铜头宽皮带，这几天正忙着"破四旧"。胖嫂念头一转，对着马东东的耳朵嘀咕了一阵子。马东东立刻跑了出去。

下午，文工团的造反派刚要准备开批斗会，十几个红卫兵高唱"造反有理"的歌，雄赳赳气昂昂地冲进文工团大院。一个红卫兵高喊：白菊，你出来！

白菊不知道咋回事，就出来了。

另一个红卫兵喊：白菊，都叫你"小百灵"，说明你就是资产阶级文艺路线的黑尖子！我们要坚决批倒批臭你！

红卫兵们一拥而上，铜头宽皮带雨点般落在白菊头上身上。白菊躲闪不及，双手抱头大哭起来。围观的人都看热闹，杨辉知道红卫兵的厉害，也不敢阻拦，躲在屋里不露头。

红卫兵们达到了目的，他们排着队，喊着"老子英雄儿好汉，老子反动儿混蛋"的口号，走了！

何花失去了自由，在童灵的监督下写检查，交代问题。在只有两人的时候，何花悄悄问童灵：金浪是你丈夫，和你一起生活了这么多年，难道你真不知道他的为人？

童灵低着头，一句话也不回答。

何花又说：你们这样对待一个人民喜欢的艺术家，就不怕将来遭报应？

童灵突然抬起头，瞪了何花一眼，拍着桌子说：何花，你别在这里长反动派的志气，灭革命造反派的威风。他永远也不会翻身！

何花不再说什么，正要提笔写"交代"，钢笔没墨水了。童灵拉开抽屉找到墨水，拧开盖子一推说：给你，墨水！不小心墨水溅出来，洒在报纸上。正巧杨辉进来，发现桌上报纸的伟人照片溅上的墨水，严厉地说：啊！何花，是你搞的吧？这是阶级斗争新动向！说明你对无产阶级司令部充满了刻骨仇恨！

何花看见童灵的脸色变得苍白，眼神也慌乱迷离，身子有些发抖。她想到了金浪和童灵的女儿金玲。假若他们夫妻俩都遭难，孩子怎么办？想到这里，她对杨辉说：这是我不小心洒的，你们怎样处罚都行。童灵几近绝望的目光又有了神气。

杨辉正愁不好整何花，白菊被红卫兵打得一蹶不振，再无利用价值。现在正好抓住把柄，真是如获至宝。何花被关到仓库里。

何花被关的地方与金浪被关的地方一墙之隔，那边发生了什么事，哪怕是金浪的咳嗽声都能听得一清二楚。有几次，何花听见棍棒抽打在人的身上，发出"砰砰砰"的声音，却听不见金浪喊叫，心里对他充满了敬意。过去，她总以为金浪是经不起折腾的一介书生，没想到在严刑面前，他表现得无私无畏。人啊，只有当面临前所未有的考验时，才能看得出他的品格，他的勇气，他的精神。她忍不住对着墙高喊：金浪，你喊一声吧！我听见你叫疼，心里会好受些。

回答她的是金浪有点儿浪漫的笑声。

何花哭了。哭了一会儿，她唱起了金浪为文工团员写的一首歌曲《我们的歌声》：

> 我们的歌声像初升的太阳，
> 红了蓬勃的城市，
> 兴旺的村庄 。
> 我们的歌声像十五的月亮，
> 亮了北国的雪原，
> 南方的稻场。
> 我们是新中国的文工团员，
> 永远为人民歌唱。
>
> 我们的歌声像飞翔的翅膀，
> 驮着人民的希望，
> 祖国的富强 。
> 我们的歌声飞过的地方，
> 掀起一股股热浪。
> 光荣在成长，
> 我们是新中国的文工团员，
> 永远为人民歌唱。

金浪在墙那边也大声唱起来。可是，他只唱了两句，就被剧烈的咳嗽打断了。何花着急地拍着墙喊：金浪，你怎么样？

马副司令出差四天，回家一进门就喊：新媳妇，我回来了！

孙姨迎上去，红着眼圈说：首长，何老师被文工团的造反派关起来，三天没回家了！

马副司令一听，勃然大怒，满脸通红地大吼：妈拉个巴子的，搞到老子头上了！老子沙场浴血几十年，不信还保不住老婆！爱国爱党爱老婆，天经地义！

马副司令立马给狗蛋打电话：何钩担同志，我命令你，立即带领一个加强排，火速奔赴省文工团，把一个叫何花的革命战友从反动派手里夺回来！

兵贵神速。不一会儿，一辆有草绿篷布的军车直冲进文工团大院，从车上下来几十个服装整齐威严的士兵。他们排着整齐的队伍，唱起"下定决心、不怕牺牲"的语录歌。歌声吸引了文工团的人，大家都站在旁边观看。

歌声一落，领头唱歌的军官对围观的人喊：无产阶级革命派的战友们，何花原来是部队的人，现在我们要把何花揪回部队批斗！请你们把何花交给我们。

杨辉知道这是怎么回事，不想交何花，就说：同志们，何花我们还没批透，批透以后我们一定交给你们。

部队的军官严厉地说：革命不是请客吃饭，不许讲价钱！快交！

几十个战士齐喊：冲！冲啊……

杨辉无奈，只好交出何花。两个战士把何花架进驾驶室，士兵们爬上军车。那军车威严地鸣了三声喇叭，在文工团大院里转了一圈，屁股冒一股烟，驶向部队基地。

当天晚上，马副司令接到一个电话，那头说：你这个老马，打了这么多年仗，竟然会用高射炮打蚊子！检讨吧你！老马说：我老婆怀着孩子呢，急了。

也就过了一分钟，孙大力接到一个电话：你孙大力胆子不小啊？你知道不知道敌人正蠢蠢欲动，叫喊反攻大陆？你想毁我长城是不是？你不想革命了，就赶快回家抱孩子！

第二天一上班，杨辉就去向孙大力汇报何花被抢走的事。孙大力昨天被训斥，憋了一肚子的气，杨辉一说，孙大力就把气全对着杨辉：你是猪脑子吗？不是说好的，让女人斗女人吗？批斗，谁让你把她关起来几天不让回家的？你自己想办法擦屁股吧！

杨辉回到文工团，马上召集开会，在会上，郑重其事宣布：何花同志属于人民内部矛盾，鉴于她思想认识提高快，我革命组织决定立即解放她，允许她暂时回家休息。

金浪是在一个飘雪的早晨离开这个世界的。何花得知金浪去世的消息时正在吃饭，手中的筷子一下掉在地上，身子在椅子上剧烈地晃动，仿佛随时都会倒下来。马东东起身扶住她说：妈，您别吓我！

马副司令冲儿子摆摆手说：去，该干吗干吗，别烦你妈。

何花扶着桌子，艰难地站起来。孙姨了解她的性子，马上给她拿来军大衣，帮她穿在身上。马副司令也毫不犹豫地给小车班打电话要车，这是他和何花结婚以来，第一次让何花坐自己的小车。

到了车上，何花才放声大哭。一路上，她的哭声没停，眼泪也流个不停，到了下车的地方，两条腿都抬不动了。司机费了好大的劲儿，才把她从车上抱下来。她的两脚一沾地，身子瘫软地坐在雪地上。陈小妹跑过来，紧紧抱着她，号啕大哭着说：文工团不能没有金团长！

人越聚越多，此起彼伏的哭声响成一片。杨辉生怕闹出事来，就给孙大力打了个电话，说文工团的人都在哭。孙大力在电话那边沉默了好大一会儿，才骂了杨辉一句：你他妈的死了亲人不哭啊？！

金浪的尸体停放在道具科仓库里的行军床上，上面盖着几张旧报纸。金浪的女儿跪在地上，像受了什么人的威胁，想哭不敢哭出声，泪水像断了线的珠子不住往下滴。何花把金玲抱在怀里，拍了拍她的后背说：闺女，想哭就大胆地哭出来吧。金玲见杨辉已经走了，才敢号啕大哭。

何花脱下自己身上的军大衣，盖在金浪身上。她的手触摸到金浪的脸颊时仿佛触到一块冰。她才相信金浪已经永远地走了。她一时间悲愤至极，忘乎所以地抱着金浪，一遍遍地喊着金浪的名字。她至此才明白，自己心里一直爱这个才华横溢、为人正直的男人。

陈小妹带着几个文工团员，翻出一面道具用的党旗，盖在金浪身上。陈小妹说：金团长是老党员了，他有这个资格。

当晚，陈小妹挨了杨辉一顿暴打，从家中搬了出来。第二天，她就提出了和杨辉离婚的申请。

何花生了个女儿，取名马晓薇。

第八章

文工团开始排练革命样板戏。由于何花、陈小妹等一些知名演员某些问题没搞清，只能演配角，甚至靠边站。白菊等过去的二线演员，舞台经验不太丰富的新演员则成了台柱子。何花对此心里高兴，她想，不管怎么说，团员们又可以演戏、歌唱了。

这天，在排练的间隙，何花趁着白菊休息的机会，把她叫到一边，认真地对她说：京剧样板戏经过反反复复多次排练，很成熟了。咱们用歌剧排练样板戏，是比照样板移植，但必须得严肃认真，一丝一毫不能走样。我看你有些着急，一些唱词还没会背，更不用说理解深透，把握恰如其分……

白菊听了后，非常不高兴，以为是何花忌妒她，竟不顾母女情，跑到杨辉和童灵那里告了何花一状，说何花对排练革命样板戏指手画脚，打击她的积极性。

杨辉色眯眯地看着白菊，拍了拍她的肩膀说：你放心大胆地演吧，我给你做后盾。何花靠边站了，她兴不起风浪。说着话，竟然当着童灵的面，在白菊的脸上摸了一把。童灵见白菊没有反抗的表示，赶忙扭过头假装没看见。

童灵下班遇到何花时，婉转地说：白菊爱咋唱你就让她咋唱，别给自己找不痛快。

何花理直气壮地说：要演就得演好，演不好不如不演。咱团里能演《红灯记》李铁梅的演员有几个，都不比白菊差。

童灵说：白菊演李铁梅是杨辉定的，报孙大力批准的。你这么说，会给自己招来麻烦。我劝你还是少说话，少管这件事。

何花想了想才说：团里的领导，要对白菊要求严格一点。这孩子虽说唱得不错，但她没有舞台经验，更没演过歌剧，这次还要她出演女一号，万一正式演出时出了问题，不光是砸文工团的牌子……

童灵板了脸说：文工团还有牌子吗？

何花一下子语塞，她愣怔了一会儿，直到童灵的身影快要从她的视线中消失，她才冲着她的背影喊道：文工团的牌子在我心中！

北方煤都发生了一起重大煤矿安全事故，一百多名矿工被埋在几千米深的井下，在全省引起很大震动。救人成了第一政治任务，省直机关紧急动员，派人奔赴出事的矿山。

胖嫂的侄女庞天明是矿上造反派头头。她不仅在那个煤矿赫赫有名，就是在全省煤炭系统也是无人不知。救援井下工人的活动，她是现场总指挥。

宣传文化系统能做的就是宣传鼓动，文工团在全系统第一个被派到矿山，在井口旁边临时搭个土台子，从早到晚不停地演出革命样板戏。一位还没"解放"的老工程师被临时找来负责救险，他几次冲着台子喊：别唱了，别唱了！是帮忙还是添乱呢！

事实上，那些在井口不远处伤心欲绝的矿工家属的哭喊声，压倒了文工团演员的歌声。舞台上扮演小常宝的白菊，受到那些矿工家属哭声的感染，哭得比任何一场演出都真切，真真正正让人感到痛不欲生……

这几年，文工团也不是没有让人高兴的事，一些后生继承娘老子的遗传，突显特殊基因，崭露头角，就让人高兴。

金浪和童灵的女儿金玲，不仅样板戏唱得好，表演也比她母亲出色。何花的儿子马东东样板戏唱得堪称一绝，在家经常露一手，逗得马副司令哈哈大笑。杨辉和陈小妹的女儿陈丽丽也很争气。祁雅莉的儿子鸿飞似乎有导演的天赋。

煤矿救援结束，井下遇难矿工三十五人，伤四十二人。矿工赵超群因抢救工人兄弟而下肢瘫痪。矿上树立他为英雄典型，给他披红戴花，到处宣扬他的事迹。

赵超群对矿领导说：我还没娶老婆，以后的日子咋过？

矿领导觉得赵超群想得很实际，说的也在理，就放出话，不管是哪里的姑娘，只要嫁给我们的英雄赵超群，矿上保证立即解决户口问题，同时给报上正式职工。

很快，就有好几个女的愿意嫁给英雄。让文工团的人想不到的是，白菊也要嫁给英雄。英雄赵超群逐一看过了志愿献身者，理所当然地看中了白菊。那几个女的，有的离过婚，有的带着孩子，有的年龄太大，有的相貌一般。哪一个能和白菊比？白菊是傲霜的菊花，那些女的只能是狗尾巴草。

英雄赵超群对矿领导说：要是能娶到白菊妹子，就是死了也会咧嘴笑！请领导千万答应她的条件，留住这个天上掉下来的妹子！

矿领导请白菊到办公室，十分客气地征求白菊的意见，百分百保证了对白菊的承诺：只要白菊和英雄赵超群一结婚，第二天就给她落户口，上职工。白菊要唱歌，煤矿有文工团。白菊要是不想离开省文工团，只要对方发商调函，煤矿立即办调动手续。

条件多优越啊！"黑人黑户"这个紧箍咒终于可以去掉了。白菊要嫁给赵超群的目的，就是解决自己这个问题！省得老看人家白眼，好像自己比别人低一等似的。她的户口问题，是马副司令都没给解决的；也是杨辉多次答应帮她解决，却一直没解决的。对于白菊要嫁赵超群的事，文工团的几个好心人，都劝白菊慎重，要考虑好，不能一时感情冲动，否则会后悔一辈子。大家哪里知道白菊内心的想法，嫁给残疾的赵超群，总比没户口强啊。不仅有了户口，还有了正式编制。白菊心想，你们知道什么？以后我再也不会看谁的脸色做事。

最不赞成白菊嫁给赵超群的人就是杨辉，在他心里，早把白菊当成了自己的备选人。他早就看着白菊流口水，并且试探了几次。第一次，当着童灵的面摸白菊的脸；第二次，装着无意"碰"了白菊的胸；第三次，在无人处捏了白菊的臀。总之，由上到下，逐步接近终极目标。而这三次探险，都平安无事。眼看即将到手的猎物，岂能让她轻易飞走！

为这件事，杨辉特意找白菊个别谈话，做她的思想政治工作，试图通过他的劝说，留住白菊。这次谈话，他似乎放松了许多，他像是有意无意的样子，轻轻拉起白菊的手，眼睛盯着白菊的脸，亲切地说："小百灵"啊，我们团领导对你特别重视，这你是知道的。因为你就是咱们团的百灵鸟，今后文工团就是你的天下，你去矿上干什么呢？

杨辉话不多，动作比话多。他的眼不时对着白菊闪动，眼里似乎伸出长长的手，要把白菊浑身上下摸个遍。他的两只大手，把白菊的一只绵绵小手捂了个严，像把玩一只可爱的百灵鸟。但是，这只百灵鸟不老实了，不耐烦杨辉那双手黏腻的爱抚。

白菊把手用力却礼貌地从杨辉手中抽出来，对杨辉眨巴几下眼睛说：你说过，说过好多次，要帮我解决户口问题和正式编制的，可你没兑现吧。

杨辉有点尴尬，不过老鹰对付这只小百灵鸟，还是有办法的。他慈祥地笑道：没解决你的户口问题是有原因的，因为你后来不再去完成你的任务了，对吧？

其实根据有关政策，白菊哪条也沾不上。也就是说，即使白菊"完成任务"，杨辉也不能兑现。或者说，白菊永远也完不成杨辉布置的"任务"。白菊对杨辉失去信心，所以她另找一条路。

白菊把矿上领导的保证如实对杨辉讲了。杨辉知道事情已经不可挽回。但是他觉得仍有曙光在前，就笑嘻嘻地说：你是我们团的骨干，宝贝，你不要去煤矿文工团，我们给你发商调函！

百灵鸟又飞回来了。白菊主动伸出双手表示感谢，让杨辉随意抚摸，甜甜地笑着说：谢谢杨书记！我不想离开咱们的团。杨书记，我就指望你给我发函了！

何花也特地找白菊谈话，告诉她，她的选择是错误的，希望她不要嫁给煤矿工人。白菊把煤矿领导对她的承诺，还有杨辉对她的保证，一股脑儿全给何花倒了出来。还说：你们谁能给我解决户口和编制的问题？这么多年了，你们谁帮过我？我嫁给他，这些问题都解决了。我为什么不嫁？何花对以前没能力给白菊解决"黑人黑户"问题深感内疚，现在，既然白菊主意已定，也就无可奈何了。

白菊要嫁给英雄，孙大力十分支持，大会上多次表扬，还发展白菊入党。

白菊和英雄赵超群的婚礼在矿大礼堂隆重举行，由矿工会主席主持，矿长当证婚人。新郎、新娘挣足了面子。矿上住房很紧张，但是，领导还是给英雄解决了两间房。工会主席早早把闹房的人赶走。英雄的娘赶紧把房门关上。

白菊躺在床上下定决心，夜里就当个会出气的活死人。熄灯后，男人开始有了动静。扫荡一阵子，男人从枕头下摸出手电筒说：我想看看……

女人生气：看什么看！夺过手电筒往桌上放，手电筒滚到地上，声音好响。隔壁传来咳嗽声。男人和女人都静止不动。女人生在农村，长在乡下，什么猪打圈、牛放犊、羊配羔、马搭驹、狗连蛋，见的多了，见怪不怪。这些可都是活生生的性启蒙啊！女人奇怪，身边这个男人怎么了？女人伸手探男人身下的东西，啊，有皮没骨头！

白菊流泪了。白菊是女人，英雄赵超群是男人吗？

白菊心里挂着她一直想要的。第二天，矿领导一上班，白菊就找上门来。领导说话算话，马上拿出一个户口簿交给白菊。白菊翻开看，户主 赵超群，妻 白菊。领导又拿出一份红头文件让白菊看，那是一份特批白菊为职工的决定，白纸黑字，盖着大红印章。还有一个写了白菊名字的档案袋，不过里面暂时空着。

矿领导说：白菊同志，你要尽到一个妻子的责任啊！

白菊下一步就是要省文工团向矿上发商调函了。这事离不开杨辉书记。白菊在杨辉办公室待了很长时间。开始，办公室里的人很多，杨辉像没看到白菊。不过，白菊有耐心等。等到只剩下两人，杨辉终于看见白菊了，杨辉是用喷火的眼睛看的。杨辉想把白菊烧着了，但是，白菊的体温达不到可燃点，因为她只是想着商调函的事。杨辉向白菊保证发函，并且把要发函的请示报告给白菊看，他趁机抱住了白菊，一边啃嫩脸，一边说：报告必须孙大力部长批准才能发函，但是我这里的手续是必不可少的。白菊默许杨辉在她身上搜索，没有禁区。但仅此而已，因为这是办公室，不宜进一步开展工作。

为了不让百灵鸟飞走，杨辉给白菊出主意，他推心置腹地告诉白菊，要是按正常程序，得由文工团把报告呈送宣传部，宣传部办公室呈交给主管文化的孙大力，孙大力批不批？不批，那就没戏；批了，那也得一步步往下转。转，这个过程得猴年马月。

这时候，白菊是被杨辉拉在宽大温暖的胸怀里的，而白菊娇柔起伏的胸怀里正躁动着杨辉的魔掌。杨辉想把眼下的这个过程尽量往长里拉，需要一定语言来伴奏。所以，杨辉的话就很多很温暖很贴心："小百灵"啊，我们团是非常看重你的，你将来就是文工团的台柱子！所以，我特别希望商调函能尽快发出去。就看孙大力部长批不批了。根据我对他的了解，报告由你亲自拿着，到他的办公室，你亲自交到他的手里，那，成功的可能性就达到百分之九十九。注意，时间要在下午快要下班的时候。"小百灵"啊，按说，报告让你拿着是不符合规定的。但是为了你的事，我不怕犯这个错误。

对杨辉说得乱七八糟的那些程序，白菊真是一无所知，但是，她相信杨辉在这件事上的真诚。白菊在某些事情上还是心有灵犀的，为了杨辉的这一份真诚，也为了放一根长一点的线，白菊故意表示出以真情回报真诚，在杨辉的怀里多滞留扭动了几分钟。门外走廊里似乎有脚步声，白菊断然站起，然后留给杨辉一副恋恋不舍的表情，俨然一株风中菊花，花枝颤动，终于飘然而去。

杨辉更为老辣，看着白菊的背影说：真是好演员……

白菊按杨辉的指点，在下午下班前半个小时来到孙大力部长的办公室。这时候，夕阳的余晖洒在窗玻璃上，反射装扮了白菊的嫩脸，使得粉面与落霞齐飞。孙大力部长喜欢这个样子。

白菊是孙大力树立的典型，为白菊的革命化选择，孙大力还让白菊入了党。所以，孙部长十分欢迎她的到来。

　　部长的办公室是带套间的，里外一样大，宽敞明亮。外间办公桌上堆着很高一摞文件，充分显示部长很忙。里间比外间多了一张床，部长工作累了需要休息。孙大力把白菊让到了里间的沙发上说：这里安静些。白菊点点头，一时无语。

　　部长慈祥地问：我们的"小百灵"，喜事还算满意吧？

　　白菊鼻尖一酸，长出一口气，干脆亮底：部长，那人不是男人，还变态！

　　部长愣了一下：哦、哦，他下身有残疾，肯定会与一般人有不同的地方。不过，他是舍己救人的英雄，这也和一般人不同。思想境界高啊。你的思想境界与他一样，也很高嘛！

　　白菊不懂也不要什么思想，她要孙大力部长的批字。她直截了当地掏出报告，按杨辉教给她的那样，亲自交到孙大力部长的手上说：部长，这报告，您看……

　　孙大力部长并没有像杨辉书记那样顺势擒住白菊的手，而是随手把那张纸扔在桌子上。白菊不解其意，心有点凉。

　　孙部长提出一个与报告无关的问题，说是向白菊请教："小百灵"啊，你说你那个英雄不是男人，怎么回事？部长态度十分谦虚。

　　白菊心想，戏，开场了。她希望过程尽量短一些，干脆开门见山：他，他，他那个东西根本不行！

　　孙大力部长笑了笑，笑得有些暧昧。白菊引起孙大力部长的注意，是从那次他和杨辉"阴谋"一箭三雕的时候，真正关注白菊，是他实际考察白菊能否担任《红灯记》里"提篮小卖拾煤渣"的小铁梅的时候。文工团的女演员很多，孙大力为什么关注白菊？孙部长观察女人是从眼睛开始的，他对女人的眼睛有独特的研究。有的女人，表面上嘻嘻哈哈，说话大胆放肆，甚至带色沾荤，但孙大力不会被表象迷惑，他会从女人的眼睛里寻找答案。如果那眼睛里储蓄的是沉静、厚重和冷漠，就像冰湖下面的一泓深水，那她肯定是不可侵犯的。如果那眼睛里放射的是闪烁游弋和奔放，像趵突泉涌出的泉水，那么，不管她表面上多么庄重沉稳，多么不苟言笑，多么严肃正经，但是，只要你功夫到家，蚌壳定会自然开放。孙大力发现，白菊的眼睛就是这样。不仅如此，白菊的眼神里还多出了清纯、稚嫩和渴望。孙大力觉得，白菊就是红了半边的大苹果，诱惑力难以抗拒。

孙大力部长说："小百灵"啊，现在，进省城的指标控制得非常严，非常严，有些事情，也不是我能决定的，我也要努力争取。

白菊的脑袋，努力跟踪孙大力部长的跳跃式思维。她看着孙大力的眼睛，那里射出的是火热的箭。白菊明白，过程不需要拉长，越短越好。她让眼里的泉水沸腾了，站起来重复孙大力的话：我也要努力争取。说着，她转身拉上了窗帘。

这时候，夕阳隐去，红霞犹存。

还需要说什么吗？此时无声胜有声！

白菊自己宽衣解带，娇羞地玉体横陈。孙大力看着那玉体，良久未动。孙大力部长可是延安"鲁艺"出来的，脑子里不缺艺术细胞，他要欣赏，像欣赏徐悲鸿的裸体画那样品尝眼前的艺术品。孙大力也是丹青高手，他用眼睛先画速写，再画素描，进而画工笔。画完了贵妃出浴图，孙大力要一丝不挂入浴了。孙部长不是急猴，也不是馋猫，他喜欢一种过程，一种慢慢品味的过程，就像一杯龙井，一杯碧螺春，一杯铁观音，需要仔细品味，才能辨别她们的妙处，绝不可牛饮。孙大力提枪跨马也很儒雅温柔，绝不像某些人的如狼似虎，凶神恶煞。

白菊本来下定决心，要当沉默的羔羊，但是孙大力高超的技艺教育了她，改造了她，唤醒了她。他的温柔感染了她，他的体贴感动了她，他的进入打开了她，他的运动激发了她。白菊由惊恐，到惊愕，进而到惊喜，这个过程很短。

这是男人？原来这就是男人。这是真男人！

由于孙大力部长的循循善诱，白菊的思想认识就是这么快地得到了提高。

孙大力很快地抓过桌上的那张纸，飞快地写上：同意　孙大力。

他把那纸亲自放到白菊手里说：我批了，指标也在里面了。

白菊看了一眼那五个字，笑了笑，不管是她"同意孙大力"，还是"孙大力同意"她，反正事情成了。白菊想得就这么简单。

走出孙大力的办公室，白菊感觉若有所失，又若有所得。使她印象极为深刻的是，原来男人是这样的！

白菊有和英雄赵超群同床共枕的义务，这是婚前她和煤矿领导的约定。白菊必须每个礼拜回家一次，履行妻子的义务，碰上有演出任务时除外。矿上保证报销往返车费。可是白菊回来履行义务了，英雄赵超群却不能担负自己的责任。白菊很苦恼。最为要命的是赵超群对她的折腾。往往是，他刚撩拨起她的欲望，却半途而废，折腾得她不上不下，吊在半空，令人难以忍受。

所以白菊回来后，往往是和赵超群同床却不共枕。英雄提出抗议，白菊就用"你不是男人"的话回击，搞得英雄十分气短。英雄无奈，就向革委会副主任庞天明告状。庞天明找杨辉反映。

杨辉向庞天明保证，一定批评教育白菊，让她和丈夫好好过日子。杨辉真的把白菊叫到办公室批评教育，时间是下午离下班还有十分钟。杨辉说：你总得应付人家，像个过日子的。

白菊用眼睛翻杨辉：他把人搞得不上不下，怎么应付？干脆离婚！

杨辉笑笑，摇摇头。其实白菊也明白，婚是离不了的。当初结婚时，矿领导就告诉白菊，矿上给的条件很优越，唯一对白菊的要求是不能离婚。白菊知道，她真要离婚，矿上不会批准，文工团也不会同意。过不成，离不了，白菊觉得自己走进了死胡同。

报告是批了，商调函杨辉还没发走，因为他很忙。没有什么序幕，白菊当时就表演了向杨辉献身的喜剧。

事后，白菊感到了一种从未有过的愉悦。这个男人，是白菊阅历过的又一个男人。原来男人竟然有那么多的不一样！白菊觉得眼前的死胡同豁然开朗，是啊，原来天无绝人之路！

白菊每一次回家，两人就要吵闹一场。她每次回文工团，都要几天精神不振，演节目也毫无生气，还经常出错。而在私生活上，开始放荡不羁，公开和团里一个结了婚的男歌手王岩拉扯，寻求刺激。

王岩的老婆发现了丈夫的蛛丝马迹，几经跟踪，终于捉奸在床。女人告到杨辉那里，杨辉答应处理，但以"家丑不可外扬"为由，把事情压下来，不了了之。女人气不过，跑到煤矿革委会去告状。

煤矿革委会副主任庞天明可不是省油的灯，她紧急行动，气势汹汹地到文工团兴师问罪，要求严肃处理白菊，而且要给白菊戴高帽子，脖子上挂破鞋游街。她对杨辉吼着：你们别想糊弄我，我要亲眼看着她这个骚娘们游街的样子！

何花心疼白菊，不管怎么说，她曾经是白菊的干妈，而且，她也不忍心眼看着这么好的苗子毁了。她生拉硬拽，要把庞天明请到自己家里做客，还说让她和胖嫂姑侄俩见见面。

庞天明这才笑了：也是，这一阵子忙得我，没见着我姑，怪想的，走吧。正好等着你们文工团的处理结果。

胖嫂听说侄女来了，急匆匆赶到何花家。姑侄俩没说三句半话，胖嫂就开始训侄女：我说天明啊，你现在当了个副主任，担子可不轻！我知道你那爱张狂的毛病，你可不能胡来！

庞天明虽然有点二，可对姑姑一向尊重，从不顶碰，不管姑姑说什么，她总是笑。

胖嫂听说天明是为处理白菊而来，而且还要求给白菊戴高帽子挂破鞋游街，立刻火了，指着庞天明吼：游你娘那脚后跟！还，还挂破鞋？她破鞋，你新鞋？把女人当男人的鞋子，自己糟践自己，天明，天明，你都是革委会的副主任了，还想搞那一套啊！？

何花在一旁听着胖嫂的话，不由得暗笑。

庞天明也笑，还对姑姑挑起大拇指。

胖嫂一摆手：少给我戴高帽耍滑皮！白菊那孩子，我也是看着她长大，她犯点作风错，也不能一棍子打死。

庞天明说：那咋办？总不能不管吧？

胖嫂说：相信群众相信党组织嘛！

何花心想，姜还是老的辣。别看胖嫂大大咧咧的，还真有一套！

庞天明没有再坚持亲眼看着文工团处理白菊，她急忙回矿上去了。

文工团责令白菊和王岩分别写出深刻检查，并把王岩调去搞服装道具。但是王岩迷恋白菊靓丽的容貌，青春的胴体，火热的情欲。白菊渴望王岩俊秀的面庞，伟岸的身躯。两人心醉情迷，不思悔改，继续千方百计地寻求缠绵的时间。做道具的工房，放服装的库房，排练厅的幕布后，都能成为他们寻欢的场所。电影院，公园里，都曾经是他们偷情的爱巢。实在找不到他们认为安全的地方，他们甚至骑车到郊区的庄稼地里幽会。白菊与王岩之间，此时此刻很难说是爱，也就是情的放纵，欲的张扬，色的贪婪，肉的癫狂。白菊说她的那个英雄丈夫是变态，她有时觉得她自己更是变态。

有一天，白菊发现自己怀孕了。两人在公园里幽会时，她把这个发现告诉了王岩。王岩有些高兴地说：啊，我有孩子了！

白菊愁眉紧锁道：你幸灾乐祸呀？是你下的种，孩子也不归你！这一下我露馅了，倒霉了。我想打掉他，打不掉我就去死！

王岩安慰着：说什么呀，你没有单位介绍信，哪个医院也不敢给你做流产。你有男人，可以光明正大地怀孩子，生孩子。怕什么？有谁敢说你男人那东西不中用？他自己更不会承认自己不行。孩子留下来吧。你男人肯定也这么想。王岩向白菊解释，他和老婆结婚五年了，一直没孩子，原来他怀疑自己有问题，现在看来是老婆的毛病，干脆离婚。

白菊说：你别想着离婚，你离了我也不会和你结婚。我离不了婚。

礼拜六下午，白菊回到矿上的家。一反往常，她这次回来，给婆婆买了桃酥，给英雄男人买了一条香烟。夜晚，白菊主动和男人同枕共眠，她第一次用玉臂缠绕男人的脖颈，用柔唇亲吻男人的糙脸。男人感动得热血沸腾，不知所措。温存差不多了，白菊才告诉男人，她怀孕了。

男人一动不动，顿时百感交集。白菊等着男人发话，男人就是一气不吭。

白菊憋不住，哽咽着说：我，我对不住你……你杀了我吧……

男人终于开腔，瓮声瓮气道：是我对不住你。孩子，生下来他就姓赵。

有一条，你不许提离婚！

白菊把泪水洒在男人脸上抽泣道：我，就是你的女人……

礼拜天下午，白菊回文工团了。赵超群把革委会副主任庞天明请到家来，开门见山，把白菊怀孕的事讲了。庞天明不明就里，笑道：好啊，这样就把她拴住了！

赵超群半天才说：没办法，我只能告诉你一个人。孩子不是我的。

庞天明先是愣了一下，接着明白了，立即开骂：这个偷腥的骚母狗，我马上去文工团把她揪回来！

赵超群平静地说：庞主任，别，别，给我留点面子，也给她留点面子。要不，我们往后咋做人？

庞天明问：那你的意思？提吧，我革委会给你撑腰！

赵超群说：我要求把她弄回来，待在家里等着生孩子。生了孩子也不能再回她单位。要不，我就告，男女两人一锅烩！

庞天明急匆匆赶到文工团，把英雄赵超群的要求对杨辉讲了，最后强调：白菊的事我就对你一个人说，这是组织对组织，你不能泄密！白菊我带走，就说长期病休。咋处理你们研究决定。

白菊老老实实跟庞天明回家等着生孩子了。文工团的几个领导对如何处理白菊意见不一。有的说干脆开除，一脚踢出去，免得给文工团惹事抹黑。有的说把她下放到农村劳动改造。有的说客气点，让她自动离职算了，名声好听点。有的说白菊挺可怜的，年纪轻轻，让她退职，单位给退职费。只有一点是共同的，那就是文工团不要白菊了。

何花对白菊总是有一副菩萨心肠，她想给白菊安排个好去处。她知道马副司令有个老部下在北大荒兵团农场当场长，那里虽然是种地，但是，属军事化管理，是国营单位，有工资。白菊到那里，将来也许会有出头之日。何花恳请马副司令帮忙联系。马副司令摇头不干。何花说：你就是打个电话，举手之劳，可就是关乎那孩子一生的命运。这样的好事，干吗不做？人家不接收也就罢了，人家要是接收，不就是救了那可怜的孩子吗！

马副司令终于说：好吧，我就打个电话问问，成不成也不是马上就能定的。

何花高兴地说：好老马，谢谢。这事不急，白菊不是等着生孩子奶孩子嘛，早着哩。

文工团处理白菊的问题定不下来，杨辉很客气，主动把大家的想法和庞天明沟通。庞天明去征求赵超群的意见。赵超群挺来火：文工团的人都是猪脑子！把我老婆开除，下农村，我老婆还有工资吗？我两口子还能在一起过吗？我老婆是矿上报的职工，是他文工团发函要走的，现在，把我老婆调回矿上不就妥了！

庞天明拍手笑道：对对对，把你老婆调回来，搞到灯房里去，我派人看着她！

庞天明再次去文工团，代表煤矿一方，把英雄赵超群的意思对杨辉讲了。杨辉落得痛快，满口答应，立即办了白菊的调动手续。

第九章

都说女儿是妈妈的贴身小棉袄，这话用到童灵和金玲身上，也很合适。金浪死后，母女俩相依为命，当然也只能相依为命。不如此，又能如何？两间屋子，空空荡荡，依靠谁？总不能倚门框吧？童灵乃大家闺秀，又是部队文工团转业，死也不会倚那个东西。墙上的镜框里，有金浪的遗像，现在，就是想依靠他也指望不上。

老实说，金玲对当初妈妈贴爸爸的大字报很不理解，很不满意。爸爸死时，金玲扑在何花阿姨怀里号啕大哭，当时，文工团的好多叔叔阿姨都在，妈妈在哪里？金玲想得简单，她认为，爸爸的死，就是妈妈一手造成的。慢慢地，金玲原谅了妈妈。她发现，妈妈有时候睡在床上默默流泪，这让金玲也很难过。再说，"文革"当初，有些中央领导的子女也贴自己父母的大字报，还要划清界限呢。

金玲是个聪明懂事的孩子，她对妈妈的不满从来没有表露过。金玲上了初中以后，母女俩越来越亲密。妈妈关心女儿，女儿体贴妈妈。乖巧的金玲看到妈妈闷闷不乐的时候，就会主动讲一些开心的事，说一些开心的话，逗妈妈乐。

吃过晚饭，金玲主动洗碗刷锅，收拾完毕，正准备写作业，她发现，妈妈的脸上愁云密布，就对妈妈讲学校的趣事。金玲告诉妈妈，我们的语文课本把《沙家浜》里的"智斗"一场选进去了。大家都在唱样板戏，老师也要学生唱样板戏。我们语文老师是个又胖又矮的女的，同学们背地里都叫她胡传魁。这位老师还真有自知之明，她在上语文时教学生唱样板戏，自己说，我，就是胡传魁。大家一听哄堂大笑。可老师不笑，还一本正经地说，我教你们唱胡传魁。大家一听，都来个全神贯注，比平常乖多了。可我们老师是女的呀，嗓子很尖，唱不出胡传魁那个味道。她大腹便便的，在讲台上走来走去，尖声尖气地唱胡传魁的词儿，跑腔丢调的，够好玩了。偏偏我们老师普通话不行，唱"她让我水缸里面把身藏"，把"水缸"唱成"肥缸"。全班同学笑了个地覆天翻！妈！妈！她唱"肥缸"！

童灵被女儿逗笑了，说：小孩子，懂什么！那是老师故意逗你们玩。现在批"师道尊严"，老师也斯文扫地，哄你们高兴，混日子。

金玲又给妈妈讲了。说是那语文老师还真狡猾狡猾的，当堂就要求我们学演《沙家浜》里"智斗"一场戏，还说这是革命任务，必须完成。还说她唱得是不好，可是，她为了革命敢唱，不怕出丑。她还说，她知道在座有同学的家长是文工团的，可以请教高手嘛。乖乖！她白骨精的狰狞面目暴露无遗了吧！

童灵说：你是学生，怎么这样说你们老师？

金玲很有点理直气壮的样子：这就是"文化大革命"大批判精神嘛！

童灵的心像被钢锥刺了一下，面色不悦道：好了，快做作业去吧。

金玲说：妈！我说了半天，你还没听明白，阶级斗争觉悟也太不上档次了吧？学演《沙家浜》"智斗"一场戏，就是我们的作业。金玲讲起她的打算。她说，我们班都说我演阿庆嫂最合适，我也这样认为，信心够份儿。我肯定行！我是谁呀？省文工团名角童灵的女儿！我妈是演阿庆嫂的头牌！

童灵笑：少给我灌迷汤。我没工夫指导你。

金玲也笑：妈，我就知道你会这样说，我是你肚子里的蛔虫。其实，我早有打算，马东东演刁德一最合适不过了，我和他约好，就在他家排练"智斗"。他家地方大，何花阿姨也愿意指导我们。

不知道为什么，童灵忽然很不高兴，一句话不说，拉长了脸补一件旧衣服。

金玲心想着她和马东东排"智斗"的事，兴头正旺，没注意妈妈的变化，继续天马行空地说：要说演刁德一，马东东是不错，可是，我觉得，比起我爸爸，他可就差远了。我爸演刁德一，我妈演阿庆嫂，那才真是珠联璧合，比翼双飞呢！

童灵忽然撂下手中的衣服起身走出去。金玲这才意识到自己说的话不对劲，她想缓和一下气氛，平常，她为了让妈妈高兴，经常和妈妈开一点小玩笑。金玲对妈妈喊：老九不能走！这是众所周知的《智取威虎山》中土匪对英雄杨子荣说的话。要是在平常，妈妈可能会接一句更有意思的话，母女俩像演戏，给苦涩的日子添加一点甜味剂。可是，这次不行，妈妈回头板着脸说：你是越来越没大没小了！

金玲吐舌噤声，赶紧低头写作业。

夜里，童灵总也睡不着，床上像撒了三角钉。

第二天晚上，童灵有演出任务。省里正召开政工会，全省的政工领导干部和政工精英云集省城。孙大力部长要求文工团为会议演出一台既有思想性又有艺术性的节目。这也难不倒文工团，杨辉就安排了一台样板戏专场，全是精彩的样板戏选段。现成的，拿出来就能演。

童灵的任务是演《沙家浜》"智斗"里的阿庆嫂。这是童灵的拿手好戏，演好自然不在话下。可是，童灵昨晚一夜没有睡好，精神状况不佳。演出的时候，她脑子里莫名其妙地冒出"水缸""肥缸"、金浪刁德一、何花阿庆嫂之类的词儿，搅来缠去，一团乱麻。关键时刻，童灵把"他们到底是姓蒋还是姓汪"唱错成"他们到底是姓蒋还是姓党"了。

观众对革命样板戏是百看不厌的，当然，你想看别的也没有。样板戏经典唱段的唱词，广大革命群众早已烂熟于心，妇孺皆知，三岁小儿张口就来"提篮小卖"。童灵把一句重要的戏词唱错，立即被台下的政工精英发现，当时就有人高喊：阿庆嫂唱错了！反动言论！

"智斗"完了，童灵回到后台，脑子里浑浑噩噩，不住地自言自语：我唱错了吗？我唱错了吗？阿庆嫂变成了祥林嫂！可是，接下来就要演《红灯记》选段，谁有工夫理她呢？

还真有人把她挂在心上。这次政工会的主题就是：提高政治觉悟，洞察阶级斗争新动向。政治精英们经过会议的学习，思想觉悟有了很大提高，正愁没有靶子，靶子竟然主动送上门来！会议讨论时，几个精英就把"智斗事件"正式提出，会议简报也理所当然地登出来。

会议组织者孙大力部长看了简报，即挥笔批示曰：此事甚为典型，文工团严肃处理，以此教育群众。

杨辉也参加了政工会，但是他没看演出。政工会结束，他不能不执行孙大力部长的批示。杨辉没有豹子胆，他是耗子胆，外加胆囊炎。他召集文工团中层以上领导开会，研究对"智斗事件"的处理。文工团的人在这件事上，绝大部分是倾向于保童灵的，惺惺相惜嘛。有的说，怎么能证明童灵唱错了？录音了吗？也许是个别人听错了呢？有的说，吹毛求疵嘛，你不有意吹毛，哪会有疵？你把毛吹起来了，没有疵还有毛孔呢！谁的皮也不会像玻璃那么光滑。有的说，谁都有打嗝放屁的时候。导师说过，要奋斗就会有牺牲，死人的事是经常发生的。要演戏就会有口误，错词的事是经常发生的。有的说，就算童灵把"汪"唱成"党"，也不见得有政治问题，顶多算技术性失误。"党"，不一定专指我党，还有别的党嘛。

杨辉很不高兴，大声说：好了，好了，咱们开会是研究对这件事的处理，不要把会议搞拧了。大家要明确两点，第一，童灵唱错是铁定的，不管她是不是真的唱错，既然有人提出来，并且登在会议简报上，那就只能认定她唱错。第二，孙部长既然有批示，那我们就一定得执行。好了，大家讨论如何处理童灵吧。

会议冷下来，人们哑了好一阵子。怎么处理？检讨？批判？那似乎不符合部长"严肃处理"批示的精神。开除？何花坚决反对。她表示，我们不能这样无情对待一个曾经在战场上和解放军将士一同战斗过的同志，再说，开除出文工团，她就没有工资了，她的孩子怎么办？文工团养活？

何花的想法得到大家的认同。其实，杨辉也不想整童灵，毕竟，"文革"

开始时，他们曾经是同一个战壕里的战友，整童灵，对他没有丝毫好处，他只是遵命而为。最后，会议达成共识，把童灵下放到工厂，让工人阶级监督劳动改造。

杨辉及时向孙大力部长汇报了处理"智斗事件"的结果。孙大力当时的批示也就是为政工会而批示，政工会已经结束，文工团执行了批示，他也就不再追究。文工团是他负责的单位，事情闹大，对他没有什么好处。

杨辉向童灵宣布了组织上对她的处分决定，并告诉她，这已经是最好的结果了，是组织对她的同情和照顾。希望她到工厂后，好好接受劳动改造，以后还有回文工团的机会。

童灵不知道自己是怎么走回家的，一进家，她就瘫软在门里。良久，她才扶着三角衣架站起来，晕晕乎乎不稳，又跌倒了。衣架砸到墙上镶有金浪相片的玻璃相框上，相框"啪啦"掉到地上，玻璃碎了，金浪的相片掉出来。童灵膝行，去抓相片，玻璃碎片割破了手指，鲜血滴在相片上，在金浪的脸上绽开一朵红花。童灵手捧金浪的相片无声地流泪，泪如泉，源源不绝，泪似雨，滴滴落下。

童灵面对金浪的相片，在心窝子里哭诉。

金浪啊金浪，我知道，你到生命的最后一刻，也不会理解我，更不会原谅我。我知道，我是搬起石头砸自己的脚，我自作自受，罪有应得！金浪，你知道吗？这都是一个"爱"字造成的，是"爱"这个魔鬼迷惑了我，控制了我，使我成了一个心胸狭窄的人，一个小肚鸡肠的人，一个极其自私的人，一个嫉妒心似火的人，一个目光短浅的人，一个自以为是的人，一个愚蠢透顶的人。

金浪，你是知道的，当初在学校，我害怕何花夺走你，就厚着脸皮对你撒泼。我知道有好几个女学员想着你，所以我就催着你赶快结婚。来到文工团，你身边美女如云，我更觉得防不胜防。别的女人看你一眼，我就觉得她是在勾引你；你多看别个女人一眼，我就认为你移情别恋。为此，我们经常闹矛盾，可别人并不知情。"文革"来了，我想贴你的大字报，把你搞臭，看哪个女人还会理你。把你搞倒了，不当团长了，专心作你的曲，我们就可以终日厮守。金浪，你看，我是多么愚蠢啊！有人就此利用了我，我越陷越深，不能自拔。我知道，你怀着对我的怨恨闭眼走了，我还狠心愚蠢地表示和你划清界限！金浪，我真想不到，那个何花，她竟然敢毫无顾忌地抱着你大哭！我知道后，心碎肝裂！我后悔莫及，真想一死了之。是金玲的哭声唤醒了我，把我从死神身边拉回来……

金玲放学回家，见到妈妈跪在地上流泪，赶紧把妈妈拉起来，扶到床边，给脱了鞋，让妈妈躺下。妈妈躺在床上，双手还捧着爸爸的相片。金玲心里一热，似乎明白了什么。她什么也不问，赶紧把爸爸的相片从妈妈手里拿过来放到桌上，给妈妈包好流血的手指，又忙着做饭。金玲知道，妈妈要说的话，你不问她也会说；她不想说的话，你怎么问她也不会说。

晚饭后，童灵简单地把"智斗事件"和文工团的处理对金玲讲了。她告诉女儿：我就要去工厂劳动，还不知道那里的情况，晚上能不能回家。今后你就得自己照顾自己了。遇到困难，可以找何花阿姨，她是个好心人。祁雅莉阿姨也不错。户口本、购粮本在柜子里，千万别搞丢。布票、糖票、火柴票、煤球票、肥皂票等票证放在中间抽屉里。钥匙挂在门后，出门别忘带上……

童灵第一次让女儿和自己睡一个被窝。她深情地抚摸着女儿的身子说：你已经不小了，也算是大姑娘了，要知道保护自己。女人来到这个世界上，总是弱者，老被欺负。你不想着保护自己，还能指望谁！

金玲偎在妈妈的怀里，深深感到，世上只有妈妈好！

童灵去的工厂是一个位于市郊的印刷厂，厂房破旧，设备老化。童灵从家里要走十分钟才能坐上去郊区的公交车，坐一小时到达终点站，再步行半个小时才能到工厂，公交车二十分钟发一趟。这就是说，童灵每天要在路上折腾四个小时。且不说干活如何，就这样每天奔波四个钟头，也够她受的。

童灵被分在检字车间，先当学徒。车间主任钱天翔是个五十来岁的转业军人，膀大腰圆，说话唾沫星子满天飞。他对童灵说：我叫钱天翔，记不住，就叫我天天想钱。你的事，你们单位都介绍了。你还当过兵，咱是战友，战友！说着，伸出大手就要和童灵握手，童灵当然得赶紧迎上去握。童灵的手是何等的白嫩细腻秀顺，和钱天翔的大黑手相握，对比鲜明极了。钱天翔看来是个怜香惜玉的人，他抓住童灵的纤玉小手，上下摇晃，不知几个回合，才恋恋不舍地撒开，还相当实在地赠送一句：嗯，你的这手，特别适合在咱们车间干检字，细长，灵巧。

童灵赶快回赠一个嫣然的笑靥。

钱天翔喷着唾沫星子说：听说就因为唱错一个字，对你又是批判，又是下放。扯淡！咋能这么对一个老战友！样板戏也是戏，我就乱唱，"提篮小卖拾煤渣，穿衣吃饭全靠它。咱们工人力量大，走遍天下都不怕！"钱主任还真用破锣嗓子唱了，唱完笑道：我想咋唱就咋唱，哪个敢把我鸟咬了！批判，批个屁的判！批判能把钱批来？能给我们发工资？

钱主任的思维是跳跃式的，他说：对了，你的工资介绍信我看了，够高的，比我们厂长还高。老战友，我们是新人新事新国家，自己挣钱自己花。没娘的孩子，只能实行计件制。对你，特殊照顾，三个月学徒，发原工资，以后按计件工资。要不，大家有意见。

童灵连连点头：知道，知道。谢谢！谢谢！

钱主任领着童灵到铅字架前，对一个正检字的女工说：秦师傅，给你送个徒弟，三个月要教出师。

还没有等秦师傅说话，钱主任就站在童灵背后对着字架指指点点说开了，唾沫星子喷在童灵脖子上，更让童灵不舒服的是，钱主任紧贴她的背，热气像火炉，钱主任的某个部位还挤压她的臀部。她往前进半步，他在后面跟半步，老是不离不弃。童灵简直无所适从。

钱主任终于结束指点，迈着军人的步伐走了。秦师傅对童灵友善地笑道：他这人，就是看到漂亮女人走不动，占点小便宜。人不坏，没事。来，你先看我是咋干的。

童灵从小娇生惯养，到文工团也没有干过什么体力活。她在车间学检字，虽然不是重体力活，但是也够累的。手拿字盘，站在字架前，腿不停，眼不停，手不停，一天下来，累得腰酸腿痛手麻眼涩。更要命的是每天还要来回奔波四个钟头，加八个钟头上班，回到家，人就像死了一样。头一个礼拜，童灵几乎垮了，情绪濒临崩溃。她想，这样活着有什么意思，还不如眼一闭去找金浪，向他解释，求他原谅，两人在另一个世界从头开始。

是与廖团长的相遇给了童灵希望。那天，原部队文工团的廖团长因为要赶印一份资料来到印刷厂，见到了童灵。童灵一见老团长，就像挨打受气的小媳妇见到了娘家人，她握住老团长的手泪如雨下。廖团长说：文工团太不爱惜人才，干吗老把自己的人才往外推！他告诉童灵，他现在是省文联办公室主任，有机会，他想把童灵要到省文联，搞办公室工作，让童灵暂时坚持一下。

童灵这才觉得眼前有了曙光，再苦再累也要坚持。钱天翔主任还真不错，虽然经常站在童灵身后指指点点，磨磨蹭蹭，讨点小便宜，但也就仅此而已，不伤大雅。他倒是帮了童灵一些忙，给童灵挑合适的新工作服，分配给童灵好干的活，礼拜六让童灵提前一个钟头下班。

童灵心灵手巧，很快熟悉字架，检字速度赶上师傅了。工作能够胜任，劳累感自然减轻。

"智斗事件"对文工团的消极影响很大。不少人都认为，为唱错一个字就这么处理一个人太过分！开个批判会啥的也就行了，还把一个老资格有天分的主要演员踢出去，在这样的单位还有什么干头！祁雅莉首先行动。她丈夫廖团长是省文联办公室主任，她想离开文工团，很快就调到文联。陈小妹早就看不惯杨辉的做派，更反对他的倒行逆施。和他离婚后，陈小妹就不想在他手下干了，可是她热爱这种工作，又舍不得丢下干了这么久的专业，一直犹犹豫豫的。对童灵的处理，使陈小妹下决心离开这个叫人心冷的单位。她通过关系，调到省文化厅群众文化处工作，与她的老本行也有点关系。

何花也为这事心神不宁，精神萎靡，老走神。有时，马副司令和她说话，她要么答非所问，要么不理不睬。马副司令提出给她调一个坐办公室的清闲工作，她说：我爱唱，我要唱一辈子！要是不唱，我就会丢了魂，失了魄。我不能过没有歌唱的日子。

马副司令摇头道：那就随你吧。我要的是欢蹦乱跳的新媳妇，可不要失魂落魄的傻老婆。

"智斗事件"的影响还波及学校。马东东告诉何花，学校本来已经掀起一股演样板戏热，同学们都觉得学演戏很有意思。特别是文工团的一些子女，陈丽丽、金玲、廖鸿飞等，都很积极，可这下完了，谁也不愿意演了，老师怎么动员都没用。大家特别同情金玲。

马东东讲到激动处，气呼呼地说：妈妈，你们单位的头儿真不是玩意儿，毫无人性嘛！

何花放下脸说：东东，小孩子家，不许胡乱议论大人的事！

马东东不服：什么小孩子，我都长大了，大鸣大放大辩论，我和廖鸿飞真想和你们单位头头就"智斗事件"来个大辩论！

马副司令说：就算你长大了，离成熟还有两万五千里的长征路。

马东东反驳道：老爸，我知道你要说什么，你一定会说，把自己知道的事说不知道或干脆不说才算成熟。我认为，那是虚伪，是怯懦！

何花说：东东，你敢向率领千军万马的司令叫板，胆子不小啊！

东东笑道：舍得一身剐，敢把皇帝拉下马！这正是伟大"文革"培育我们的造反精神。

马副司令知道儿子这是戏言，但这样的话他听着反感，就不再理东东，转身进自己的书房。

何花拿出一件新衬衣让东东换，东东脱了个光脊背。妈妈这才发现，儿子真的是长大了，胸肌发达，胳膊粗壮，腋毛丛生，很像个男子汉了。何花顿时涌出股股母爱。老实说，两个儿子虽然她都爱，但她更喜欢东东。东东更多地继承了她的遗传基因，很多地方都像她，特别在音乐方面，已经看出了东东的天分。北北则较多像他的爸爸，喜爱运动，争强好胜，干事粗线条。

何花也看出来了，东东和金玲走得比较近，两人有共同的天赋和爱好，从他们俩互相间的眼神，就可以看出，他们的关系不一般。何花有点担心这俩孩子早恋什么的。从感情深处说，何花很喜欢金玲，这孩子乖巧，有天赋，更主要的是，金玲是金浪的女儿。有时，她心中甚至会冒出金玲是儿媳妇的念头。她自己都觉得好笑。陈小妹和杨辉离婚后，女儿随了母姓，杨辉一向革命，也不计较。他们的女儿陈丽丽和东东也不错，经常和东东到家里来，一起做作业什么的。丽丽也有表演艺术天赋，这孩子大方稳重，还是班干部，在同学当中有威信。马副司令比较喜欢陈丽丽，不知道为什么，不大喜欢金玲。金玲也感觉到了，不大敢去东东家，大部分时间是东东去金玲家。其实，每个人心里都有一个保险箱，不会对任何人打开，里面装的什么，外人永远不可能知道。

金玲也够苦的。她每天要做三顿饭，妈妈很晚才能下班回来，她就等妈妈回来一起吃晚饭。不过金玲并不觉得有多苦，因为，有马东东总关心她。

马东东对金玲像对亲妹妹，他几乎每天放学都送金玲回家。这天，他盯着金玲的眼傻傻地说：金玲，我总觉得我们俩前世一定有什么特殊关系，要不，为什么我一见到你，就感觉有一股魔法力，把我硬是往你那里吸，我不去都不行！我要是没见到你，老感觉你硬是往我脑子里钻，不让你钻都不行！

金玲笑：胡扯，我才不往你脑子里钻呢！那是你自己有鬼。

马东东说：哎，对了，你瞧，你家冷冷清清的，你干脆住到我家去吧，我家的人都欢迎。

金玲说：何花阿姨是好，我觉得就像亲妈。你爸，我一见他就害怕。他穿军装，好高大威严，眼里放光吓人。

马东东说：怕他干吗，我回去就向老马同志提出严正抗议！

马东东回到家，还真对马副司令提"抗议"：爸，我真诚地希望你对到咱们家来的我的同学不要横眉冷对，最好客气点。

马副司令听儿子这么一说，还真来个横眉冷对：什么？横眉冷对？我一向是当孺子牛的！

马东东说：我们同学说，一到我们家都怕你，不愿来。我们本来是红色革命家庭，别搞成阎王殿。

马副司令不高兴了：你小子成精了，是不是？竟然还向我提要求！告诉你，今后好好读书，不许你把一些不三不四的人领家来！

父子俩谈崩了，马东东噘嘴去他自己房间，“砰”的一声关了门。

何花说：老马，东东的同学大部分都是咱军区大院的孩子，哪有什么不三不四的！文工团的孩子就陈丽丽和金玲来过几次。东东不交朋友，那不是孤立了？

马副司令说：我就是不同意他交女朋友！我看，那个金玲和他不怎么正常，以后少来往。

何花说：男女同学嘛，为什么不可来往？你一个高级干部，怎么还有封建思想！

两口子也说不拢了。马副司令不想和夫人打嘴仗，因为每次不管谁有理，他总是退避三舍，甘拜下风。他说：好啦，新媳妇，你觉得对就按你说的办。

这天以后，马东东不再和爸爸说话，他觉得爸爸有点军阀，不讲理。马副司令很忙，也懒得搭理东东。这样，父子俩形成了冷战，马东东有什么话，就让弟弟马北北传递。北北比东东小 5 岁，老想巴结东东，所以，他传话乐得屁颠屁颠。何花忙乎文工团的事，根本没有发现家里的冷战状态。

这天放学时忽然下雨，马东东照样送金玲。两人冒雨跑到金玲家，全身都湿透了，进到屋里，头上身上的水还往下流。两人双手抹一抹头上脸上的水，双脚跺一跺鞋上的泥，互相看着，都愣住了。这一看，马东东看了个灵魂出窍。面前的金玲，很薄的衣服湿透了粘在身上，青春绽放的胴体毫无顾忌地呈现出来，娇嫩的双峰，圆润的美臀，把马东东的眼球都要拽出来。金玲也看清了马东东已经凸显的胸肌，感受到异性的引力。

马东东脑子一片空白，不能自制，突然环臂抱住了金玲。金玲并不感到突然，反而觉得有点水到渠成什么的。所以她也顺势抱住了马东东。两人紧紧拥抱，也不知道是谁先亲吻谁，嘴唇缠绕，呼吸浑搅。不冷，两个火热的躯体却在瑟瑟发抖。马东东的手蠢蠢欲动，探向金玲的禁区。金玲忽然想起妈妈的叮嘱，要保护好自己，她立即推开马东东说：哎呀，我们傻呀！赶快换衣服吧，小心感冒。

马东东这才醒悟，刚才干什么啦？真是！

金玲找出爸爸的衣服交给马东东，两人各自回避着换了衣服。马东东穿上金玲爸爸的衣服，竟然还合适。金玲说：我妈快回来了，拿上伞，你走吧。马东东出门要走，金玲拉着他的手，好久才松开。雨，还在淅淅沥沥地下着，雨点砸在伞上，声音杂乱无章。马东东心乱如麻，不知道刚才的事是如何发生的，是对还是错，是好还是坏。只有一点可以肯定，那就是，他和金玲的初吻，已经铭刻在心，融合于血，永远成为马东东生命的一部分。

本来，马东东每天放学都送金玲回家，这天，他感冒没去上学，可还是把送金玲的事挂在心上。他特别交代马北北，让北北放学送一下金玲。北北长成半大小子了，身体壮壮，还练拳击，给金玲当个保镖可以胜任。想不到这小子放学后只顾打篮球，把哥哥交代的任务都投进了篮球圈里。

凑巧这天下午放学后，金玲做卫生值日，回家晚了。金玲急匆匆走着，刚拐进一条背静的街，忽然窜出两个人，拉着金玲就跑。金玲坠在地上不走，挣扎反抗，还拼命叫喊救命。那两人就撕扯金玲的衣服，用脚踢金玲。何花下班经过这里，听到呼喊声，就跑过来，看到两个人欺负一个女孩子，急忙大喊：抓流氓啊！

两个家伙一听来了人，丢下金玲跑了。何花近前一看是金玲，弯腰拉她。金玲一把抱着何花大哭起来。何花也禁不住流下热泪。

原来那两人是社会上的小流子，其中一个叫五哥的，是什么"菜刀帮"的头目。他看金玲漂亮，硬要和她"交朋友"。金玲不理，他就瞅机会来了这么一手。

马东东很快知道了这件事，他把马北北狠狠训斥一顿。北北一再道歉，拍着胸脯保证，此仇不报非君子，一定召集他的哥们儿，扫平"菜刀帮"！他还献计献策说，他"菜刀帮"，咱来个"长枪队"，不信灭不了他！马东东采纳了北北的妙计，但坚决反对他和他的人参与此次行动，只给了北北一个任务，盗取文工团库房里的道具红缨枪。这么个小事，对马北北来说何足挂齿，他不劳动手，只吩咐手下的两个小兄弟，很圆满地完成了光荣任务。

那"菜刀帮"知道金玲一定会有人帮她报复，也时刻准备着应战，腰里别着菜刀，结伴而行。马东东让北北的小兄弟打探好"菜刀帮"的行踪，瞅准战机，率领军区大院的哥们儿，挺枪冲杀过去。菜刀对长枪，近不了身，当然吃亏。那长枪虽是道具，但也并非"银样镴枪头"，根根都是上好的白蜡杆儿制作的，坚硬柔韧，用力戳到身上，抽在身上，虽不致命，也能伤及皮肉。"菜刀帮"和"长枪队"混战，渐渐力不能支，一人大腿受伤。正在激战中，派出所警察赶来，一锅总烩，把参与械斗的两拨人，全部抓进派出所。民警经过询问，扣留了双方头目五哥和马东东，其他人训斥一顿放走。

何花知道了东东被派出所扣留的消息，急得火烧脚心，在客厅转个不停，一再催促马副司令快想办法把东东弄回来。马副司令则气得怒冲发梢，一言不发。

何花用喷火的语言刺激道：老马，当初我被造反派关押，你不怕犯错误，派一个加强排把我抢出来，何等英雄气概！现在，你的亲生儿子被扣留，你竟然胆小如鼠，瞻前顾后，一气不吭！你还是马副司令吗？

马副司令一板一眼地说：何花同志，那次是我新媳妇无辜受到迫害，这次是惹事鬼有意触犯法律。黑白分明，对错好辨，我有最起码的原则。

何花说：你少唱高调，马上给何钩担打电话！我知道他现在是城区公安局局长。

马副司令针锋相对：我不打，也不准你打！

何花气极无奈，指着马副司令，语无伦次地说：你，好你个马虎！仗势欺人！虎毒不食子，你不如老虎！你不要儿子我要儿子！这个家是你的，我走！我走！

何花抱一件军大衣就往外走。马副司令向北北使个眼色，北北立即跟踪妈妈而去。不大一会儿，北北跑回来报告，妈妈到陈小妹阿姨家去了，就在她家给何叔叔打了电话。马副司令长出一口气，坐下随手抓一张报纸要看。

北北提醒道：爸，报纸拿反了……

马东东凌晨一点回到家里。北北赶紧把妈妈从陈阿姨家叫回来。何花一见东东，眼圈红着，拉着东东的手说：儿子，他们铐你了吗？打你了吗？

东东说：妈，我毫发无损，没事。让你操心了，都是我的错。对不起，妈妈。

听听，多懂事的孩子！多孝顺的儿子！何花笑着，笑着，眼泪止不住地流出来了……

马东东进派出所的事，让马副司令和何花感觉到，安排马东东工作的事，已经火烧眉毛，必须赶快解决，不然，还会闹出什么乱子。两口子都觉得，学校搞什么学工学农，实际上学不到什么东西。在这个问题上，是统一战线。可是，在如何安排东东工作的问题上，则是针尖对麦芒。按何花的意思，是想让东东当个文艺兵什么的，儿子既能发挥他的文艺天赋，又不致太苦。马副司令的意见正好相反，不同意儿子搞文艺，吹拉弹唱，没发展，要让东东到艰苦的地方去锻炼，学一门有用的技术。儿子就要穷养，叫他多吃苦。女儿就要富养，叫她自尊自爱。实际上，马副司令对女儿马晓薇就特别疼爱。

何花说：你怎么老是和我唱反调？这台戏没法演。

马副司令说：夫唱妇随嘛，你不跟随我唱，这戏当然演不成。要演，你得听我的。

何花说：你大男子主义！

老马说：你大女子主义！

夫妻俩因此闹过几次小矛盾。因为谈不拢，事情就搁下了。现在迫在眉睫了，何花决心要马副司令赶快解决。何花是女人，有时也会使点女人的小伎俩，比如，瞅准时机，吹点温柔枕头风，再如，战事胶着之际，忽然提出对方大致可以接受的谈判条件，否则就休战。当然，什么都有个度，超出一定限度，那就另当别论了。何花对度的把握，大致上是恰如其分的，所以，她的这些小伎俩基本上是屡试不爽。

夜深了，人静了，马副司令还没睡着，想什么，只有他自己知道。何花也没有睡着，想什么，也只有她自己知道。两口子，一交流沟通，不就互相都知道了嘛。何花想开始交流了，打算先来个前奏曲，于是，她伸手到老马的电源开关，欲发动机器。

老马明察秋毫，温柔地捉住何花的手说：慢，新媳妇有话请预告，别机器正转动，忽然断电，会损害机器。

何花一扭身说：不工作就拉倒！我瞌睡了。

老马使劲拽新媳妇手说：好，工作，工作，发动吧。

何花说：预先声明，下了班我有任务交代。

只是老马不大地道，刚下班就要打呼噜。

何花推老马：哎，刚刚咋说的？你别睡！

老马咕噜着：有话，说！

何花干脆，竹筒倒豆子：东东的事，到底咋办？还有金玲。

老马说：东东，工程兵；金玲，通讯兵。行了吧？

何花既吃惊，又欣喜。这个老马，以前和他商量好几次，都说不通，甚至觍着脸求他都不行。今天是怎么了？这么痛快！难道是自己的小伎俩有效了？何花不再想这么多，抱着老马的大脑袋啃了几下。

其实，马东东出事的第二天，马副司令就决心解决他的问题了。怜子未必不丈夫嘛，他心痛儿子，想当初，东东刚来到这个世界上，马副司令是何等地疼爱他！现在，当爸的是恨铁不成钢。至于那个金玲，他是不想管的，哪管得了这么多！她是金浪的女儿，这更让他不想管。他认为，东东出事，金玲就是祸根。何花一再求他帮金玲一把，把这孩子弄到部队去。他忽然想通了，就来个顺水推舟，送金玲去部队，也可斩断东东和她的关系。马副司令已经打定主意，当然很干脆就接受了何花交代的任务。

何花专门到童灵家，报告金玲就要参军的喜讯。参军，不仅是"一人参军全家光荣"的事，参了军，就等于迈上了金光大道。童灵知道是何花求马副司令给办的这事，感动得不知如何感谢才好，她抱着何花泪流满面。何花眼圈也红了。

外屋，两个母亲相拥流泪；里屋，两个孩子喜笑颜开。

金玲走了，马东东却迟迟未动。原来马东东了解到，爸爸要他去的工程部队，整天就是在大山深处挖山洞，又苦又累又危险，工作又没有技术含量。所以，他坚决不去，学也不上了，不是出去找同学，就是在家拉小提琴。何花怕他出去惹事，又怕他在家憋出病来，就劝他还是去工程部队。

马东东说：他让我去那种部队，简直就是把我往火坑里推，其用心何其毒也！

何花很生气：东东，你怎么能这样说你爸！一副"文革"腔调。可怜天下父母心，你应该理解我们，体谅我们。你爸已经和人家联系好了，你不去，他不会再管你！

东东两手一摊，做了个无可奈何的样子，又去拉他的小提琴了。家中又开始了冷战的日子。但是，外面的天地可是沸腾的，这沸腾一波接一波，一环套一环。知识青年上山下乡运动，大张旗鼓了，如火如荼了。马东东不能再待在家里拉小提琴了，要拉，你得去农村广阔天地里拉，那里是大有作为的。

怎么办？去工程部队还是去农村，马东东必须做出选择。真的非此即彼吗？再没有第三条路？马东东很苦恼。妈妈心疼儿子，想了一个折中的办法。原来，为白菊的事，何花曾求过马副司令，马副司令答应给联系北大荒兵团农场。可是，白菊生了孩子后，就一直待在家里带孩子，没去兵团农场。现在，干脆就让马东东去。那里亦兵亦农，还有工资。何花把她的想法对东东一说，东东马上同意去。北大荒啊，棒打獐子瓢舀鱼，野鸡飞到饭锅里啊，好！马东东想得好浪漫。于是他就怀着一颗青春浪漫的心，奔赴北大荒兵团农场。

马东东成了军垦战士，农场职工。兵团农场虽然没有他想象得那么浪漫，但也算丰富多彩，真是广阔天地啊！他发现，农场连队和他差不多的青年人很多，而比他文化高有才气有能力的人多了，在这里，他翘不起尾巴。他得老老实实干活，勤勤恳恳表现，才能显山露水。好了，等着吃苦吧。

马东东不再有更多的想法，脑子里只有两根弦。一根，再苦也要把活顶下来。另一根，连着金玲，要用这根弦弹拨金玲的心。农场连队的集体宿舍里，跳蚤泛滥成灾，马东东的皮肤经常斑丘遍布。马东东经常在灯下左手挠痒，右手给"在水一方"的"所谓伊人"写信，真是有苦有乐。"辗转反侧"也好，"寤寐思服"也罢，马东东除了干活，盼的就是金玲的来信。以前，他和金玲可以眉目传情，现在，只能靠鸿雁传书了。金玲的鸿雁身上盖着三角章，不用贴邮票。马东东给金玲写信要贴邮票，不过他有工资，一个月买几十张八分钱的邮票没问题。但是，他还是隐隐感到他和金玲之间的差距，他有点担心这差距。

金玲参军临走时，妈妈一再说，不要当文艺兵。可是，是金子在哪里都会发光。就凭金玲那俊俏的长相，那妖娆的身姿，那飘逸的风度，那甜美的歌喉，那撩人的笑靥，她不想冒尖都不行。就像一只凤凰，她就是不展翅还是超群出众。到部队不久，金玲就被调到文工团去了。金玲虽然没有经过什么专业训练，但她有天赋，近朱者赤嘛，整天耳濡目染的，等于上过文工团预科班。金玲进了部队文工团，真是鱼跃大海，鸟飞蓝天。

总靠鸿雁传书，解决不了对金玲的思念，马东东另打主意了。他了解到金玲所在部队，离他的农场相隔不是太远，坐火车也就八个小时的路程。他决心去看金玲。刚好农场夏收结束，农活不紧，马东东向连队领导请事假一天，适逢礼拜，加起来两天，看金玲来回也够了。

马东东坐火车来到一个县城边的火车站，下车来到破旧的候车室，已经是凌晨三点钟，住旅社太划不来，更没时间，他要赶快见到金玲。他四下里一瞅，候车室有几个破条椅，有一个人正蜷曲在条椅上呼呼大睡。

他想，还不错，可以躺条椅上眯一会儿。天刚放亮，马东东起来，买两根油条一碗豆浆填肚子。火车站旁边就是汽车站，正好有路过金玲部队驻地的班车，马东东赶快买票上车。老掉牙的班车哼哼了好一阵子，屁股窜出一大股黑烟，摇摇晃晃出站。马东东随着汽车的颠簸，心潮起伏，灵魂已经飞到金玲身边。

金玲对马东东的到来感到惊喜，她说：你来干吗不提前说一声？马东东说：说？怎么说？我们连队就一部手摇电话机还不通外地。将来科学发达，能发明一个东西，像烟盒一样能装在身上，又能和对方说话，又能看到对方人，那就好了。

金玲嫣然一笑道：想象力不错，可以当科幻作家了。

金玲这一笑，把马东东笑了个灵魂出窍。马东东发现，金玲的笑靥，赛过出水芙蓉！这不光是美，这简直就是对他的严重挑战。看看眼前的金玲，崭新的军装，十分合体，该凸的凸，该凹的凹，英姿飒爽，光彩耀眼。再看看自己，一身兵团服皱了吧唧，背个印着毛体"为人民服务"的旧挎包，满手老茧，一脸风霜。两相对比，金玲就是白天鹅，自己就算不是癞蛤蟆，充其量也就是灰毛鸭。鸭子不会飞啊！这不是有了天地之悬殊了吗？

马东东顾不得想那么多，急忙邀请金玲到县城玩一玩。

金玲说：好！你大老远的来了，到我们宿舍去休息一下，我得请个假。

马东东贼心眼多，担心金玲的战友看不起他，如果以后对金玲说什么不好的话，那不就坏菜了！所以，坚决不去，就坐在外面的大柳树下等着。金玲倒是没想那么多，赶快找领导请假，说是自己在兵团农场的表哥来看她，她想顺便陪他到县城转转，送他上火车。领导破例批准了，要求她必须在今天下午八点以前归队。

金玲哼着歌来到大柳树下调皮地说：表哥，走吧！

马东东站起来笑道：承蒙抬举，我什么时候成了你的表哥啦？

金玲认真地说：我们新兵不许谈恋爱，我不说你是表哥，能说你是我的什么？

说话间，去县城的班车哼哼唧唧过来了，两人赶紧爬上汽车。在县城两人转了两家最大的百货商店，货架上一半是空的，几个售货员有的打毛衣，有的打瞌睡，赔笑脸叫几声同志，人家才慢悠悠地过来，冷着脸问，要啥？马东东不能不给金玲买点东西，他有工资，金玲没有。可他实在不知该买啥，也没啥可买，最后，买了一盒搽脸的"百雀羚"。其实，金玲倒不在乎这个，能见到马东东，她是真心喜欢。两人的心思一样，都是想多在一起聊一聊离别后的相思之情。逛商店有什么意思！

两个人来到一条小河边茂密的灌木丛下，这里扭头看不到河岸，很隐蔽，周围没有什么人，看来是个谈情说爱的好地方。马东东把包塞到金玲美臀之下，直接为芙蓉仙子服务，自己找一块石头坐了，开口就问：喂，金珠玛米呀咕嘟，想我了吗？

金玲笑：亚西亚西，什么亚克西？农场的骏马亚克西！

实际上，两人的思念，鸿雁都很称职地给他们传达了，要紧的是见面。现在要说的似乎都是废话，有些话，在纸上好表示，面对面反而不好表达了。互相问答式地闲扯了几个来回，很是没有意义。马东东心里有打算：把金玲"办了"。他为自己有这样的邪恶想法感到羞耻，可是，他又为自己辩解。谈对象就是要追，不择手段，抢到手就是胜利。被别人抢走，自己就什么也没有了。普希金为老婆而决斗，命都不要！他本来想找个旅社留金玲住一晚，可是人家部队不许夜不归营，计划落空。动手吧，机会难得。

马东东是有备而来，金玲毫不知情。马东东好像自然而然地搂住了金玲的玉颈，金玲好像也自然而然地斜偎在马东东胸前，她不知怎么回事，一到东东怀里，就忽然意识模糊，浑身酥软。有些事情，是不需要学习的。当马东东吻住金玲的时候，金玲也回吻住东东；当马东东的舌尖突进金玲红唇的时候，金玲的舌尖也迎上去互相缠绕。什么叫忘我？现在，马东东只想到金玲，金玲只想到马东东，他们心里只有对方，没有自己，你也是我，我也是你，没有你我了，不就是忘我了嘛！

马东东的手开始突击金玲的腰部以下的部位，忘我的金玲似乎已经不知道自己的存在，失去防护能力，或者有意放松。就在这个时刻，忽然，几个土坷垃顺河坡滚下，滚到这两人的脚下，紧接着，一只黑狗来到两人身边，很有兴趣地看着他们。这两个忘我的人忽然一惊，一下找回了自我，停止了动作。黑狗跑了，两人怔了一会儿，扫兴地站起来。

红日西坠，告诉金玲该归队了。两个人往汽车站走，忽然阵风刮来一片乌云，接着就下起了雨。更糟糕的是汽车刚刚开走，今天再没有车了。金玲急得快要哭了，马东东忙安慰她别急，活人不能让尿憋死，想办法。原来，来的时候，马东东就发现，汽车站附近有个运输站，有不少去山里拉木头的汽车。这些车都经过金玲部队的驻地。马东东冒着雨，到那些要去进山的汽车司机跟前，一个一个求问，那些司机都不想带人。马东东的衣服淋湿了，头发上往下流水。苍天不负有心人，马东东掏出二十元钱硬塞给一个老一点的司机，外加一筐子好话，那司机终于答应了。

金玲看着水洗似的马东东，好感动啊！临上驾驶室前，金玲禁不住用双手去擦马东东满脸的雨水。

拉木头的汽车走了，马东东心里不知道是什么滋味，他望着远去的汽车，咕噜着：那是我一个月的伙食费。

第十章

何花上小学二年级的女儿马晓薇回到家，两只眼睛红红的。何花以为她受了欺负，忙问：晓薇你怎么了？

晓薇说：给毛主席开追悼会，大家都哭，哭得很厉害。我看着心里难受，也和大家一起哭。何花把晓薇搂在怀里，心乱如麻。国家领导人相继逝世，仿佛塌了半边天，举国上下，人心惶惶，前途迷茫。

谁能想到，平地起惊雷，没过多久，大街小巷响起了常香玉铿锵有力的豫剧片段：大快人心事，揪出四人帮……

省城群众欢庆，文工团员们被安排在游行队伍的前边，跳着秧歌舞，让何花等老人想起了解放时初进城的情景。一位老文工团员感慨地说，这是咱政治上第二次解放啊！

文工团最先变化就是大门边的牌子由"北方省东方红宣传队"换成"北方省文工团"。"文革"开始时，牌子换了，何花就说过，文工团的牌子在她心中。现在大家看到老牌子又挂上了，心中就像经过寒冬，迎来了一股春风，看到了由春风剪裁的柳叶。何花被任命为团长。她想大干一场，首先动员祁雅莉和陈小妹回来。可是这两个人觉得年龄大了，回来也干不出什么名堂，现在，坐机关挺好，就不想再挪窝。

何花给童灵落实政策，童灵很愉快地回来了。可是，童灵说：你看我，鬓角都有白头发了，好时光全被耽误了，我还能干什么？何花鼓励道：宝刀不老嘛！梅兰芳大师七十高龄还登台献艺呢！

何花又派人去叫白菊回团工作。白菊对来人说：文工团把人当破鞋扔出去，现在，捡回来不怕弄脏文工团的牌子？离开那里我也没饿死。白菊坚决不回团。何花感慨，这么好的苗子，就这么荒废了，可惜，但她也无可奈何。

杨辉被撤销一切领导职务，但是仍让他在文工团工作，还拉他的大提琴。

接着，在何花的主持下，为金浪举行了隆重的追悼会。童灵哭得死去活来。金玲也请准假，回来参加爸爸的追悼会。

马东东知道金玲回来，也急着赶回来。追悼会开过，金玲要回部队，马东东硬是留金玲多待两天，陪着金玲玩。马东东的计划实现了，他俩很自然地办了那件东东早就想干的事，就在东东家。东东家的房子很大，房间很多，东东有他自己的一间房。金玲是在马东东的要求下半推半就的，她当时好像失去判断力，不知道怎么回事，就水到渠成了。

过后，金玲忽然害怕了，看着马东东说：要是怀孕了咋办？要被部队开除的！

马东东说：怕什么，就算部队不要，回来进咱们文工团。我妈是团长，还能不要她儿媳妇！

金玲戳了东东一指头：谁是儿媳妇！

东东说：当然是我的最亲爱的你啦！瞧，这间房子不小吧？将来就是我们俩的新婚洞房。

还好，金玲回部队一个礼拜，就来了例假，她把这个喜讯写信告诉了马东东，两人才算把悬着的心放进肚子里。

马东东在农场努力表现自己，他知道，在连队光靠出体力不能出人头地，得另辟蹊径。他就利用自己的特长，给连队编节目，演节目。到了元旦、春节，他就能组织一帮人，折腾出能演两个多小时的节目，蹦蹦跳跳，扭扭唱唱，很是热闹。冬闲时间，他甚至率领一个小分队，代表连队演遍全团各单位，大受欢迎。马东东也就此在全团出了名。马副司令的老部下是这个团的团长，觉得马东东给他爸争了光，给他调换工作有了充分理由，就把他调到团中学当老师。马东东的生活就此换了一个新天地。

"文革"后，大学开始第一次全国统一招生。马东东在学校工作，有充裕的时间复习，资料也比较多，再加上他有音乐方面的特长，很顺利地考上了艺术学院。这一下，马东东觉得他和金玲的差距缩小了很多。不，已经没有差距了，他觉得，我就是凤，金玲就是凰。他把这个喜讯告诉金玲，金玲为马东东高兴，同时，也为自己的选择高兴。

第一个假期，马东东就去部队看金玲。这回和上次可就不一样了，马东东大大方方地到金玲的宿舍去。东东西装革履，大背头梳得油光锃亮，苍蝇趴上去都会摔跤。金玲的战友都是军中美女，见到马东东这白马王子，一个个眼睛发直，都夸金玲有福气。金玲当然也不再说马东东是什么表哥的鬼话。面对美女们羡慕的眼神，反而说马东东对不起观众的俗话。两个人已经有了肌肤之亲，现在也就没有什么太大的忌讳，找个机会放肆地亲热。不过马东东已经见多识广，那艺术学院不仅是美女如云，更是才女成堆，再加上马东东似乎接近成熟，少了一些青春期的躁动，禁果已经品尝过，所以这次见面，就没有什么进一步的深入举动。而这更加深了金玲对他的感情，激发了无尽的思念。

马东东在音乐方面确实有天赋，他的才华在学校得到了鹰击蓝天般的展示，深得老师们的喜爱。临近毕业，他在学院的一次作曲比赛中获得了第一。马东东甚是得意，回家把这个喜讯在客厅里宣布。何花很高兴地说：我早就看我们家东东有出息。

马副司令戴着老花镜正看报纸，他把报纸往茶几上一扔说：一个大小伙子，倒腾那哼哼唧唧的东西，有什么出息！

马东东笑道：爸，你们打仗，唱着"大刀向鬼子们的头上砍去"，是何等英雄气概啊！你们行军，唱着"向前向前！我们的队伍向太阳"，是何等威武雄壮啊！你们军训，唱着"日落西山红霞飞，战士打靶把营归"，是何等轻快欢畅啊！爸，没有冼星海，会有《黄河大合唱》吗？没有聂耳，会有我们的国歌吗？他们到底有没有出息？

马副司令哑了，他不知道该如何回应儿子，这个他从小就疼爱有加、现在仍爱在内心的儿子。

何花在一旁拍手笑道：我们东东到底喝了不少墨水，肚里有货，论打嘴仗，老将抵不过小将了！

马副司令驰骋沙场几十年，从没有吃过败仗，现在虽然是败在儿子手下，仍不免扫兴，心里不由得骂道：妈拉个巴子的，我真老了吗？

是的，马副司令不服老不行了，他的年龄到了一个"杠杠"，被"一刀切"下来了。说是"离休"，也就是解甲归田，没有田，可以在院子里种菜，在阳台上养花。

胖嫂原来有马副司令护着，一直没有转业退伍。马副司令觉得，胖嫂没有家，部队就是她的家，尽可能让她待在部队。有几次，有关部门想让庞大妮转业，都被马副司令顶了回去，说：她一个女人，没家没户没儿没女的，你叫她往哪里转？但是，已经到了"杠杠"，庞大妮同志的军装还是无可奈何地脱了下来。庞大妮为此还真哭了一场，要知道，她的性子是不适合流眼泪的。庞大妮说：我在部队几十年，部队就是我的家，我这一辈子就嫁给部队了，现在我老了，部队不要我了！庞大妮说着又哭。

何花劝胖嫂：到我家去吧，我家热闹。

胖嫂说：屁，我到你家算老几呀！

马副司令说：你不是我嫂子嘛，你兄弟、你兄弟媳妇都欢迎你。

庞大妮还真去马副司令家住了几天，为了缓和乍一离开部队的情绪。可是，没几天胖嫂就不干了，觉得在人家的家里不合适，就好像鸡群里混了一只鹅，不合群。她告诉何花说这里人太多，她喜欢清静，走了。胖嫂先是到她侄女庞天明家走亲戚，住了个把月，回了她自己的家。那是地方政府给她分的公房，租金很便宜，象征性地交一点。胖嫂本来是个爱说爱笑爱走动的人，开始她还经常去马副司令家串门。马副司令和何花上班不在家，三个孩子也各有事情，所以，平常家里就孙姨一个人。胖嫂和孙姨虽然都是女人，但两个人身份不同，一个是离休军官，一个是保姆。再者，孙姨还忙家务，做饭，没时间和胖嫂唠嗑。这样，胖嫂觉得很没有意思，就不来了。

何花一天到晚忙文工团的事，也没有时间去看胖嫂。一个礼拜天，胖嫂来到马副司令家，何花一看，发现胖嫂忽然间头发白了许多，显得苍老。怎么没多久，胖嫂的变化这么大！何花不由得心里一阵难受。胖嫂呆坐在沙发上，话也不多，好像无所适从的样子。马副司令和何花两个人都尽量找一些有意思的话题和胖嫂唠嗑，可是胖嫂老是有一搭没一搭地应着，使话题进行不下去。

又过了不久，胖嫂住院了。何花得到消息，赶快和马副司令一同去到医院看望。胖嫂人瘦了一圈，精神萎靡。她看到马副司令两口子都来了，立即来了精神，勉强笑着说：你一个大司令整天忙得火烧屁股，来看我这个没用的老太婆干什么！

马副司令上前抓住胖嫂的手说：你是我嫂子，我哪能不来看。

这是马副司令第一次抓胖嫂的手，胖嫂很感动。马副司令还剥橘子给胖嫂吃。他想着，那年，他在她家养伤，她是多么无微不至地伺候他，几十年前的情景历历在目。

胖嫂勉强笑着说：你们叫了我几十年胖嫂，现在该改叫瘦嫂了。老马，你走吧，忙你的去，我和你新媳妇说说话。

老马说：胖嫂，人和病就是打仗，我相信，你一定能赢！

他松开胖嫂的手，走了，高大的身躯迈步有点晃。何花立即抓住胖嫂的手，趴在她脸前，和她说话。

胖嫂说：老马这个人，脾气有点倔，他眼看也老了。人，老了就固执，像小孩，叫他往东他往西，叫他打狗他撵鸡。你还年轻，多让他一点。

何花说：是，是，胖嫂我听你的。

胖嫂说：人老了，邋邋遢遢，糊糊涂涂，唠唠叨叨，你别烦，多体谅他一点。

何花说：胖嫂的话，我记住，记住。

胖嫂说：两口子过日子，不能整天讲圆满和美，有时，吵闹几句还更热闹，更有意思。铜盆碰上铁刷子，叮叮咣咣一家子。有不痛快的事不要憋在心里，就当个屁，放出来。

何花说：我知道，知道。胖嫂，这些年，你老为我们家操心，我一直把你当我们家的亲人。

胖嫂说：那是，谁叫我是你两口子的嫂子呢！

何花说：其实，我刚到部队上，你说你是我姨，我也把你当姨。现在，我再叫你一声姨吧……姨——

胖嫂痛快地答应着，浑浊的泪水，滚出了眼眶。

医生告诉何花，庞大妮患一种不治之症，她的时间只能按小时来计算了。何花把悲痛埋在心底，赶快把她的子女全都叫到医院，来看望胖嫂。马晓薇是第一个来的，这姑娘嘴甜，说得胖嫂很开心。马晓薇给压抑的病房带来一股春风。马北北也考上了大学，上的是政治系。他穿得周吴郑王的样子，问候了几句，安慰了两声，告辞了。

胖嫂笑对何花说：好，好，你们家又要出当大官的了。

马东东给病房带来的是轻松。他告诉胖嫂，美国一个权威杂志的文章说，不管得什么病，心情愉快，病就好了五分，能吃能喝，病就好了三分，医生对症治疗，病就好了两分，三项相加，疾病痊愈。

胖嫂说：照你这么说，我这病，两天就能好？

马东东说：那是，相信科学没错。

胖嫂从内心感谢何花的一片苦心。两天后，她拉着何花的手，安详地走了。何花在胖嫂病床前守了两天两夜。胖嫂的手由热到温到凉，最后，松开何花的手，就像人常说的那样，撒手而去。

何花控制不住感情，放声大哭，泪如雨下。一个不了解内情的老护士劝何花：我们在医院见的多了，像你对老人这么孝顺的，少见！好了，你也算对得起老人了，别太难过。你看，孩子在医院生下来，哪个不是把小手攥得紧紧的？那是想来到这个世上大抓一把。可是，一眨眼，短短几十年过去，他再来到这个医院，躺在病床上，一撒手，一辈子抓的东西再多，全都没了！人就这么回事，想开点，想开点！

从内心讲，白菊并不怨恨文工团。是何花当年发现了她，在饥饿的岁月里，像对亲生女儿一样养活了她，又让她上艺术学校，以后又安排回文工团工作，马副司令和何花就是她的再生父母。现在回头想想，白菊真恨自己，"文革"中，私心作怪，年轻无知，上当受骗，那样对待自己的养母，真是忘恩负义，丧尽天良。可是，就在自己倒霉的时候，养母还为自己说话，为自己联系单位。白菊觉得，自己没脸见何花。再者，和王岩发生那样的丑事，她也觉得没脸在文工团混了。可以说，文工团是她的出生之地，也是她的死亡之地。

白菊被庞天明从文工团带回矿上以后，她就老老实实待在家里，守着赵超群，等着生孩子，也基本上尽了一个妻子的责任。孩子生下来，白菊没有一滴奶。吃了不少炖猪蹄，喝了许多通草水，没有一点用。孩子全靠玉米糊、小米粥、乳儿糕、炼乳喂养，后来有了牛奶，才算好多了。要带孩子，白菊就离不开家，她想去马副司令给联系的兵团农场也去不了，赵超群也不放她走。矿上的灯房，她不想去上班。夫妻俩的关系经过磨合，有了改进。白菊死心塌地抱着孩子混日子。

忽然，外面的世界发生了天翻地覆的变化，不能不影响到白菊家的生活。矿上不能无休止地照顾赵超群，他一个人的工资养活不了一家四口人。白菊因为长期不上班，已被矿上按有关规定，作"自动离职"处理。白菊家的生活很困难。

像白菊这样的人尖子，是不可能被困死的，她只要肯干，就能挣到钱。孩子已经上学，白菊可以撒手出去闯世界了。白菊把她要出去挣钱的打算告诉赵超群，男人问：你能干什么？

白菊说：我年纪轻轻，有胳膊有腿，我什么不能干？我端盘子洗碗，我扫大街倒垃圾，我打扫厕所捡破烂！哪个不能挣到钱？你放心，反正我白菊绝不会去卖！

赵超群再也不敢吭一声。

当然，白菊刚才说的那些，她都不会去干。她也肯定不会去卖，再怎么说，白菊也是正正派派的人！其实白菊早已有了自己的打算，她经过一段时间的调查了解，决心行动了。只是她不会把真实的想法告诉家里。

忽如一夜春风来，全国遍地舞厅开。白菊要去舞厅当歌手，这是既轻松体面又能挣钱的行当，也是最能体现她本领的行当。矿上也有舞厅了，虽然不怎么样，每晚也是人满为患，而且进场的票价还不便宜。白菊进去过一次，那里的歌手倒是年轻，可是，那唱的也叫歌？男的是鬼哭狼嚎，女的就像两个人偷情时的呻吟。总之，全让人浑身起鸡皮疙瘩。

这样的舞厅，白菊是不会去的，一是档次太低，二是离家太近。矿上离煤都不远，交通也还便利，她打算到煤都去发展。白菊去了煤都的几个比较好的舞厅，有"梦巴黎舞厅"，有"金色维也纳舞厅"，有"劲爆迪斯科舞厅"，她大致了解一些基本情况。她明白，自己虽然会唱不少歌，但是，那都是一些老歌，也不适合在舞厅唱，又有谁会掏钱点那些歌呢？可是，现在的流行歌曲，她一首也不会唱。所以，她首先得学习唱新流行歌。

没钱好难啊！白菊和她的婆婆商量，借一笔钱。这笔钱虽然不算多，但是，对她婆婆来说，就是要她的半条命。婆婆犹豫着，问白菊借钱干什么用。

白菊说：我要借鸡下蛋。

婆婆对白菊眨巴着浑浊的老眼，好像不明白。

白菊说：我要挣钱养家，卖鸡蛋。我借钱买鸡，鸡下了蛋，我卖鸡蛋，攒够了鸡钱，我把借的鸡钱还了，鸡再下了蛋，卖的钱就是我赚的。明白了吧？你亏不了，到时候，我还你五只鸡的钱！

白菊把话说得够明白了，可是，婆婆似乎还没有理解透彻。老天爷，她要买啥鸡这么贵呀！她要买多少鸡？在哪里喂？开鸡场？可这点钱又不够了！但是，婆婆相信，儿媳妇不会说疯话，不会骗人。老婆婆爬到床底下，摸出一只旧棉鞋，手颤抖着从鞋旮旯里掏出一个纸包，打开来，数了半天，把一沓子钱交给白菊说：给你后，就剩下两块五毛钱了。

白菊很快到省城买了只"鸡"回来，那是像砖头块一样的录放机，还有几个"鸡蛋"——几盒流行歌曲磁带和两盒空带。当然，这些她不会让家里的人知道。

对于唱歌来说，白菊是何等聪慧之人！一般的歌曲，她听一遍就会哼，听两遍就能记住歌词，听三遍就能唱出韵味。不出五天，白菊就把当时的流行歌曲全学会了。白菊把学会的歌唱一遍，录下来，自己听一遍，感觉还算满意，可惜没有伴奏。这些事都是在一位朋友家秘密进行的。朋友是位小学老师，从来没有听过这么多的新鲜歌，都听迷了，她也想不到，白菊会唱这么好。白菊戏说：给我保守秘密有奖，录放机就放在你家，随便你听。你要泄密，我就咬下你一只耳朵！

　　万事俱备，只欠东风。这天，白菊稍微打扮一下，来到"梦巴黎舞厅"，对老板说她想在这里当歌手。老板上下打量白菊。要当歌手，你身材和脸盘都要差不多，要对得起观众，既不能像黄瓜，也不能像冬瓜，最好能像朝天椒。眼前的白菊，看不出年龄。因为她这些年就猫在家里，把脸捂得又白又嫩。一张细腻娃娃脸，两只大眼忽闪闪。家里钱少，平常饭菜缺油水，不用减肥，身材自然苗条。

　　老板心里比较满意，就让白菊随便唱一唱。白菊也显出很随便的样子，唱了一首邓丽君的《何日君再来》，虽然没有伴奏，但那韵味已经十足。老板立即眉开眼笑，让白菊当晚就登台献艺。白菊自报艺名"秋海棠"，老板一笑道：好，好，随你。

　　白菊又向另一位女歌手请教相关的规矩。那女歌手倒也够姐们儿，没有保留，对"秋海棠"讲了不少舞厅歌手常识。开始，不管有没有人点，你新来的歌手，都要先亮相，让观众认识你才好点你的歌。他要点歌，会由服务生端盘子上台，盘子里有点的歌单，点歌的钱，还有一束花。一般都是可以乱真的绢花。如果送上来的是鲜花，那就说明这位点歌的老板会很大方，你要用心伺候。万一有人点的歌你不会唱，那也不要紧，你可以很客气地表示歉意，千万不能说你不会唱，你可以说"对不起，我现在不能唱这首歌"，很热情地请他另点一首。客人如果邀请你下来见面，你要下台来向客人表示感谢。客人如果买水酒请你喝，你千万不能喝，以防有人下药。你可以用各种理由不喝，还要让客人有面子。客人请你的水酒，你可以拿走，交给吧台，最后提成。你收入多少，最后由吧台和你结账。一般是歌手拿五，乐队拿三，吧台拿二。有的是乐队自带歌手，出了名的歌手就是自带乐队了。

　　舞会开始，乐队奏起欢快的舞曲。新歌手"秋海棠"闪亮登场，她一展歌喉，立即吸引了舞众。这是谁呀？难道说是邓丽君来了？当然不是。谁？"秋海棠"？没听说过！她怎么唱的那腔调，那韵味，活脱脱一个邓丽君呢！那脸盘，那身姿，虽不似邓丽君，可也够吸引眼球的！点歌的立即多起来。有的客人不仅点歌，还给小费。

白菊第一次登台，就来个满堂红。其实白菊觉得，这算什么呀！她曾经在省城人民大礼堂演出，博得满堂喝彩，掌声雷动，获得"小百灵"的美誉。白菊对自己说，沉住气，好戏还在后头。但是，第一次从吧台拿那么多钱，也让她暗自惊喜。在文工团演出，你演得再好，每月也就是拿那么点死工资。

舞厅老板也暗自惊喜，这简直就是从天上掉下来一颗夜明珠啊！有这么好的歌手，来舞厅的人就会多，卖的门票就会多，酒水销售也会多，吧台提成也会多。这个不知从哪儿飘来的"秋海棠"一定会成为他的摇钱树。赶快抓住！舞厅老板对白菊说："秋海棠"小姐，你如果愿意的话，我们签约好吗？

白菊心想，得吊一吊他的胃口，不能这么痛快就答应他。再说，我也不能在一棵树上吊死，还有别的舞厅呢。她就婉辞道：谢谢老板抬举我，再说吧。老板请她再来，她满口答应。

"秋海棠"很守信用，连续七天晚上来"梦巴黎舞厅"唱歌。不过，后三天她说是身体不适，每晚只唱一个小时就离开了。这七天，老板的进账骤增，当然喜不自禁，一定要"秋海棠"签约。其实，白菊利用这几天，已经去了"金色维也纳舞厅"和"劲爆迪斯科舞厅"，分别打开场面，效果比在"梦巴黎舞厅"还好，并和这两家签了三个月的约。现在"梦巴黎"老板既然一再要求，白菊就顺水推舟也签了三个月的约。

这样，每晚跑三家舞厅，白菊够辛苦了。也许是这几年太穷，和钱这东西没有缘分，现在一旦有了这么好的进钱门道，白菊简直疯了，全身上紧了发条，开足马力狂奔不止。白菊不能回矿上的家，她在煤都租了一间房住。

一个月后，白菊回了一趟家。她给女儿赵梦桃买了漂亮的衣服、学习的文具、新奇的玩具。女儿高兴地搂着妈妈的脖子，亲了又亲，一遍一遍地问：妈妈有钱了？妈妈有钱了？白菊眼睛湿润了，搂着女儿说：乖，妈妈以后不会让你再吃苦。

白菊还了婆婆五倍的借款，而且全部都是崭新的大额钞票。她把钱交到婆婆粗糙的老手里，笑着说：妈，我的鸡下蛋了，还你钱。婆婆简直不敢相信这是真的。真的吗？我儿媳妇，一个小女人，会有这么大的本事？婆婆不敢问，高兴地把钱接了。别的不管，一大把钱抓在手上，才是真的！

白菊说：钱别放在鞋旮旯里，当心耗子嚼碎了！

婆婆拿着那些钱傻笑。还有让婆婆惊喜的事。白菊打开一个她带回来的大纸箱子，哎哟妈呀，里面是一台十四吋的日立牌彩色电视机！彩电，全矿上也就七八家才有。

晚上，房间没有别人，白菊掏出一沓钞票交给赵超群说：我在外面挣钱，很辛苦，不能常回家，你要理解。

男人看着白菊，一声不吭。他能说什么？他敢问什么？

白菊看出男人的疑虑，戏言道：你要怕我跑了，就在我手脖上拴根绳，像放风筝那样。你要怕我不规矩，就给我那里贴上封条……

男人很不自然地笑了。白菊很畅快地笑了。

白菊在煤都的三个舞厅唱了三个月，合同一满，她就离开煤都，到省城发展。白菊认定，煤都太小，省城才能大展宏图。

白菊来到省城，先租了房子，安顿下来以后，开始调查了解各舞厅，最后，也是选择了三家最好的舞厅，分别签了约。

一天晚上，白菊正在"快乐岛舞厅"唱歌，服务生送上台一张点歌单，还有一束郁金香鲜花。客人点的歌是《北方好地方》，白菊想，这也许是遇见熟人了。因为，这首歌是"文革"前流行并唱红的，从"文革"开始到眼下，几乎听不到有人唱这首歌。另外，这首歌也不适合在舞厅这种环境演唱。

白菊在台上说：八号台的先生，您点的《北方好地方》，"秋海棠"不能为您演唱，非常地抱歉！白菊说着，向台下深鞠一躬道，先生，现在请允许我为您演唱一曲《南泥湾》吧！

白菊唱完《南泥湾》，服务生又送上来一束鲜花并一张条子，邀请"秋海棠"小姐屈尊下台来，客人要当面表达对"秋海棠"小姐的仰慕之意。

白菊无奈，款款来到八号台，先是躬身致意，然后受邀入座。客人有五十来岁，白菊没有见过。客人客气地看着白菊说："秋海棠"小姐，我可不可以冒昧问一下，为什么不能演唱《北方好地方》？

白菊坦然回答：不好意思，我从来没有听到过这首歌。

客人忙说：小姐不必在意，这是常事。他仔细打量着眼前的"秋海棠"，像研究一件精美的瓷器。他自语：嗯，有点像，又不太像。比她成熟……他对"秋海棠"说：小姐，你听说过"小百灵"吗？

白菊像小姑娘似的摇头说：小百灵？是一种会叫的鸟吧？

客人好像有些失望地说：不是鸟，是一个和你一样会唱歌的女孩子。不知道飞到哪里去了。

有一次，白菊去"快乐岛舞厅"唱歌，竟然发现乐队里有杨辉在拉琴。杨辉很识相，装作不认识白菊的样子，白菊也装成没看见杨辉。其实，文工团乐队的人，如果晚上没有演出任务，自己出来赚点外快，已经是公开的秘密。白菊想，以后也许会见到更多的熟人，那也顺其自然吧。反正她早已是个"自由人"，天爷不管，地奶不问，井水不犯河水，黑狗不咬黄牛。

一个礼拜六的晚上，白菊收拾打扮停当，精神十足地来到"欢乐谷舞厅"。她想，今晚是通宵舞会，得打足精神多赚点。白菊一连唱了三首歌，客人出手都很大方。她刚要休息一下，服务生又送上来一束鲜艳的红玫瑰，十五号台点歌，歌单点的是《北方好地方》，盘子里是十倍于平常的酬金。

白菊立即警觉了，害怕今晚出事。一般说来，客人是不该给歌手送红玫瑰花的，因为，红玫瑰象征火热的爱情，有求爱的意思。白菊果断拒绝了送上来的红玫瑰，委婉地谢绝了客人点的歌。但是，客人很难缠，又让服务生送上歌单，还有比刚才更多的钞票，声称，花可以不接，歌，必须要唱！

看起来这是个难伺候的主，也许是找碴儿来的。白菊怕惹出什么事来，决定唱《北方好地方》，既然客人愿意掏大把的钱，不拿白不拿，唱！白菊抖擞精神，亮开歌喉，唱起了这首久违了的歌。想不到，这首歌的感染力在舞厅这样的环境里，如此的氛围中，也能发挥得淋漓尽致！整个舞厅滚动着《北方好地方》的旋律，所有的客人都被这首歌吸引。白菊一曲终了，舞厅掌声雷动。

白菊惊喜。以前她不想唱这首歌，是因为觉得它不适合伴舞，另外，这歌里有她过去的伤痛。白菊的情绪刚刚稳定，服务生又送上歌单，十五号台老板再次点《北方好地方》，并赠加倍酬金，还邀请和"秋海棠"小姐同台演唱。看来已是箭在弦上，不得不发。白菊抛却疑虑，欣然喊道：多蒙十五号台老板抬举，感谢一再惠顾，"秋海棠"无以为报，特邀十五号台老板同台献艺！

在众人瞩目之下，十五号台老板从容登台，与"秋海棠"会面。白菊定睛一看，啊呀！十五号台老板竟然是王岩！每晚游刃于舞台之上的"秋海棠"小姐突然呆住了，似乎手足无措，花容失色。

那老板凝视"秋海棠"有数十秒之久，忽然醒悟，对"秋海棠"小姐做了个有些夸张的邀请姿势。"秋海棠"这才回过神来，以礼回报。两人转动于舞台，畅游于艺海，引吭高歌，把《北方好地方》唱得个蛟龙出海，彩凤翔天！以前听过这首歌的人激情重燃，没有听过的人顿感新鲜。

二人歌毕，下台来到十五号台落座，都装作互不相识的模样，说一些客套虚话，扯点子闲言碎语，皆不着边际，言不及义，纯属虚度春光。那老板用食指蘸酒，在台面上写了"欢乐谷同台献艺，楼外楼共赴巫山"几个字，对"秋海棠"深情一笑，客气告辞。"秋海棠"说是要去别个舞厅，拎包款款而行。她来到舞厅外，那老板已经恭候。无须多言，二人钻进宝马，直奔"楼外楼大酒店"而去。

人真是很奇怪的，虽然因为有了语言而区别于其他动物，但是，有时，相互的交流似乎是不需要语言的。那位老板和"秋海棠"进了"楼外楼大酒店"的豪华客房，其身份就各自归位。如果是"秋海棠"，作为歌手，她是绝不会和客人进宾馆的。

王岩和白菊似乎心有灵犀，共同被一种固有的欲望驱动。

白菊首先进了洗浴间，她没有关门，也许是忘了。王岩犹豫了一下，也进去了。莲蓬头只有一个，浴缸也是。洗鸳鸯浴势在必行，也理所当然。于是，激情与理智同在，浪漫与温柔并行。

浴后，白菊先来到床上假寐。王岩也来到床上。床很宽大，王岩需要以爬行的姿势才能到达白菊身边。这很讨厌，但他做到了。他在她身边躺了也许有六秒钟吧，因为他听到自己的心脏猛烈地跳动了六下。王岩突然火山爆发似的压到白菊身上，白菊似临危不惧，缠绕搏斗，在大床上翻滚。

灯一直亮着。良久，白菊说：我很下贱，对吧？

王岩道：你是说，我很无耻，是吗？

实际上，白菊早就有"改邪归正"的想法，出来当歌手，更有洁身自爱的决心。但是，王岩的突然现身，使她措手不及，她埋藏许久的欲望爆发了。她想，以前和王岩的交往是有始无终，这次应该有一个完满的结尾，纵情一次，一刀两断。

王岩是另有打算。当发现"秋海棠"就是白菊的时候，他就有了一系列计划。王岩和老婆离婚后，就离开了文工团，先是和一个朋友去南方倒腾服装，以后慢慢做大了，有钱买了几套房。想不到，倒腾房子比搞服装来钱快得多，他后来成了开发商，腰缠万贯的大老板。他早就想把白菊搞到手，因为他们有共同的孩子。王岩不是花花公子，他也是有情有义有责任心的男子汉，他渴望和白菊组成美好的家庭。

王岩这才把他这些年的大概情况告诉了白菊。他说：现在有条件了，我应该担负起自己的责任。我们的孩子，怎么样？

白菊说：她姓赵，应该是赵家的人。她叫梦桃，已经上初中了。

王岩说：白菊，跟我走吧，带上我们的女儿，你愿意去哪里都可以。出国也行，加拿大、澳大利亚，随你挑。

白菊笑道：王岩，你想拐跑人家的老婆吗？

王岩说：我真是为你和孩子着想。舞厅不是好地方。孩子在矿上，也得不到很好的教育。

白菊说：我知道，你是一个有责任心的男人。过去，我不懂事，现在，我也知道担当，我得为我一家四口人负责。他们需要我，我不能丢掉他们，自寻我的所谓幸福。

白菊的话似乎难以驳斥。王岩退而求其次：要不，我把孩子带走。

白菊摇头：那就更不可能了！你凭什么要孩子？

王岩无语。良久，他求道：让我看看孩子，行吗？

白菊说：这对孩子没有好处，只会凭空给她带来伤害。

王岩说：你得给我一个尽自己责任的机会。

白菊断然道：你真的没有什么责任。

王岩无奈，说：这样吧，我给你在这里买一套房，你离开舞厅，就在这里专心照顾孩子。

白菊说：你这就是包养我了，对吧？我还有丈夫和婆婆。更重要的是，我还有良心。

最后，王岩要给白菊一大笔钱，既可以买一套大房子，又可以保证赵梦桃今后上学的费用。白菊想，这样可以，不拿白不拿，就接受了王岩的资助。白菊笑对王岩说：也好，算我借你的。将来我女儿有钱了，加倍奉还。王岩苦涩地笑了。

以后，省城的舞厅里，再也没有出现过"秋海棠"的身影。

不久白菊的丈夫病逝。白菊在省城买了一套房，把女儿和婆婆接来，过起了隐居的生活。

王岩多次寻找白菊母女的下落，没有结果。

第十一章

天很热，正在拖地的何花脸上冒汗了，她喊：老马，把窗子打开一下！你不嫌热？马副司令已经不是副司令了，现在是离休老干部马虎。老马慢腾腾走过去打开窗子，又坐回到沙发上，戴上眼镜，重新拿起报纸看。老马刚看了几行字，何花又喊：老马，快把窗子关上！风一刮，尘土都跑进来了。

何花的声音还是像年轻时那么清脆响亮，充斥了满屋子。老马觉得耳膜都给震疼了，觉得她挺烦人，他放下手中的报纸，并没有站起来去关窗户，而是抬了头看着何花说：你一会儿叫我开窗户，一会儿叫我关窗户，两分钟都不到，你变化也太快了，叫人无所适从嘛！

何花乜斜了眼老马，撂下拖把，自己去关窗子说：要根据情况的变化办事嘛，你过去指挥打仗，不也是随战场变化灵活指挥吗？刚才热，就要开窗，开开窗户通通风，进来点新鲜空气，开的时间长了，灰尘就会飘进来。你看看，现在外面是不是在刮风。有灰尘，就得关窗！

夫妇俩正在说闲话，马东东回来了，听见爸妈说话声音挺大，以为他们在拌嘴，就随口问：你们吵啥呢？老吵。咋回事嘛。马东东已经从学校毕业，到文工团做了专职作曲员。老马和何花见儿子回来了，很高兴。见他问，就争着把自己的理由说给儿子听。让他给评评谁对谁错。马东东还没听完爸妈的话，就挥了挥手说：爸说的是爸的理，妈说的是妈的理。天天就为这点碎芝麻似的小事吵来吵去，没意思。感觉热了，当然得开窗；有灰尘吹进来，就是要关窗。可是也不能老是指挥我老爸开呀关的，老人家多累呀，哪受得了！怎么办呢？安空调嘛！空调一安，问题迎刃而解。

何花和老马相对一笑，你再看看我，我再看看你，几乎同时说：装个空调吧。儿子说的。

马东东要装空调的目的达到了，但他没笑。他正一肚子气呢！刚才，他走在大街上，竟然冲过来几个年轻人，要剪他的披肩发！他还以为红卫兵又回来了。

改革开放，好多过去没见过没听说过的新鲜事都来了。最先涌进来的是港台流行歌曲，紧接着，就是喇叭裤、披肩发、迪斯科什么的，简直叫人应接不暇。文工团在这些方面，总是最先接触，并引领时尚潮流。这不，马东东就留了披肩发，穿着喇叭裤。对东东的穿戴打扮，何花和老马倒是形成了统一战线，一致反对。但是，反对无效。马东东是大人了，而且是响当当的天之骄子，大学生。论耍嘴皮子，老两口都不是对手。管不了也就不管，省心。

可是，孙大力要管，因为他是省宣传文化系统的负责人。现在趁改革开放之机，什么苍蝇蚊子乌七八糟的东西都跑进来了，简直就是精神污染嘛！而受污染的重灾区，就是文工团！孙大力决定，先从文工团治理。他亲自赴重灾区"清污"，深入实际，总结经验，然后，以点带面，全面展开！

孙大力在文工团全团大会上讲话：改革开放，形势大好，比以往任何时候都好！马东东在下面小声嘀咕：就是好，"文革"语言！

孙大力说：但是，我们不能放松警惕，现在，国外的一些脏东西，比如港台的流行歌曲啊，资产阶级的生活方式啊，喇叭裤等奇装异服啊，都来了！

马东东骨子里有股逆反心理，他不爱听孙大力坐在主席台上唱高调，就在下面大声说：港台不是国外，那是咱们的地方，都是中国啊，一家人！

周围的人都看马东东。这小子，胆子不小！马东东不怕。他怕什么？难道还会像过去对待童灵一样，因为唱错一个字就把人家踢出去？再说，他说的没错，是那位领导说的错。就算真把他踢出去，他也有地方混饭。临毕业，就有两家单位想要他，一家是歌舞团，一家是音乐杂志社。马东东在大学见多识广了，眼界开阔了，人家都读过弗洛伊德了，你孙大力恐怕连这个名字都没听说过。

孙大力呢，他是久经考验了，是刀枪不入了，什么样的大风大浪没见过？马东东那小年轻说的话，他可能没听到，就是听到了，他也当没听到。再说，他马上就该离休了，现在也是奉命行事，混日子。他气定神凝地说：所以嘛，我们就要坚决抵制不良之风，清除精神污染，建设社会主义精神文明，还我们一个明朗的天空，使我们能呼吸到纯洁的空气！

何花作为文工团的团长，当然要表态对上级领导的赞同和拥护，表示要对本单位职工进行"清污"教育。但过后，何花却不知道具体该如何"清污"，一心忙着业务，也就没再过问此事。

可是，外面的风，刮得大了，有的单位领导，发动批港台流行歌曲，批迪斯科舞，有的甚至上街强行剪路人的披肩发和喇叭裤。刚才，马东东正在路上走着，心里正酝酿创作一首歌的旋律，忽然，几个小青年走过来要剪他的披肩发和喇叭裤。所幸他们还算文明，是先礼后兵。马东东没理他们，拔腿跑了。他对爸妈说：什么玩意儿？简直就是红卫兵复辟嘛！

所以，马东东就深有体会地说：爸妈，我得出的结论是，凡是政治方面的风，千万不要紧跟，如果不跟不行的话，你一定要慢一又二分之一节拍，这样比较稳妥。

老马看了小马一眼，不置可否。何花说：谁教你这么油滑的？学校老师吗？

马东东有些得意地说：是生活教育了我，是书籍启迪了我。妈妈，您对待"清污"这件事就很英明，一看二拖三应付。高！

何花不高兴了：你胡说什么！我只是暂时不知道该怎么办，并非有意不管。

马东东说：妈妈您不知道该怎么办吗？我提醒您一个字，那就是"等"。您等着看吧，要不了多久，定会风息浪止。我的头发是不会剪去的，出门我就学鲁迅先生那样，来个"破帽遮颜过闹市"！

还真让马东东说着了，没几天，上面来了指示，批评上街剪发、剪裤子的做法。有问题，可以通过教育解决。要疏，不要堵。

马东东颇为得意地回家对爸妈说：看，我的预言应验了吧？我们的老祖先早有经验教训。大禹他老爸以堵治水，惨败；大禹接受教训，以疏治水，成功，名垂千古！

马东东还有更为得意的事。他创作的两首歌曲，最近刊登在权威音乐杂志《人民歌声》上。这可是正经的创作成就，是能否成为作曲家的万里长征第一步。马东东来到文工团，担任专职作曲，专业对口，本来是很好的事。可是，他有点急于求成，想很快出创作成果。但是你拿文工团的工资，总得干事，不能老苦思冥想搞你自己的创作。自留地可以种，但你得利用业余时间。

文工团专职作曲的工作很繁重。团里的管弦乐队要演出，你得给写出总谱，必须把木管、铜管、弦乐、打击乐这四大块的曲谱全部写下来。这工作非常严谨，也非常熬人。有时候，一首歌曲，管弦乐队演奏下来也就是几分钟，而写这首歌曲的总谱就得好几天，既费时，又耗力，烦琐极了。

马东东在学校学习的时候，老师一再讲，搞音乐创作，一定要耐得住寂寞，要潜下心来，进入一种灵动状态，寻找创作冲动的点。音乐与其他门类的艺术一样，要想找到创新点，一定是在生活里，而且还要创作者的刻苦追求。可是这些，马东东眼下很难做到。

好在金玲从部队转业回来，经过何花的关系，她也进了文工团工作。金玲的到来，使马东东成天处于兴奋和幸福的潮水之中。马东东在爱情的海潮里劈波斩浪，创作的灵感汹涌澎湃。他接连创作三首歌曲，全都被音乐杂志刊用。这是货真价实的创作成果！在自己的房间里，马东东横抱起金玲，连续转了三个圈，嘴里喊着：啊，你是我的音符，你是我的旋律，你是我的灵感，你是我的生命，你是我的仙女！

金玲喘着气说：哎哟，你是疯啦？傻啦？

马东东说：尊贵的女王，您说对了，爱情和疯傻从来就是三胞胎！

俩小年轻闹腾的动静也许太大了，乒乒乓乓的声音，惊动了客厅里的两位老人。何花大声喊：喂，该吃饭了！

于是，马东东和金玲结婚的问题，及时摆在了四菜一汤的餐桌上。看来，他们结婚是瓜熟蒂落、水到渠成的事了。何花极力催促。老马虽然不怎么乐意，也无话可说。那就结吧，反正房子是现成的。

陈丽丽大学学的是器乐，专攻二胡。这也许是受了她爸杨辉的熏陶。她毕业后也分配到文工团乐队工作。因为大家都是从小的玩伴，所以被金玲邀请当伴娘。陈丽丽原本对马东东也有爱恋的意思，后来看到东东已经和金玲好上了，慢慢也就转移了追求的目标。现在，既然金玲邀请，自然高兴地答应做她的伴娘。

婚礼上，陈丽丽落落大方，春风满面，甚是得体。不过从内心讲，她还是觉得若有所失。看着金玲幸福得要死的样子，陈丽丽安慰自己说：世界上的好男人，比厕所里的苍蝇多得多！

新婚之夜，东东和金玲已非初夜，所以，自然少了一些猴急癫狂，多了一些挑逗情趣。他们试验，实践。节奏明快，飘飘欲仙。马东东如醉如痴，神魂激荡。忽然，天眼洞开，灵感从头顶百会穴破壳而出，令马东东不能自已！

马东东急喊：停！停！

金玲很不情愿地停下问：怎么啦？你！

马东东一边坐起一边说：灵感！灵感！

金玲似乎不大明白。马东东已经不管不顾，赤身裸体爬起来，下了床，来到桌边，抓起笔，在五线谱纸上，龙飞凤舞写起来，全忘记自己一丝不挂的丑态。那金玲似乎明白了，也忘记自己乃贵妃出浴之体，爬过来站在马东东身后，前胸紧护东东后背。马东东疯狂忘我，完全沉浸在神奇的旋律之中。

不知道过了多久，马东东扔下笔，长出一口气，说：啊！山上的妹妹你下来！

金玲问：怎么回事？

马东东像刚下过蛋的母鸡"咯咯哒"叫蛋：成啦！我成啦！

　　金玲拿过东东的五线谱纸，头一页的第一行，风吹一边倒地写着《山上的妹妹你下来》。金玲一双水汪汪的眼睛看着马东东。

　　马东东说：她是我们俩的孩子！金玲，你是我的上帝，感谢你！

　　去你的！金玲抱着全身冰凉的马东东滚到床上。两人捂着嘴傻笑，但是，压抑的笑声还是通过门缝，挤进两位老人的房间。

　　金玲特喜爱《山上的妹妹你下来》这首歌，她先是在本团内演唱，获得大家一致称赞。以后在省城公开演唱，效果很好。后来，在一次全国性的大赛中，金玲演唱这首歌参赛，获得一等奖。

　　马东东因创作这首歌而走红，他发表过的几首歌也因《山上的妹妹你下来》而受到关注，一些较有名气的歌唱演员开始经常演唱马东东创作的歌曲。有记者采访，问马东东创作出《山上的妹妹你下来》这样优秀歌曲的体会。马东东十分认真地回答：有两条，一，生活；二，爱情。是生活的积累，给了我创作的源泉；是爱情的激发，给了我创作的灵感。

　　记者采访写的文章和马东东的照片刊登在一家发行量很大的晚报上，马东东更有名气了。

　　马东东和金玲的蜜月甜得有点过分，两人一进家，就卿卿我我，黏黏糊糊，叽叽喳喳，好像这里就是他们两个人的天下，爱的潮水泛滥成灾，殃及无辜。已经解甲离休的老马就不大满意，他就用放大电视机音量来抗议。何花则对老马的抗议提出抗议：老马，你的耳朵也不至于聋到要把别人耳膜震破的地步吧？我一辈子怕的就是噪音。老马不置一词，关了电视机，到院子里去打太极拳。

　　何花对小两口也有看法，她的看法很微妙，很不可思议。看着儿子和金玲亲热的样子，何花的确高兴。可是，高兴之余，似乎又感到莫名的失落。儿子是我身上掉下来的一块肉，是我把他一口奶一口水地喂着，一把屎一把尿地拉扯着，一根针一条线地牵连着。现在，我的儿子长大了，有出息了，他的人和心都被另外一个女人俘虏走了！我的儿子不属于我了，他属于别的女人了！真像民间唱的那样，"小喜鹊，尾巴长，娶了媳妇忘了娘，把娘扔到高山上。"何花自己也觉得这种想法很无聊，很不对，很变态。可是，这种想法就像有个小虫子，钻进了她的心里，时不时地躁动一下，闹得她很不舒服。

小两口的房间里又传来暧昧的笑声。何花从柜子里拿出一大包东西，推开小两口房间的门进去。不巧，金玲正坐在马东东的怀里撒娇，见婆婆猛然进来，金玲赶紧站起身来，瞬间脸便涨羞得像块大红布。马东东也觉尴尬，拖着六节拍的长音喊：妈——。其意自不待言。

何花此时好像什么也没看见，什么也没听见。她径直走到金玲面前，把手里的包交给金玲说：给，这是你爸爸"文革"时让我替他保管的东西，现在，我觉得应该交还给你了。

金玲接过那包，看着婆婆，脸上挂满问号。

何花解释：这是你爸爸的心血，"文革"时怕保不住，就托我保管，现在，完璧归赵吧。

金玲慢慢打开那沉甸甸的纸包，里面是好厚一摞五线谱纸，第一页写的是《北方民歌大全》。马东东伸长脖子看了一眼，立即抱起妈妈转了一圈，放下后，还在妈妈脸上亲了一口说：啊，妈妈，您真伟大！您的功勋将永垂史册！

何花的脸竟然像小姑娘似的红了一下：别闹，没大没小！

马东东是何等聪慧之人，他一眼就看出这包材料珍贵的价值。说它是材料，因为那只是一张张写满各种符号的发黄的纸；说它珍贵，是因为它的不可多得。马东东在学校就知道学术专著的价值，评职称，没有这个东西，是叫不响的。据他了解，文工团不久就要评职称了，如果他能把这个弄到手，那就是最硬的筹码。

马东东大致把那包东西翻了一下，他认为，应该赶快整理出版。是金子，不能永远埋没。但是，这是沙金，要提炼。因为金浪搜集到的仅仅是原始资料，有些歌词需要推敲，一些曲谱不连贯。更主要的是，金浪记的全部是五线谱，要出版，必须改为简谱。这些工作，做起来很麻烦，还必须有专业知识和技能。试问，文工团有谁能胜任这个工作？那肯定是马东东！他大学学的就是作曲专业，回来又是专职作曲，还发表过有影响的音乐作品。何花、金玲、马东东三人很快达成了共识，那就是争取尽快出版《北方民歌大全》。

问题也接踵而至。谁有权利处理这些手稿呢？何花没有，她保管了，充其量也就是无私，品德高尚。马东东根本不搭界。金玲呢？如果她要的话，顶多有一半的处理权。最主要的还是童灵。很显然，金浪的这些手稿，首先应该交给童灵。

何花当然也这样认为。她说：金玲，把这些东西拿给你妈去吧。不过，你要对她讲明白，"文革"一开始，你爸就意识到这些手稿不安全，因为团里有人早就想搞到手。你爸觉得我家比较安全，不会有人敢抄家，所以，才委托我代为保管，没有别的意思。我之所以现在才拿出来，是因为，现在上面已经明确提出，以后不再搞什么运动，大环境安全了。这些，你一定要对你妈解释清楚，请她不要有什么误会。实际上，何花觉得，这事确实有点"那个"。金浪不把他认为珍贵的东西交给自己的老婆，却瞒着老婆交给另一个女人，而这个女人过去曾经被自己老婆怀疑是"情敌"。

何花把金浪的手稿交给金玲而不直接给童灵，是有她的顾虑。她害怕童灵会当面说出什么不好听的话，会令她难堪，下不来台。

马东东另有想法，他生怕这些宝贝送到童灵手里再也拿不回来，就对金玲说：我妈保管这么多年，毫发无损，干吗急着拿回去？你还是先把事情给你妈说一说，看她的想法如何。

金玲当然听自己丈夫的话。想不到，金玲回家刚把这事提一个头，童灵马上说：什么？原来在她那里！拿回来，赶快给我拿回来！

金玲记着婆婆的嘱咐，急忙解释：妈，你听我说嘛！

童灵似乎很激动，容不得女儿解释：你要说什么？替你婆婆评功摆好是不是？没良心的东西，才嫁过去三天半就对你妈变心了！我再说一遍，你赶快给我拿回来！

金玲想不到妈妈会有如此激烈的反应，她不但插不上话，还挨了骂，委屈得流着泪跑了。

童灵不是不知道金浪搜集民歌的事，她没有帮什么忙，也没有反对。从内心讲，童灵没有把搜集民歌当一回事，她觉得，搞那些"下里巴人"没什么意思。所以金浪那些"破烂"放在什么地方，她也不管不问。但是，当她知道金浪是把他认为珍贵的东西交给何花保管的时候，作为女人，她的嫉妒心就不可抑制地大爆发了。

夜晚躺在床上，童灵慢慢冷静下来。她设身处地为金浪想了一下，当时，老婆和自己闹翻，贴自己的大字报，那自己认为珍贵的东西还敢交给老婆吗？那是老婆翻脸在先，怨不得金浪。再想一下，当时还就是把东西放在何花家最安全。再想一想何花的为人吧。童灵把墨水搞脏了伟人像，是何花替她担当起来，不然，她就是"现行反革命"，最起码也要坐牢。她唱错了戏词，是何花替她说好话，使她才不至于被开除。在她最困难的时候，又是何花让马副司令安排金玲去当兵，女儿才不至于到农村插队落户。落实政策，何花是第一个把她从工厂请回来的。何花对自己应该说是仁至义尽了，自己干吗为那个根本就看不上的东西，大发神经，以怨报德呢？再说，就算那东西是什么值钱货，人家也没有要你的，干吗歇斯底里，还伤了女儿的心！唉，女人啊女人，你的心地还是放宽些吧。童灵实在地责备自己了。

金玲回家把妈妈的态度对马东东一说，马东东就急得火烧尾巴。童灵如果真的把那手稿要走不再拿出来，那可就完了！不行，一定不能让金玲把手稿拿给她妈，让金玲想办法回去做思想工作，再说，金玲也有一半的权利呢！金玲挨了妈妈的骂，不愿回去再挨骂。

马东东看金玲不回去，就死皮赖脸地说：小姐，求你回去吧。不回？真不回？那我就要给你下跪了！我跪了，真跪了！啊，小姐，小生我这厢有礼了——

金玲嬉笑着拽起马东东说：傻帽，男儿膝下有黄金！

无奈，金玲硬着头皮，提着一大包东西回妈妈家去了，不过，她提的不是爸爸的手稿，而是苹果。一路上，金玲想好了，到家如果妈妈问手稿的事，就说忙得忘了，然后再瞅机会向妈妈慢慢解释，进一步说明那东西对马东东有用，当然就是对女儿我也有用。这样如果还说不通，金玲就要将妈妈一军，质问她为什么爸爸不把东西交给她，她为什么要贴爸爸的大字报。当然，不到万不得已，金玲不会这样问。但是，为了自己的男人，金玲真有这种想法。

女人结了婚，真的会变成这样吗？金玲问自己。

想不到，金玲回家见到妈妈，妈妈根本就不提那手稿的事，难道说她忘了？不能，妈妈的记忆力很好。童灵很关心地问起女儿婚后的生活。金玲当然说丈夫如何好，公婆如何好，房间如何舒适，日子如何美满等。

金玲终于憋不住了，试探着说：妈，那些手稿，你看，我忘了带来……

童灵很随便地说：算了，我不想看，你们自己看着办吧。

金玲高兴得差点蹦起来，不过，还是不动声色地说：其实，我们就是为了实现爸爸的遗愿。不让马东东整理出来，那就是一堆废纸。是我叫他抽空整理的，他还嫌麻烦，不想干。我说，为了我爸爸，也是你的岳父大人，你累死也得干。他才答应了。将来书出来，还是爸爸的大名，他不过在爸爸后面加个名字。

童灵说：好了，好了，你不要再给我解释，你的那个马东东，谁不知道他贼精，他是个白出力的主吗？我不管那么多，只要你们两口子能过好，我就省心了。

金玲来家向马东东汇报她去斡旋的结果，马东东喜不自禁，立即开工，马不停蹄地开始了整理工作。金玲也不闲着，给东东打下手。马东东整理好一页，金玲就及时给誊抄一页。两人白天都要去文工团上班，整理的工作只能利用晚上和礼拜天干。有时候，甚至工作到凌晨两点。马东东实在疲乏，头昏脑涨。

金玲就说：大脑的血液太多了，容易出问题，我给你把脑袋上的血往下降一降。于是，她就抱着马东东滚在床上，通过激烈的运动给马东东往下面降血。此法甚为灵验，马东东被降血后，立即呼呼大睡，简直比安眠药都管用。

马东东睡着了，金玲把桌子上乱七八糟的东西归整好，然后，端来一盆洗脚水，给马东东把脚擦洗干净，这才小乖猫似的躺在马东东身边，慢慢闭上眼睛。

手稿终于整理完了，马东东几乎脱了一层皮，金玲的俏脸也瘦了一挡，眼圈乌得像大熊猫。搞得何花老两口甚是心疼。

马东东接着就是联系出版事宜。出版社觉得，此书稿很有价值，虽然经济效益不会太好，但社会效益不可估量，社领导决定出版。责任编辑建议改一下书名，民歌不能"大全"。最后商定，书名为《北方民歌集萃》，搜集 金浪 整理 马东东。马东东还为此书写了前言和后记，当然，后记里讲了何花和金玲对此书所做的无私奉献。

书出得很漂亮。省音乐家协会和出版社为《北方民歌集萃》联合举行首发式，省文联副主席廖冲出席。童灵代表搜集者金浪讲话，向所有对《北方民歌集萃》有过贡献的有关领导、亲朋好友、仁人志士表示最衷心的感谢，并深鞠一躬。童灵真的动情了，她无论如何也没想到，会有今天；无论如何也没想到，金浪搞的那些破烂今天会得到如此的重视。她在内心呼唤：金浪，金浪，你都看到了吗？今天这一切的一切……

马东东用所得稿费买了二百本《北方民歌集萃》。金玲把一摞书抱在怀里说：啊，东东，这是我们俩的孩子！

马东东说：百尺竿头，你快给咱们生一个会哭会笑会拉会尿的孩子吧……

童灵忽然找到何花说：团长，我想请一段时间的假，回老家处理遗产问题。童灵在部队文工团时，与何花是老战友，资格比何花还要老一点。所以，何花现在虽然是团长，她不让那些老战友称呼她团长。这会儿，童灵很认真地称呼她团长，她就说：童灵，咱们是老战友，又是儿女亲家，干吗这么外道！遗产是怎么回事？

童灵大致讲了事情的缘由。何花说：这事看来比较麻烦，费时费力的。你尽管回去办吧，办利落了再回来。

原来，童灵家是小资本家，家里有一大片宅院。刚解放，这片宅院被一家工厂占用，后来，工厂迁走，有十几家人搬了进去。现在，这里要拆迁，原房主会得到一大笔补偿费。可房主在哪里呢？真正的房主就是童灵。童灵的爷爷只有一个儿子，童灵的爸爸只有童灵一个女儿，所以，童灵就是这宅院唯一的合法继承人。

童灵不在老家，但是，童姓旁系亲属还很多，这些人不甘心一大笔钱白白流走，就想起了童家新中国成立前参军的还有位叫童灵的老姑奶奶。于是，童灵的远房侄子侄孙们，通过多方打听，找到了童灵，向她报告了这一喜讯。童灵对这件事没有把握，侄孙们给她提供了不少线索，还帮着请律师，鼓励她志在必得。童灵这才决定试一试。

要证明童灵就是合法继承人，还真不容易。首先，有房契吗？解放前的房产地契等文书，几十年了，谁还敢保存？你保存了，那就是"变天账"！有人证吗？老人早死了。一个侄子提供线索，最初那家工厂的厂长还在，不过，他住在海南岛三亚儿子家，去年还回来过。童灵就去海南，找到了那位老厂长。老厂长还真不错，他说，刚解放，他把工厂——解放军某部枪械修理所搬进童家大院的时候，在童醒斋手上看到过房契，当时说是工厂暂时借用，童家很配合。

童灵说：童醒斋是我爷爷。

那位厂长说：这就好，是你们家的，就该要。落实政策嘛！老厂长很热情地写了份证明材料，还郑重其事地签名盖章。

童灵回到老家。侄子们和律师告诉她，事情有好的进展。其一，老宅有一块匾额，上书"耕读世家　醒斋书"，因为挂得高，匾额较小，得以留到现在。这可以证明这房屋为童醒斋所有。另外，当地县志上，有关于童醒斋在其家里安置解放军枪械修理所的记载。那么童灵和童醒斋的关系如何证明？这好办。童灵在组织部的档案上，清楚地记载着，童灵的爷爷叫童醒斋，家庭住址也和老家宅院所处地址完全吻合。

童灵花费三十五天办好了这件事，虽然很累，但收获颇丰，她拿到了一大笔补偿费，这是她做梦也想不到的事。

童灵回来，给何花带来一包海南特产菠萝蜜干和贝类工艺品。她告诉何花：我觉得现在年纪大了，在文工团也干不了什么，纯属占着茅坑不拉屎，不如把位子让给年轻人干。

何花说：哎呀，老战友一个个离开了，祁雅莉走了，陈小妹走了，现在，你也要走。看来，我也待不长了。童灵，你想干什么？难道在家等着离休？

童灵说：别的我也干不了。我现在手里有点钱，想办一个少儿艺术学校，培育人才嘛！

何花很惊奇：啊，你要私人办学？你可是第一个吃螃蟹的人！好吧，有需要我的地方，尽管说。

童灵说干就干。她先让马东东帮她跑批文。这事比较麻烦，马东东交际广，在政府各部门都有关系网，让他办最合适。女婿为丈母娘办事，理所应当，不跑快点都不行。童灵把她老家的侄孙侄孙女，挑有文化有能力的，叫来几个，帮她购置东西，管理杂务。

很快，手续办好了，房子租好了，一切齐备。马东东又在报纸上和电视上打广告，做宣传。童灵觉得，看起来，家里就是得有个靠得住的男人才行。

"铜铃铃"少儿艺术学校举行开学典礼，文化厅的陈丽丽处长亲临典礼，表示祝贺。教育厅也派人前来。省文联的祁雅莉来了，还带来省音协、剧协、舞协、美协送的花篮。童灵知道，这都是祁雅莉通过文联副主席廖冲给办的，很有面子。童灵自然感激不尽。何花让文工团的乐队前去助兴，场面十分红火。当然，过后，童灵少不得给乐队车马费、茶水钱以表示酬谢。电视台和报社记者前来采访开学典礼，很快把采访新闻报道出来了。

现在都是独生子女，家长特别注重孩子的教育，舍得花钱，而且想让孩子全面发展，所以，课余时间，送孩子到艺校学习的很多，学习乐器的尤其热门。童灵的学校办得很红火。

"铜铃铃"少儿艺术学校开了好几个艺术班，但是都没有专职老师。这些艺术门类的授课老师，全是童灵聘请，而最主要的师资来源就是文工团。一次，童灵请何花到艺校讲课，课后，童灵交给何花一个信封。

何花问：这是什么？

童灵说：讲课费呀。

何花一听，似乎觉得高雅的艺术受到铜臭的玷污，这不是沿街卖唱。忙说：不要，不要，我不是为钱来讲课的！

童灵笑道：别不好意思，这表示对你的劳动的尊重。如果你辛辛苦苦讲完课没有任何酬劳，那岂不是说明你的劳动一钱不值？

何花坚持说：我不拿这个。就算我为孩子们义务劳动。

童灵摇摇头，笑了。

印刷厂的车间主任钱天翔把他的宝贝孙女送到童灵的艺校来学舞蹈，他一进办公室就高声大叫：老战友！说着伸出手来。童灵赶快站起来和他握手，这次握手，钱主任还算识相，仅仅握了一下童灵的手指尖。

钱主任大声说：我早就看出你是有本事的人。那时，你是虎落平阳被犬欺。不过，有我在，谁敢欺负你！哈哈！

钱主任拉过身边的小女孩说：老战友，你看，这是我的孙女，叫钱鑫鑫。我看她很有跳舞的天才，就叫她来学跳舞。交给老战友，我一百个放心。这学费钱，得多少？

童灵忙说：钱主任，你的钱，绝不收，完全免费。在工厂时，你对我多方照顾，我感谢还来不及呢！

钱天翔哈哈笑着说：看，我就说嘛，啥叫老战友？这就是！

庞天明也把她的小女儿送来学唱歌。她和童灵早就认识。那时候，童灵、何花她们在矿上体验生活，到灯房专为庞天明她们演唱。庞天明看出来，童灵有些看不起她。是的，那时候，她是个穷工人，现在她是个不大不小的老板了。"文革"结束，庞天明的革委会副主任没了，她不想再回矿上的灯房干，就自己卖馒头。她是个既能吃苦又胆大的人，没多久，她的馒头摊变成了小饭馆。又经过几年打拼，她的小饭馆变成了大饭馆。后来，她把大饭馆开到了省城。

庞天明是坐着桑塔纳来的，她一见童灵，就拉着童灵的手亲热地说：哎呀呀，童灵，这么多年过去了，你看你，还是这么漂亮！人啊，你要是长得漂亮，到80岁也漂亮。

童灵见了庞天明，急忙热情招呼：你也没怎么变啊！

庞天明说：我忙啊！一天到晚忙得个鞋旮旯长草慌了脚。我开了个"天明大酒店"，里里外外都得管。哦，对了，你的学校要是给学生订餐包伙啥的，就找我，保证物美价廉，多多优惠！

童灵说：谢谢，以后如果需要，我一定麻烦你。不过我现在还不招住校生，全都是课余教学。

庞天明这才说到正题：我是无事不登三宝殿，忙啊！这不，抽空才把我的老疙瘩闺女送来了，跟你学唱歌。姚天，过来见见老师，今天就拜师学艺来了！

童灵看站在面前的姚天。这女孩子看来像一棵苗壮的树苗，发育很好，眼睛里透着一股不羁的野气。

庞天明说：姚天，过来，给你老师唱几句听听！

姚天不怯生，张嘴就唱《北方好地方》，唱得还真有点意思。

童灵说：不错，是棵好苗子！

金玲把《山上的妹妹你下来》唱红了，《山上的妹妹你下来》把金玲捧红了。然而，就在金玲春风得意的时候，她发现自己怀孕了。她不想要这个孩子，马东东也在犹豫，可是老马和何花坚决要保他们早就盼望的第三代。

何花对小两口说：你们不要说什么工作重要事业需要，那完全是为自私找借口！光为自己着想，不为祖国的下一代着想。孩子必须生下来！

当然，孩子生下来了，是个女孩。孩子降生时，是夜里十一点二十九分。何花一直在医院等候。听到孩子响亮的哭声，何花向外一看，正是繁星满天。何花说：好，孩子就叫星星吧。母女平安了，何花抱起孙女细看，高兴地说：看，我孙女多漂亮！眉毛里还有颗红痣，这叫眉里藏珠，将来必定大福大贵！

夸归夸，爱归爱，但是，何花不可能带孩子。她要演出，也不能带孩子。怎么办？

多亏了童灵从老家带来好几个能干的侄孙女，童灵就让其中一个稳重的侄孙女专门带小星星。问题获得了圆满的解决，两家皆大欢喜。

何花说：童灵真是帮了我们老马家的大忙了！

第十二章

省人民会堂改扩建，在会堂占据多年的北方文工团搬出了会堂。当然，文工团也不是没地方待。本来，政府打算给文工团一座旧楼，何花不满意。她说省文工团也为人民服务了几十年，没有功劳也有苦劳，没有苦劳也有熬劳，干吗像后娘养的！别的单位住新楼，把破烂扔给文工团，不合理！再说，那旧楼既没有排练厅，也没有练功房，文工团怎么干工作？

何花跑了好几个有关部门，呼吁，争吵，都没有结果。何花只好求老马：老马，我知道，你现在退下来了，不想多管闲事。但是，文工团的事，你一定得过问一下。不要顾虑什么，你不是为老婆，我马上也要退了。咱们都是为了我省文化艺术的繁荣和发展，为丰富广大人民群众的精神需求！

老马一直稳坐在沙发上，眯着眼，像睡着了一样。何花急了，喊着：喂，老马！我说的话你听到了吗？

曾经的马副司令睁开眼笑道：嗯，当了几年团长，口才是比刚参军时好多了。

何花也笑：少给我耍贫嘴！好了，算我最后一次求你，好不好？何花还耍了点小姑娘性子，推了曾经的马副司令一把。

于是，曾经的马副司令拿起电话，按了几下，大声喊：喂！老葛，什么？我是你老哥——马虎！是啊，还算马马虎虎吧。哈哈……喂，我知道，你葛老弟，再有俩月就退下来了，不过，你得为老哥我办件事……

副省长葛福林是马副司令的老战友，一直兼任煤都的市长和省矿业局局长，既有权又有钱。于是，文工团盖楼的事，名正言顺地解决了。文工团的新办公楼非常漂亮，办公室宽敞明亮自不待说，最令何花满意的是排练厅、音乐厅、多功能厅、练功房，真是设备一流。

文工团搬到新家，何花已经累得心力交瘁。她对全体演职员含泪作了告别讲话后，就办了离休手续。

文工团新任团长是马东东。这当然不是世袭。马东东德才兼备，堪当重任。他是经过群众推荐，组织部考察，党委会研究，最后由组织部正式下文任命的。

马东东担任团长，何花不放心，再三告诫儿子，儿子有些不耐烦，说：妈，我已经快四十的人了，才当了个处级的团长。我爸像我这个年龄，已经是副司令了！

一般来说，新官上任是要烧三把火的。新家新房新气象，马东东要把"北方省文工团"改名为"北方歌舞话剧团"。为什么要改名？马东东在全团大会上理直气壮地说：文工团，是过去红军打仗搞起来的，的确需要，的确有功劳！但是现在，我们不打仗，我们建设现代化，就得与时俱进。想一想，现在全国，有哪个省的文艺演出单位还叫什么文工团？我们与时俱进，必须改名，不改名我们出去就叫不响，人家就觉得我们好像"游击队"，我们就会吃亏。

下面纷纷议论。有的同意改，有的还留恋旧名，留恋过去的岁月。

马东东说：静一下！我要向大家报告一个关乎大家切身利益的消息。据我所知，从下半年开始，省财政就要对我们实行"断奶"措施，要求我们演出走市场化的道路，只发百分之五十的工资，其余的自己挣，明年"全断奶"。这与改名也有关系。

下面一听马上炸营了。是啊，既然国家不养我们了，我们还要什么"文艺工作团"？我们饿着肚子为谁工作啊？还是先为自己填饱肚子吧！于是，马上一边倒，全都赞成改名。不少人立即打起了小算盘，想着如何把那百分之五十的工资挣回来。

何花对马东东说：你一上来，就要挖文工团的老祖坟是不是？"文工团"这三个字和我的命连在一起。你不改不行吗？

新任团长马东东耐心地讲了他认为十分充足的理由，但是，老团长何花坚持认为，他的话全是强词夺理。

马东东说：没办法，改名的提议，已经在全团大会上获得一致通过。这是群众的共同意愿。

何花无奈地说：不管你改不改，反正，"文工团"这个金牌子永远在我的心里！

其实改名也很麻烦，需要到好几个部门审批，要到许多有关部门挂号。单位内部许多东西都要因改名儿换掉或重搞，这都得花钱。马东东费了老鼻子劲，把单位名改了，令他想不到的是，大伙口头上，还是称"文工团"，叫惯了，顺口。叫"歌舞话剧团"多俩字，舌头多拐好几个弯呢，别扭。这就是习惯惰性的力量。不过，对外新名倒是蛮气派的。白地黑字的大牌子"北方歌舞话剧团"挂在新大楼的门外，很能吸引路人的眼球。

歌舞话剧团搬到新家不久，一场评职称大战就拉开了序幕。过去，文工团从来没有评过什么职称，只听说大学和科研单位评职称。现在，搞舞台艺术的也要评职称了，大家感到又新鲜又紧张。因为，这不仅关乎对你专业水平的评价和认可，而且直接关乎你的切身利益。

比方说吧，你如果被评为本艺术系列的二级，那你就是副高级职称了，相当于大学的副教授。要紧的是，你的职称还和"官"挂上了钩，你副高级职称相当于正处级，好家伙，和县太爷平起平坐！不光是名声好听，实际的好处更多。你的工资一下高出一大截，你的住房标准是处级，你的供暖标准是处级，单位给你发的福利是处级，年终奖是处级。还有什么交通补贴、通信补贴，同样按级别来。你要是出差，那名堂也不少，你能否坐飞机，可否打的，坐火车硬卧还是软卧，轮船坐几等舱，住店每床标准多少，每天伙食补贴多少，都得和你的职称挂钩。要是相差一级，那待遇可就差老鼻子了。

马东东在传达动员有关评职称文件的全团大会上说得很明白，大家一定要准备好自己的有关材料：毕业文凭或学历证明，从事本专业工作年限证明，个人的专业工作总结，能证明你专业水平的专著、论文、获奖证书、奖状、奖章等。凡是能证明你专业知识水平、工作能力、工作业绩的材料，多多益善。

有的人说：我看，这评职称就好比幼儿园"排排坐，吃果果"，小椅子是摆好了，果果也准备好了，就看阿姨让你坐在哪里了。还有的说：你要是漂亮，参观的叔叔阿姨来了，你会唱会跳，阿姨就会给你好椅子。又有人说：你要是听话，也能坐好板凳。

马东东说：大家不要误会，这次评职称，绝对公平。省里有职改领导小组，有职改办，各个系列都有高级职称评审委员会，还有中评委和初评委，每个评委会里至少也有十几个评委。这就保证了公平。你评上哪一级，不是我们单位说了算的，那要看你的条件够不够。

文凭问题很大。过去文工团进人，大都是唯才能不唯文凭的。另外，也有点近亲繁殖的味道，娘老子在，儿女进来比较容易。文工团还算好的，别的戏曲团体，有的名角唱响全国，还形成了自己的流派，可就是没什么文化，更无文凭，你还能不给评高级？再说，评高级职称必须要一定的外语水平，但是，你一定要求一个地方戏曲演员会外语干什么呢？

所以嘛，特殊情况还是有的。不要紧，特殊情况特殊对待嘛。反正是要排排坐，吃果果，会给你安排一个合适的小板凳，果果也会发到你的手上。制定游戏规则的人，总会挖空心思，把你想不到的五花八门的各类情况都给你想到。可是，大家都知道，鸡蛋外表那么光，还布满了气孔，你规定得再严密，照样有空子可钻。人人都在衡量自己的条件够上哪一级，也就是说，你能坐在哪把小椅子上，能吃上多大的果果。于是，许多人都想找那个"特殊情况"，找到了，就把它当成梯子，再往高里爬一级。

要考外语了，就会出现"特殊情况"，你50岁以上可以免考外语。那我49岁不是亏了？不要紧，游戏规则还有几条可以免考，你就好好对号入座吧，一二三四五，说不定哪一条对你管用，那就谢天谢地了！如果"特殊情况"你都不沾边，也不要担心，外语考试出的题很低级，监考老师大概都吃了安眠药，一个个没精打采，闭目养神。

　　我们看看"北方歌舞话剧团"的团长马东东该坐在哪把椅子上吧。马团长正规大学本科毕业，本专业工作年限达标，工作业绩好，突出政治，爱党爱国爱人民。按这些条件，马团长完全符合三级作曲的标准，不需要评审，只要填写几份申报表，就可以坐在三级的小椅子上。但是，马团长不要三级，他要申报二级作曲。因为他有"特殊情况"，可以"破格"申报。那"破格"条件也有一二三四五条，你符合其中的 N 条就可以"破格"。马东东有先见之明，把《北方民歌集萃》整理，由国家正式出版社出版了，这可是一件大工程，功德无量啊！马东东还发表过几篇音乐方面的论文，可以肯定，是属于学术性的。马东东创作了好几首歌曲，不仅发表，而且传唱，更重要的是获得了几个大奖。而这些正和那"破格"的 N 条挂钩。所以，马团长要"破格"申报二级。可喜的是，省艺术系列高级职称评审委员会有二十七个评委，全票通过了马东东二级作曲的申报。标准地说，马东东具有了二级作曲的任职资格。要知道，评聘是分开的。你有了某某任职资格，也不一定让你坐那相应的小板凳，不一定就能吃上相应的果果。还得单位领导聘任你，在你的聘书上签字，你这才可以对号入座，果果跟着就发到你的手中了。马东东就此成了副教授。当然，本团的人也是心服口服。马东东有了现在的任职资格，再过几年，晋升一级作曲，也就是教授，肯定不成问题。

　　陈丽丽和马东东学历一样，也是国家正规大学本科毕业，学的是器乐二胡。专业任职年限够格，工作业绩挑不出什么毛病，也是"五讲四美三热爱"，按规定，不用评，已经具有了三级演奏员的任职资格。但是，马东东"破格"成了副教授，陈丽丽也不比他差哪去。当官还比他强，她在上中学时当过班长，上大学是学生会文艺部部长。所以陈丽丽一定要"破格"成二级。问题是，陈丽丽"破格"的条件不够，没有什么专著啊，论文啊，获奖啊，等等。办法总是有的。陈丽丽用什么办法达到"破格"条件，不得而知。能知道的就是，她的妈妈陈小妹是文化厅职称改革办公室主任。

金玲评职称的经历可就不大顺利了。金玲的学历是初中，到部队也没有进过什么进修班，这样，她的学历就很有问题，连初级都够不上。这个门槛怎么迈过去？令马东东很伤脑筋。学历，学历，这玩意儿……马东东忽然有了主意。他带上一幅著名书法家的墨宝，去了他的母校，把这墨宝送给了他的恩师系主任，如此这般运作一番，系主任给出了一纸证明，盖了本系公章，证明金玲曾在本系进修一年。这样，金玲的学历就可以相当于大专。金玲的专业任职年限连在部队的都算上，够长了。重要的是她的工作业绩特别突出，演出场次多，获奖多，尤其是她演唱《山上的妹妹你下来》，获得全国大奖，很过硬。因此，金玲得到了三级演员的任职资格。但是金玲心里还是不舒服。她和马东东、陈丽丽原来是差不多的，就因为她少上几年学，现在竟然差一级！她好几天都不想上班。

马东东劝她：行了，姑奶奶，你知足吧！不是我给你跑那一趟，你评三级都困难。不要紧，多得几个大奖，你很快就能上二级！

杨辉的职称还在那"挂着"，三级演奏员任职资格他不要，二级他又够不上。他一直就是拉琴，"文革"闹腾了十年，把专业也丢了，现在又拉琴，没有中专以上学历，没有论文，没有自己的作品，没有获过奖，怎么也够不上二级。大家也觉得他亏，在文工团混几十年，马上就要离休，弄不上个二级，窝囊。可是，他在"文革"中干了不少坏事，得罪好多人，大家又不同情他。

杨辉找到马东东，很尊敬地称他马团长，低三下四地求他帮忙解决职称问题。马东东也很客气地说：杨叔叔，我也很想帮你解决，可是我没有这个权力。我们的庙就这么大，分的副高级指标没有了，别说你报二级的条件不够，就是给你"破格"了，没指标也不能申报。杨叔叔，你如果能搞到指标，我一定代表单位，在你的申报表上写上最好的意见。这事我建议你还是往上面跑一跑。

杨辉跑到何花家去，请求何花帮忙。从内心讲，杨辉觉得"文革"中，他是对不住何花，可是，为了眼前的事，他也只得厚着脸皮登门。他知道何花为人忠厚善良，不会记仇。自从开始评职称，何花家就不断有人登门拜访，她是老团长啊。另外，别的演出单位也有人找。何花是省艺术系列的高评委，有人想争取到她的一票。来家的人多，老马烦不胜烦，家里一有人找何花，他就躲出去。

杨辉把他的困难对何花讲了。何花觉得杨辉很可怜，他和陈小妹离婚后，一直是一个人过，后来和一个小学音乐老师同居，不久又分开了，日子很不如意。现在评职称又出了问题，很窝囊。何花告诉杨辉，还是去上面反映情况，政策上，是应该适当考虑那些默默无闻的老同志。她还向杨辉提供了一个找上面的路径，并表示，只要杨辉的申报表能到高评委，她一定会在评审的时候多说好话。

杨辉果然去了上面，直达省职改领导小组。不管怎么说，杨辉也在官场混了十年，"上头"总还有能说上话的人。杨辉带回来一个副高"戴帽指标"，也就是说，这个指标是专门给杨辉的。既然有了"戴帽指标"，马东东当然就送一个顺水人情，在申报表上，给杨辉下了很好的评语。上面有指示精神，在高评委会上，何花尽量给杨辉评功摆好，杨辉的二级演奏员任职资格终于通过了。

评职称就是一场战斗，有文斗，也有武斗。有的为职称到办公室找马东东大吵大闹，有的在办公室摔东西骂娘，还有的寻死觅活，要在马东东面前喝敌敌畏。马东东焦头烂额，几乎难以招架。别说搞音乐创作了，日常工作都很难进行，精力全用到评职称上头。

好在第一轮职称评定总算告一段落，马东东才喘一口气，可音乐创作的灵感一点也没有了。通过这次评职称，马东东认识到，当领导不光是要为团员们谋福利，也要为团员们的晋升提供条件。他想到，今后要尽可能让年轻人出去进修，多让他们参加各类比赛，这也是培养人才之道嘛！

太阳正南了，天很热。赵梦桃从招聘会上挤出来，满头大汗，衣服几乎要贴到身上。招聘会上，就是人的海洋，你挨我，我挤你，简直比赶庙会还热闹。赵梦桃感到奇怪，她刚上大学那会儿，大学生还是"天之骄子"，这么一眨眼，"天之骄子"成了任人踩的地皮草。你不到招聘会上去，就不会知道我们国家的大学生有多少，那给人的感觉就俩字：过剩。一只乌鸦飞在天空，随便拉一股稀屎，准能砸到一个大学生的头上。倒霉啊！

赵梦桃就觉得很倒霉，她从小就爱唱歌，考大学本来要学声乐，可妈妈坚决不同意，结果就上了戏文系，也就是学编剧。这就够倒霉的。国家不包分配，哪个剧团会要你？十年才能磨一戏，人家能养你十年吗？还不知道你能不能编出戏来呢！赵梦桃把制作得很精美的求职简历投递了许多单位，可是竟然没有一家有回音，连面试的机会都不给你。

赵梦桃今天又在招聘会上很恭敬地向几家单位送上了求职简历。流水线当蓝领她是不想干的，当编剧没有什么希望，能干个文秘什么的也行。可是，据说干这个要有漂亮的外貌，高雅的气质，流利的口才，我具备这些吗？赵梦桃在招聘会上亲眼看到，美女总是受青睐的。她对自己是否能跻身于美女行列没有信心，但是，她觉得，自己也算相貌端庄秀丽，身高166厘米，胸部饱满，臀部圆实，标准三围，黄金比例，条件不算差。她原来喜欢扎一个高高的马尾辫，求职时觉得马尾辫给人的印象往往是不够成熟，就把头发散开了，如同黑瀑一般，甚是高雅俏丽。但是，所有这些，似乎对她的求职没有什么效果。

很热的天继续随心所欲地热着，气温还有上升的趋势。大街上行人稀少，各商店门可罗雀。赵梦桃走在一家商店的玻璃橱窗前，不经意地往里看了一眼，橱窗里，一个服装模特正表情严肃地看着她，她也不客气地回看那模特。咦！这模特好像见过面？挺熟悉的样子。她对那模特笑笑，那模特也对她笑笑。她对那模特做个鬼脸，那模特也对她做个鬼脸。怪事！赵梦桃仔细一看，嘿，原来是她映在玻璃橱窗上的影像和橱窗里的模特重合在一起了。

赵梦桃自我解嘲道：你还想当模特？做梦去吧你！你就是梦到桃子也吃不上。赵梦桃觉得，自己可能是天太热，又累又饿，出现了幻觉。得赶快休息，喂脑袋。她就近买了一个汉堡，一杯可乐，边走边吃喝。这也许有损窈窕淑女的形象，但顾不了许多，任人评说去吧。

来到十字路口，利用等红灯的间隙，赵梦桃在报亭买了一份本市发行量很大的报纸。绿灯一亮，她快步穿过斑马线，来到一个绿树成荫的地方。这里有一个下坡，修了几十个台阶。赵梦桃看中了靠下的一个台阶，这里正好有一棵大树罩着，尚有丝丝微风轻拂黑瀑，甚是惬意。此时行人寥寥，相对安静。赵梦桃狼吞虎咽，吃完最后一口汉堡，喝干最后一滴可乐，很认真地把包皮和纸杯放进垃圾箱。拍拍手上汉堡屑，擦擦嘴上可乐液，赵梦桃像刚进城的打工妹那样，抽两张报纸垫在屁股下，坐在台阶上。

好了，赵梦桃可以暂时抛却一切烦恼，很随意地浏览这有几十个版面的报纸了，也许里面有什么合适的招聘信息呢。她翻着，翻着，看到了一篇题为《警魂》的大块文章。她一目十行地扫描了文章的开头，想不到，这一扫描，扫出了阅读兴趣，待继续扫描，阅读欲望愈加强烈，竟然欲罢不能了！赵梦桃被《警魂》吸引，她的魂被《警魂》勾去。她好久没有读过这么感人的文章了。事迹感人，有赖于作者的生花妙笔来表述。

暑气渐退，凉风拂面。沉浸于阅读之中的赵梦桃不知道过了多长时间，她吃进文章的最后一个字，抬头西望。此时，夕阳坠地，红霞满天，好一派壮丽的景象！而此景此情，与《警魂》中那位人民警察英勇牺牲的壮烈场景是何等的融洽！

赵梦桃忽然迸发出不可抑制的创作灵感和冲动，要把《警魂》改编成话剧。这灵感和强烈的创作欲望来得太猛，简直令她猝不及防，又令她惊喜万分。她毕竟是学编剧的，四年大学没有白上。她对编剧本似乎有着职业的敏感和本能。她感觉《警魂》这篇文章，事迹生动感人，人物有个性，有生动的生活细节，有尖锐的矛盾冲突，有集中的适合舞台表演的场景，非常适合改编成话剧。

改编！改编！赵梦桃被创作欲望的烈火烧得热血沸腾，不能自已。她有十分的把握，百分的热情，千分的自信，万分的欲望。赵梦桃在学校曾经试着写过一个剧本，虽然不成功，但总算有了创作经历，积累了一点点经验。创作是需要热情和冲动的，怕什么！戏剧大师曹禺当年就是18岁在学校创作出不朽的《雷雨》，我赵梦桃都23岁了，难道还不敢动手改编《警魂》！

动手吧，反正现在有的是时间，招聘，暂时让它见鬼去吧！赵梦桃回到家里，立即开始了她的改编长征。

赵梦桃改编剧本，确实达到了废寝忘食的地步。什么找工作，什么招聘会，在她的脑海里，已经没有立锥之地。灵感在翻滚，激情在燃烧，英雄在升华。赵梦桃坐卧不宁，寝食难安，脑子里全是活生生的人物在舞台上打架。二十一天，就在第二十一天的凌晨三点四十五分，赵梦桃在电脑的键盘上敲出了最后一个字。她仰起酸疼的脖子，长长地出了一口气。就在此时，突然停电了，周围一片黢黑。赵梦桃一动不动地坐在椅子上，脑子里还只有警魂，不知自己的魂在何处。

赵梦桃不吃不喝睡了二十四个小时。妈妈担心她病了，她说：没事，我就是把魂搞丢了，魂一回来，我就好了。

过了二十四小时，赵梦桃的魂果然归位。她重读剧本，热泪竟然盈了眶。这是自己感动自己吧？赵梦桃自问。不管怎么说，既然改编好了，就得叫它经风雨，见世面。赵梦桃掏钱把剧本打印五份，装订成册，分送三家演出单位，其中也有省歌舞话剧团。人家都是客气地让把剧本留下，看看再说。赵梦桃哪里知道，一般小有名气的作者写的剧本想上舞台都很难，她这种无名小辈的东西，人家看都懒得看。

以后的十几天，赵梦桃连找工作的心思都没有，一心等候剧本的消息。二十天流水般淌走，剧本是泥牛入海。赵梦桃天真地想，《警魂》剧本具有很好的思想教育意义，为什么不可以找宣传部门？她壮大胆子，拿上剧本去省委宣传部。哪想机关大楼有威武的警卫站岗，她根本就进不去。离开机关大楼，赵梦桃流泪了，为她的《警魂》流泪，更为她自己流泪。她骂自己，赵梦桃啊，赵梦桃，你这不是自作多情吗！你自己感动也就罢了，你还想感动别人！你算是什么东西，竟然异想天开，学曹禺大师。你也只配做梦。

赵梦桃手上拿的剧本被她无意中卷成了纸筒，她真想把这纸筒扔进路边的垃圾箱，但是，她终究舍不得。马路上，车如流水，便道上，人似蚁群。赵梦桃觉得，自己就是这亿万蚂蚁中的一只，是何等的渺小！罢罢罢，不要再白日做梦了，还是赶你的招聘会去吧。

赵梦桃心灰意冷地走着，无意间抬头一看，眼前出现一块"某某报社"的牌子。她灵机一动，咦，这就是刊登《警魂》那篇文章的报社。她想，干脆找一下写那篇文章的记者，和他交换一下看法，觅一下知音。

报社很好进，记者也好找。写《警魂》的记者是一位30多岁的女士，她听说面前的小姑娘把她写的《警魂》改编成了剧本，既惊奇又惊喜，急忙请赵梦桃坐下，又热情地递上一杯水。她很快翻完了剧本，大约也没有看出什么，但是，她的文章变成了剧本，这本身就了不起。她的这篇文章，在报社被评为当月优秀稿件，为业绩加了不少积分。仅此而已，文章的影响没有扩大和延续，多么可惜！现在，有人把文章改成了剧本，如果能够上演，那影响可就大了。

记者拍着赵梦桃的肩膀亲热地说：梦桃啊，梦桃，你真了不起！姐姐我今天犒劳你，跟姐走！

她拉起赵梦桃的手就走，亲热得好像一百年前就认识的朋友。原来，有家大企业举行十周年庆祝活动，邀请记者出席。女记者领赵梦桃进去混吃混喝，还帮赵梦桃领了一份丰厚的礼品。临别，记者姐姐说：小赵，你等着吧，天上也许会掉下馅饼！

赵梦桃的心情好多了，倒不是信了记者姐姐"天上掉馅饼"的话，也不是因为白吃白喝一顿加上一份礼品，而是今天那家企业庆祝会宏大热烈的氛围感染了她，烘热了她冰冷的心。是的，天下的路很多，将来，总会有一条自己可走的路。赵梦桃决定把《警魂》从心里抛开，继续她巡游招聘会的行程。

女记者很快把赵梦桃改编《警魂》为剧本的事向报社总编作了汇报，剧本也拿给总编看。总编对新闻的连续报道具有强烈的职业敏感，他把剧本粗粗翻了一下，就说：剧本好不好没关系，重要的是这件事很有意义，可以扩大宣传效果。好，我马上向宣传部汇报。总编原来就是省委宣传部副部长，他往部里一说，立即引起部长的重视。部里经过研究，决定让省歌舞话剧团排练《警魂》，争取尽快上演。

马东东被叫到宣传部，由一位副部长亲自交代任务。

马东东似有畏难情绪，他吞吞吐吐地说：首先，这个剧本是否可用，还不知道；其次，演这么大的话剧，需要不少钱……

副部长笑道：同志，怎么刚一听说任务就给我讲价钱？你歌舞话剧团自从改名到现在，一个话剧也没演，名不副实嘛！钱，我这里一分也没有。要钱你找财政上要去，我只管布置任务。

再多说也是水泊梁山的军师——吴（无）用。马东东心事重重地离开宣传部，不知该如何完成这项光荣的任务。先看看剧本再说吧。

马东东回到办公室一看剧本，马上被剧本吸引住了。到底是内行，马东东很识货，他觉得这个剧本有相当的基础。当然，十年磨一戏嘛，剧本要想上演，还需要好好加工修改。但是，大的框架结构，人物形象，戏剧冲突，已经可以肯定。看起来，剧本改编者很有才华，需要请他来共同研究修改方案。

赵梦桃正在一个人才招聘会上游走，忽然接到记者姐姐的电话。记者姐姐说：小赵，绝对好消息！《警魂》就要上马啦！宣传部责令歌舞话剧团，立即排演《警魂》！

赵梦桃反而平静了，淡淡地说：那又怎么样？

记者姐姐在电话里大喊：傻瓜！你就等着好果子吧！

赵梦桃又开始做白日梦了，难道会把我招到剧团去？

赵梦桃又苦等了五天，终于接到歌舞话剧团的电话，请她去交换有关《警魂》剧本的意见。

马东东见了赵梦桃，十分惊奇。他原以为剧本改编者是一个中年人，想不到会这么年轻。两人一谈，竟然还是校友，虽然相差了好多年，但还是觉得亲近了不少。对于剧本，赵梦桃很尊重马团长的意见，同意修改。

马东东说：你先回去考虑修改方案，我给你联系去公安部门体验生活。赵梦桃离开剧团办公室，高兴得几乎要飞起来。

马东东现在脑子里想的不是剧本，而是到哪里去找钱。找不到钱，说要上演《警魂》，绝对是空口瞎说。到财政部门要钱，没有什么希望。因为，年初"分盘子"的时候，就已经讲明绝不追加。马东东想到了市公安局。局长何昊天就是何钩担的儿子，马东东和何昊天还挺熟。那年，马东东为金玲"报仇"，用"长枪队"大战"菜刀队"，何昊天就是"长枪队"的一员干将。

马东东来到何昊天的办公室，两人都去掉了面具，一个不是什么局长，另一个也不是狗屁团长，全变成了当年"长枪队"的战友。一阵瞎逗胡扯之后，言归正传。

马东东说：听说贵局前一段时间出了一位英雄警察，还登了报，上面还号召大家向英雄学习？

何昊天笑道：不错，马团长消息挺灵通。

马东东十分谦虚地说：敢问局座，如何学习啊？

何昊天说：这个嘛，属于军事机密。你可以去查文件。

马东东不再谦虚：滚你的蛋！我不要查文件，我那里就有上头的文件，要求我们配合宣传你们的英雄，要排一出《警魂》大戏。哎，你说，我们穷光蛋一个，凭什么要配合宣传你们的英雄？

何昊天指着马东东笑道：你这个家伙，屁股一撅我就知道拉不出什么好屎。说吧，你想干什么？

马东东这才一本正经起来：我说昊天啊，真是饱汉不知饿汉饥啊！上面叫我们自己挣钱养活自己，可又要我们宣传英雄演大戏。我承认，英雄是该宣传，更应该学习，我们也愿意为宣传英雄尽心尽力。但是，又要马儿跑，又要马儿不吃草，行吗？

何昊天说：痛快点，你想要多少？

马东东说：昊天，你可能不了解我们这一行。要排一出大戏，灯光布景要花钱，舞台设计制作要花钱，服装道具要花钱，剧场要花钱，车辆运输要花钱……

何昊天连连摆手：好了，我的马团长，别给我报账，我不负责报销。干脆点，要多少？

马东东伸出四个手指。四千？马东东微笑着摇头。四万？马东东继续摇头。四十万？马东东笑着收起手指。

何昊天说：嗨，看你们也够可怜的，干脆，我支援你们五十万！

马东东拍手：好，够哥们儿！我希望，将来《警魂》公演的时候，你们多包几场。

何昊天说：说真话，我们也是靠国家拨款养着，也穷。支援你们的，是我们"扫黄"的罚没款，也是干警们辛辛苦苦挣来的。宣传英雄嘛，我们责无旁贷。

最后，马东东讲了编剧来体验生活的事。何昊天决定安排编剧去市 110 指挥中心。

时间紧迫，赵梦桃体验生活很快结束，马上进入修改剧本的工作。赵梦桃十分信赖马团长，她改剧本经常找马东东。办公室整天闹哄哄的，马团长白天事务性的工作很多，他只能晚上和赵梦桃研究剧本的事。他对赵梦桃说：如果你方便的话，欢迎你晚上到我家去。我家比较安静。既然马团长如此热情，赵梦桃当然愿意。

马东东第一次领赵梦桃到家里，赵梦桃就觉得这个家很温馨，莫名其妙地有一种回家的感觉。两位老年人十分和蔼可亲。赵梦桃叫他们爷爷奶奶，俩老人高兴得满面春风。赵梦桃听马团长说，爷爷曾是副司令，奶奶新中国成立前参军，打过仗，去过朝鲜战场，文工团老团长，真是钦佩得不得了！这么大的官，这么老的资格，一点架子都没有。再来的时候，小嘴甜得不得了，一口一个爷爷奶奶，叫得亲热极了。俩老人看这姑娘端庄大方，既彬彬有礼，又纯洁活泼，也很喜欢她，如果隔两天不来，就觉得好像少了点什么。

家里的书房本来是老马的，现在老马让给了小马。马东东和赵梦桃在书房讨论剧本，进展顺利。赵梦桃承认，她改编剧本，全凭一时的冲动，活儿干得很粗糙。话剧尤其是语言的艺术，要求台词要不断推敲，仔细琢磨，千锤百炼，要适合舞台表演。在这方面，就要靠马团长了。马东东觉得，和这个小姑娘合作十分愉快，她的才气令他赞赏。有时候，他们工作忘了时间，太晚了，马东东就把她送到公交车站，看着她上车才回来。

这天晚上，赵梦桃又来找马团长研究剧本，不巧，马东东因事没能回来。马北北刚好在家，就把赵梦桃迎让进书房，两人有一搭没一搭地闲聊。马北北看到赵梦桃第一眼，就觉得这姑娘很特别，既没有某些女孩的轻佻，也没有某些女孩的艳俗。怎么说呢？总之，这女孩很得体，对男人来说，很养眼。

马北北问：小姐在哪里高就？

赵梦桃嫣然一笑道：请不要这么客气，叫我小赵吧。我现在还是到处找工作的大学生，标准"蚁族"。

马北北告诉赵梦桃说，他在省劳动和社会保障部门工作，对大学生就业和农民工问题有过调查研究。他很同情刚毕业难以就业的大学生，但是，由于种种原因，问题不好解决。

赵梦桃好像遇到了知音，心情很愉快。奇怪，怎么觉得这一家人个个都和自己好像有缘。

两人谈得很投机。马北北觉得这女孩既聪明伶俐，又朴实无华，给人一见如故的感觉。赵梦桃觉得这个高大英俊的政府官员，毫无官气，平易可亲，使人感到可以信赖，就像一个大哥哥。时间在不知不觉中偷偷溜走。马东东打电话说，他今晚回来很晚，让赵梦桃不要等了。马北北看到赵梦桃站起来要走，莫名地若有所失。

赵梦桃告辞，喊着：爷爷奶奶，我走了！

马北北送赵梦桃出去，走在院子里说：你喊我爸妈爷爷奶奶，你是不是该叫我叔叔？

赵梦桃很大方地笑道：你如果觉得喊叔叔合适，我也乐意。不过，这样我们再谈话就有了代沟。不是吗？

马北北也笑：那是，代沟不是好东西，不要也罢。

下次赵梦桃再来，马北北总是碰巧在家。他会很随意地走进书房说：你们讨论剧本原来挺有意思的，我当个旁听生，不妨碍你们吧？他说着，眼睛在窥探赵梦桃。

赵梦桃何等聪明，忙说：不妨不妨，请便请便。

马东东和赵梦桃两人一进入剧本，也就旁若无人了。马北北呢，还真是旁听者。不，是旁观者。他的眼睛总是在赵梦桃身上睃巡。嗯，这女孩站有站相，坐有坐相，走有走相，笑有笑相。个子还真够高的。很丰满。很匀称。

皮肤白。不是白种人那种白。应该叫中国白。头发真黑啊，光滑啊，可以给洗发剂做广告。她不时摆头甩一下秀发。不是做作，是在和马东东讨论剧本激动忘情的时候。这时的甩发，才是最动人的啦。这女孩，声音很好听。说不上如何好。应该是悦耳。不。是入耳。

赵梦桃要走了，马东东恰好接一个电话。对方啰啰唆唆，这边好像也有兴趣。于是马北北取代马东东去送赵梦桃。外面比较黑。路灯比较暗。因此，马北北和赵梦桃走得比较近。近到什么程度呢？马北北可以闻到赵梦桃呼出的气息。这是很正常的喽。男女对异性的某种气味总是敏感的。马北北感到不正常。也有不少妙龄美女的体味曾经袭击过他，但他没有特殊感觉，不为所动。可是，身边这个女孩不同，她的气息很特别。怎么特别呢？绝不是有些人胡说的什么女人香。不香。但是，这种气息能调动起马北北全身的神经细胞，包括头发根儿上的。马北北好像在哪里看到过一篇文章，说是人的基因决定其对异性气味好恶，也决定其对配偶的选择……

公交车站到了。赵梦桃对马北北纯洁地一笑，飘然走进车门。车门切断了马北北的思绪和视线。

马北北茫然若失地自语：这姑娘……

不久，剧本改好了。编剧的署名理所当然是马东东、赵梦桃。赵梦桃觉得，剧本能够上演，全凭马团长的提携，哪里还讲究排名先后！剧本送宣传部审查，很快通过。

马东东马不停蹄，赶快召开全团大会，动员集中优势兵力，打好《警魂》这一仗。这也是马东东团长亲自指挥的，省歌舞话剧团挂牌后的第一个战役。

但是，团员们大部分没有什么积极性。听马团长一说，大伙议论纷纷。有的说，你给我们只发一半的工资，要排戏，那一半工资谁给？有的说，我们得吃饱饭才能干活，肚子半饱咋行？有的说，我们还得另外挣钱养活老婆孩子。有的说，排戏可以，我们只能干四个小时，其余时间得挣钱养活自己。

马团长是很讲民主的，他让群众充分发表意见，你想说什么就说什么。大家的意见说完了，牢骚也发泄完了，都看着马团长，看你有什么招。

　　马团长胸有成竹地说：大家的意见很好很实际，畅所欲言嘛！团里充分考虑大家的实际困难，研究决定，凡是参与《警魂》工作的，按实际工作天数，一律发全工资。凡是加班的，按小时计算发加班费。外出演出，有生活补贴。参与《警魂》工作的工作日和演出的场次，全部计入你工作业绩的积分，作为年终发奖和今后评职称的依据。大家还有什么意见？

　　团员们都很惊奇。以往，干什么事马团长总是叫穷，今天怎么啦？马团长出"口"如此大方？既然解决了大家的问题，演员嘛，哪个不想多演出！剩下的事就好办了。任务很快分派下去，大家心情愉快地投入到《警魂》的战役之中。

　　牢骚归牢骚，大家毕竟是搞舞台艺术的，有一台大戏可演，大伙还是很卖力，正应了"心往一处想，劲往一处使"这句没了牙的老话。话剧《警魂》排成了，公演了。反映不错，社会效益很好。马东东承诺该给大家的，全部兑现。马团长得到本团演职员的称赞，得到上级的表扬，自己虽然忙昏了头，但也对自己满意。这是三赢吧？

第十三章

院子里的美人蕉开得红红火火，叫人看着，心里既温暖又敞亮。可是马东东和金玲夫妻俩的小日子过得有点凉。

金玲把孩子交给妈妈童灵娘家人带，自己一身轻松。她又不给孩子喂奶，体形保养得很好，面庞和身材比生孩子以前还好看。女人真正的美全体现在母性上，有了母性，女人才真正成为女人。金玲生了孩子，成为母亲，虽然自己没带孩子，但照样母性十足，端庄美丽。

马东东爱金玲，更爱生孩子后的金玲。马团长现在很忙，他不仅要管全团的业务，团员们的吃喝拉撒他也得操心。最让他恼火的是如何挣钱，一百多人要养活呢，不想挣钱的门路怎么行！马东东还要搞音乐创作，他觉得，创作才是他生活中最有意义的东西。马东东有个毛病，每当他烦闷、紧张、劳累的时候，他就需用夫妻生活来缓解。"嘿咻"比安眠药管用。金玲则正相反，两人"嘿咻"之后，她总是难以入睡。于是，夫唱妇随的小夜曲就有了不和谐的音符。

金玲自己也感到奇怪，按年龄说，她现在应该如狼似虎，可实际上，她成了小花猫。对于夫妻那事，她就是应付，尽义务，基本上失去了主动性。金玲对评职称一直不满，她都已经是全省知名的青年歌唱家了，竟然还是个三级演员。不满，金玲就经常走穴，出去又能挣钱又能出名，何乐而不为！

金玲还有个想法，那就是自己想买套像样的房子。她知道，不少名演员都有豪宅，自己为什么不能有一处属于自己的房子！公婆家的房子虽然宽敞，但是毕竟老了，不够现代化，而且和老人住在一起也不方便。金玲经常外出，无形中就有点冷落了马东东。金玲不明白，男人身边是离不开女人的，经常没有女人在身边，男人有可能会出事。

这不，昨天的周末就过得不愉快。白天，马团长带着两个年轻漂亮的女舞蹈演员出去拉赞助，到第一家吃了闭门羹，在第二家碰了一鼻子灰，真是出师不利，铩羽而归。晚上，金玲洗过澡，裸身而卧。马东东一看，啊，美哉！好一幅贵妃出浴图！这显然很黄，一下污染了马东东的精神，精神支配神经，产生连锁反应，发动了马东东的某个部位。马东东毕竟不是小青年，不可能产生雄狮般的冲动。马团长又是副教授，温文尔雅是必须的。所以，他发出了明显的两人都明白的某种信号，希望金玲有所回应。可是，金玲好像没有经过风雨见过世面的黄花闺女，无任何回应。无奈，马东东只好来个赤裸裸。金玲既不欢迎，也不婉拒，听任马东东为所欲为。

马东东问：喂，这是女人啊，还是肉体？

金玲说：魂跑了，是个没有魂的女人吧……

马东东兴味索然，半途而废。金玲觉得有点对不住马东东，她不是不爱马东东，爱，一直爱。但是，在她的心中，爱和"那个"是井水与河水，是南极与北极，是参星与商星。她怀疑自己是"阴冷"，可是，她对马东东的爱却是"阳热"。看马东东那垂头丧气的样子，金玲很内疚。

马东东很晚了才睡着，所以就醒得很晚，日上三竿还在酣睡。金玲悄悄起床，生怕惊醒了马东东。可是，一位客人的造访，打断了马东东的美梦。廖鸿飞来了。

既然来了贵客，金玲不能不叫醒马东东：喂，东东，鸿飞，廖鸿飞来了，快起来！

马东东赶快爬起来，金玲忙着给他递衣服，他跑到卫生间胡乱擦了几把脸，出来见过去的好哥们儿，也顾不得修整自己的狼狈相。

廖鸿飞一见马东东就调侃：又不是洞房花烛之夜，为何如此留恋鸳鸯枕啊？

马东东揉揉眼笑道：我说怎么闻到一股羊骚味，原来爬进来一只大海龟（归）。

马北北休息在家，当然也出来寒暄，互相打趣，凑个热闹。

老马和何花听说留学美国的廖鸿飞来了，都出来相见。两位老人都夸廖鸿飞有出息。老马问：加入美国籍了吗？

廖鸿飞说：我还是中国人。

何花问：拿绿卡了吗？

廖鸿飞摇头：没有。

老马拊掌而笑：好，还是鸿飞好，爱国！

两位老人，携手出门，迎着朝阳，遛弯儿去了。

廖鸿飞笑道：两位老人还很关心国家大事的嘛！

马东东说：也就是无可奈何花落去。又能怎么样？

说话间，廖鸿飞总是瞅着金玲，从上到下，不停睃巡。马东东发现了，喊：喂，鸿飞，有你这么看人的吗？当心眼珠子掉出来！别忘了，她是你嫂子！

廖鸿飞拍手：好个嫂子，我爱上她了！

金玲笑声赛过金铃：啊，真感到无上荣幸，竟然还有白马王子爱上我！

马东东说：真爱上了？你带走吧，反正人家也未必爱我。

廖鸿飞说：你真舍得？那我可要真带走了！说着，站起来，伸手就要拉金玲的手。

金玲笑：干吗，别闹！

廖鸿飞说：看，假话穿帮了吧！哎，东东，金玲，实话告诉你们，我有一个大活，想让嫂子跟我干……

廖鸿飞把该说的都说了。原来，廖鸿飞留学美国，学的是导演。他回国后就成了"北漂"，折腾了一阵子，终于有了眉目，要拍一部小成本的电影，叫《爱情爱情你在哪里》，投资方和制片人已经夯实，演员也差不多敲定了。但女一号一直没找到满意的。这次回来看望父母，顺便看看"老战友"，想不到竟然找到了女一号。廖鸿飞说：真是踏破铁鞋无觅处，得来全不费工夫！东东，我看金玲就是我心目中的女一号！我要的是一个贤妻良母式的端庄秀丽的女子，金玲比我想象的女一号还要完美。她的一颦一笑，一举一动，一言一语，就是我的女一号。我的女一号啊，非她莫属！

马东东一听，很是高兴，问道：你说的是真话？

廖鸿飞一拍桌子：嗨，我的老哥，我什么时候对你说过谎话！

马东东扭脸笑看金玲。金玲当然喜不自禁，这简直和天上掉馅饼差不多。她知道，文艺单位有很多女演员想上影视都想疯了，有的甚至为了演个没有台词的角色，主动向导演献身。她故意问廖鸿飞：鸿飞，你真的觉得我能演你的女一号？我可是初次触电！

廖鸿飞又不正经了：废话！我刚才都白说了？初次，怕什么？你把初夜献给了东东哥，也该把"初电"献给我廖鸿飞了！

马东东笑：混蛋，滚你的！

廖鸿飞说：我是得滚，金玲也得跟我滚。时间紧迫，明天就走！

马东东、金玲、马北北送廖鸿飞出门，直到鸿飞钻入的士方回。

路上，马北北问马东东：哎，东东，你不是说要把人家赵梦桃弄到你们团去吗？怎么光打雷不下雨？人家为你们出那么大力，总不能用人了在前，不用人甩后吧？

马家兄妹三人很是奇怪，相互总是直呼其名，绝不称兄道弟。马东东是说过把赵梦桃搞到团里来的话，那话含含糊糊，模棱两可，不过是给赵梦桃一个诱饵，让她努力改剧本。实际上，眼下没可能。歌舞话剧团是事业单位，进人需要指标。再者，团里暂时还不能养一个生柿子编剧。

马东东说：赵梦桃与你非亲非故，你干吗如此上心啊？是不是看上人家啦？

马北北说：就算看上了，怎么样？我未婚，她未嫁，不行吗？

金玲笑道：北北，眼光不错啊！

马东东停下脚步，看了北北半天说：北北，你别玩什么一见钟情，人家赵梦桃纯洁着呢。别玩，千万别跟她玩，干吗害人家？

　　马北北认真起来：我说马东东，你是怎么说话呢？正经的，我干吗害她？

　　马东东笑了：真的？你行啊，北北！我答应，赵梦桃什么时候成了我的弟媳妇，我立马把她弄到团来。

　　马北北说：屁话！

　　门前喜鹊叫，好事总来到。

　　马东东、金玲、马北北刚送走廖鸿飞，就又迎来一位贵客。这位贵客不是贵在别处，而是"贵"在腰缠万贯。庞天明坐着宝马来了。

　　庞天明不简单，现在是名副其实的大老板。她不再是开饭店的老板，而是煤老板了。看起来，做生意并不需要上什么工商大学，拿什么工商硕士、博士文凭。庞天明也就是一个小学毕业生，没有谁教她做生意，可是，人家有做生意的天分呀，人家真的是白手起家，真的是艰苦奋斗。现在，人家正应了那句老话，生意兴隆通四海，财源茂盛达三江。人家做生意的天分，你不能不佩服。就像马东东有作曲的天分，金玲有唱歌的天分一样。人家不偷不抢，不贪不腐，正正经经做生意，规规矩矩缴国税。所以，商业天才碰上艺术天才，庞天明碰上马东东，一拍即合。

　　庞天明因为是胖嫂的亲侄女，所以和何花家关系不错，现在虽然财大气粗，但还没忘老朋友，时不时地来看看何花。今天来，一方面是看何花，另一方面是来找马东东的。她搞了一个高级"会所"，对外称企业家联谊会。所谓"会所"，就是俱乐部，是进口的洋玩意儿。会所实行会员制，一般门槛较高，你的企业资产必须达到一定数额，并经过原会员介绍，才能入会。庞天明的会所要求会员资产一千万元，要一次性缴纳会费五十万元，而且每年最低消费不得低于三十万元。她的会所不对外营业，只接受会员消费。会所的最大特点是其私密性和奢华性，如果对外营业，就要经过工商、税务、公安、卫生、文化等许多管理部门，不仅事情多，还失去了私密性。

　　庞天明的会所最近要搞一个较大的企业家联谊活动，想让马东东带人去演节目助兴。省歌舞话剧团毕竟人才济济，名声远播，很有面子，远远胜过那些上不了正经台面的草台班子。

庞天明的要求不高。高级陪酒是要的。演出节目要短小有趣，健康活泼，说黄不黄，有点颜色。要让老总们看得高兴，又不失大雅。马东东明白，这些所谓的企业家，有不少是穷得除了钱别的什么都没有的人，他们需要文化娱乐来填补灵魂的空虚。他们文化水平一般不是很高，年龄半百以上，创业艰难，挣钱不易，不管内心如何，脸上一般都蒙着一块遮羞布，外表绝对正人君子。马东东对付他们，自有一套办法，所以，他很痛快地答应了庞天明的邀请，并保证让对方满意。庞天明当然也出手大方，让马东东满意。

庞天明很忙啊，事情谈妥，她刚要走，何花老两口遛弯回来了。庞天明当然极为亲热地嘘寒问暖，何花也觉得很有面子。庞天明这么有钱了，还没忘记老朋友，算是还有人情味儿。庞天明把带来的虫草、燕窝、老山参等名贵补品拿出来，权表心意。何花倒不在乎东西多少，有这份情谊就很珍贵。

庞天明笑嘻嘻地钻进宝马，眨眼间消失得无影无踪。老马问小马：她来这一趟，就为送这些东西？小马以实相告。

何花说：东东，这不就是给有钱人唱堂会吗？不能干。

马东东说：妈，您的看法需要纠正。你们过去到矿山给工人演出，到朝鲜前线坑道口给志愿军演出，到田间地头为农民演出，和我们现在为企业家演出，不是一样吗？

何花说：你糊涂！我们那是为工农兵服务，你们是为资本家服务。

马东东笑：资本家有什么不好？人家能把资本玩转，钱能生钱，人家就成了专家，和科学家、作家、音乐家、歌唱家一样应该受到尊重嘛！中国再多一些资本家，每年经济增长就会保证两位数，就会有可持续发展，就会给农民工和大学毕业生提供更多的就业机会。过去我们把许多名词搞臭，不公平。提起资本家，就是剥削，提起地主，就是半夜鸡叫。其实，当个地主，是数千年中国农民的梦想。哪个农民不想当土地的主人？就怕当不上！

老马插言：你什么时候学会这么狡辩？

何花接上：是啊，你是狡辩！说来说去，资本家不代表人民！

马东东又笑了：妈妈，我不是党员，还知道我党的"三个代表"，其中就有代表"先进生产力"的企业家。您这位有几十年党龄的老党员，肯定能深刻领会"三个代表"吧？

何花愣住了。她是曾经看到过有关"三个代表"的学习材料，只是当时忙于事务，没怎么学习，也不求甚解。看来有必要找出那些材料，再翻翻。但是，她感情上总是觉得马东东是去"唱堂会"。她讲道理讲不过儿子，就来硬的：东东，我听说，你要去的是个藏污纳垢的场所，你还是不要玷污了文工团的牌子！

马东东说：妈妈，您又忘了，我们已经不是文工团，我们是歌舞话剧团。牌子新着呢，不脏。

马东东是现任团长，他想做的事，老团长何花无法阻拦。无奈，何花去书房翻找有关"三个代表"的学习材料去了。

庞天明的企业家会所在一个优雅安静的休闲胜地。这里原来是一片坑坑洼洼的荒地，布满了黄土包和臭水坑，荒草遍地，蚊蝇滋生。一个开发商看中了这个地方，买下来开发，修了高尔夫球场，栽树修渠，盖起漂亮的别墅，打了围墙。很快就把有钱人吸引过来。庞天明就在这里买了一栋别墅，搞起了一个会所。

这天晚上，庞天明派专车把马东东的人接来了。马东东为了应对这类活动，专门精心打造了一个精干的民乐队。他知道，这些所谓的企业家，对西洋音乐大都不感兴趣，所以就来民乐队。他的民乐队，男女演奏员各半，全是俊男美女，服装也很讲究。按红男绿女的说法，男的穿中式大红对襟长袖衫，胸前机绣对金龙；女的穿翠绿短袖过膝旗袍，胸前机绣双彩凤。演员挑选年轻貌美的小姑娘，唱得不一定很好，但要会陪酒，还能放得开。具有这样条件的演员，团里多得很，这些小姑娘都愿意跟着团长经风雨见世面。马东东为了搞平衡，就让她们轮流出征。

其实，庞天明的会所并非像何花想的那样藏污纳垢。企业家大部分都是艰苦创业以后经营起来，如履薄冰。个别想寻求特殊刺激的也是去夜总会之类的场所，去那里挥霍无度、骄奢淫逸的，大多是什么"富二代"。庞天明的会所是比较规矩的，会员不仅是企业家，还有达官贵人、各界名流等。会员到会所来，绝不仅仅是为了吃喝玩乐，他们来到这里，通过休闲、娱乐、养生、健身、聚餐、品茗，招待客人，联系业务，结交朋友，积攒人脉，获取信息。会所里，不仅有豪华的餐厅、舞厅，还有健身房、按摩室、棋牌室、练歌房、游戏厅等。

马东东他们来时，企业家们大部分已经把主要的目的达到了，剩下的就是休闲、娱乐、聚餐。

聚餐开始前，民乐队先演奏几首热烈欢快的曲子，以烘托出令人喜悦的氛围。聚餐开始，大家都很随意，酒过三巡，该马东东带来的陪酒姑娘献艺了。身旁"艺名"叫阿香的美女站起来，微启樱唇，柔声软语道：诸位尊贵的老总，今天晚上，在这欢聚喜庆的时刻，请允许我，小女子阿香，借花献佛，为劳苦功高的企业家表演"源远流长"。献丑了！

那仙女般美丽的阿香举起右手，让大家观赏。看吧，五指尖尖，细如春笋白如葱。手背细腻光柔，手心掌纹明晰可辨，那事业线通畅，生命线粗壮，爱情线绵长，好一个福禄寿三全的上上手相！五指美甲上有五个美人脸谱，甚是惹眼。这手，简直比专业手模特更模特！是的，表演"源远流长"的绝技，就看这巧夺天工的美手了。

那阿香把餐桌上的四只小巧玲珑的高脚玻璃杯倒扣起来，排成一排，她右手掌心向上，张开五指，如五齿银叉，猛然叉住四只酒杯，离开桌面。阿香让大家看到，此时四只倒扣的酒杯已经牢牢夹在四个指缝之中。她稍微停了几秒钟，然后右手划了一个优美的弧线，忽然一个翻掌，四只酒杯全部杯口朝上了。

阿香左手拿一瓶高级进口葡萄酒，慢慢地依次往四只杯中倒酒。她把每一只杯子都倒得很满。按物理学的原理，液体可以略高出其容器而不外溢。大家都看到了，阿香给每个杯子倒的玫瑰色美酒都已经高过杯口，液面鼓鼓的，可是那四只酒杯纹丝不动，液面静如止水，滴酒不洒！大家不禁暗自赞叹。

阿香说：诸位老总请看，"源远流长"开始了！

阿香慢慢把右手飘移至嘴边，把拇指与食指间的酒杯置于红唇，然后，慢慢抬高小指，慢慢抬高，再慢慢抬高。啊，小指与无名指之间杯中的琼浆玉液，开始伸出一缕玫瑰丝线，稳稳准准地进入无名指与中指间的酒杯，同时，无名指与中指间的酒杯，也有一丝玫瑰细流注入中指与食指间的酒杯。那涓涓细流依次前行，毫无悬念地流进阿香微启的樱口之中。"源远流长"，此之谓也！

就在阿香开始表演"源远流长"的同时，乐队也开始演奏一首中国古典名曲，一位男演员开始朗诵李白的诗：

日照香炉生紫烟，

遥看瀑布挂前川。

飞流直下三千尺，

疑是银河落九天。

阿香表演完"源远流长"，诗朗诵正好结束。阿香再来一个优美的划弧翻掌，四只酒杯口朝下，滴酒不见！

老总们热烈鼓掌。

聚餐的压轴是一个饮酒的互动游戏，叫"高山流水"，就是由老总把酒倒入敬酒女郎的嘴里。既然是游戏，就得有游戏规则，使其有一定难度，还要奖罚分明。游戏的主角是马东东带来的"艺名"叫阿莲的美女演员。为什么"艺名"总有"阿"？因为"阿"是元音字母的单音节字，出口顺畅响亮，嫩，又有亲切感。

阿莲站起来，阿香端一托盘，上置琼浆玉液一瓶，紧跟其后。阿莲开始给第一位老总敬酒。她拿起老总面前的酒杯，让阿香将酒斟满，然后接过来敬请老总饮酒。老总说自己一向滴酒不沾，不喝。那好，阿莲责无旁贷，开始表演"高山流水"。阿莲右手将这杯酒举过自己头顶，以左手遮口，俏面微仰，那酒形成一股细流，全部准确地进入阿莲口中，一点不洒。众人鼓掌。为什么要以手遮口？因为我国古人饮酒就是以袖遮面，免得有失儒雅，给人以"牛饮"之感。阿莲饮毕，将那酒杯倒扣于托盘之上。阿莲代老总饮酒，老总拒饮失礼，就得"敬酒不吃吃罚酒"，没收其酒杯。此酒杯折合一千元，作为阿莲代饮的酬劳，餐后以酒杯结账。

两位美女站到了第二位老总面前，举杯敬酒。老总很干脆，接杯一饮而尽。按规定，老总该回敬阿莲了。那他就要与阿莲互动，共演"高山流水"。老总跃跃欲试。他举杯试了试，笑一笑，摇摇头。其实，阿莲是做了充分准备的。她在身上和头发上喷了香水，又提前服了冷香丸，所以，她满身飘香，连呼出的气都是香的。她的个子本来就高，她又特意穿了高跟鞋。这样，她香气袭人，首先就让男人神魂飘忽，心猿意马，做"高山流水"很难成功。个子高，也会对男人形成心理压力，操作起来也不方便。这位老总的个子比阿莲还要矮一点，他信心不足，但是，一杯酒已经接在手上，势在必行。他没有把酒杯举高，而是直接把酒倒进阿莲嘴里。游戏规定，高度不够，做违规处理，收其酒杯，罚款一千元。

第三位老总倒是勇敢，也按规定做了，但是技术不佳，酒洒在阿莲的脸上，致使美女花容失色。此老总的"高山流水"视为失败，罚酒三杯，收其酒杯，罚款一千元。

第四位老总，个子很高，风流倜傥。阿莲有意让他成功，特意配合。她把脸仰得更合适一些，樱口开得再大一些，皓齿半露，香舌隐约，给这位老总充分创造条件。果然，第四位老总的"高山流水"成功了。阿莲和他共饮"交杯酒"，以示奖励。真个是奖罚分明。

"高山流水"游戏结束，节目表演开始。马东东带来的节目多为短小精悍，既有流行歌曲，也有怀旧"文革"时期的歌曲，因为这里的企业家大部分是从那个时代走过来的。接着演了一出二人转《送媳妇回娘家》，似黄非黄擦边球。

压轴戏是钢管舞表演，属于与国际接轨的进口玩意儿。钢管舞，一般人总认为是脱衣舞。其实，现在国内许多白领丽人已经把钢管舞引进家庭，作为每日锻炼美体的必修课，与黄色不搭界。马东东带来的钢管舞就比较健康，是经过他严格审查的。

那钢管舞女演员一出场，立即使现场为之一震。她几个舞蹈动作之后，一下甩去披风。啊，她没穿衣服？这不是脱衣舞吗？不必惊慌，响当当的省歌舞话剧团是严格把握分寸的。你看似裸体，实际上，那女演员除了双手和脖子以上的部分，其他绝无一平方厘米的裸露。她穿的是薄如蝉翼的特制肉色表演服。当然，你如果愿意把她看成裸体舞娘，那是你的自由。正像面对安格尔的油画《泉》，有人把它作为艺术品欣赏，有人把它当成光屁股女人来意淫。

女演员眼呈丹凤，目光勾魂。双唇丰厚，嚅动撩人。一头黑瀑，随动作潇洒飘逸，使姣好的面庞忽隐忽现，令人浮想联翩。企业家们被震住了，似乎魂不守舍，眼珠子变成了手，争相抚摸舞者的玉体。十分钟的钢管舞表演，时间够长了，要知道，这种表演是很累人的。但是，观者似乎还没有看清楚，表演就结束了。静场若干秒之后，忽然爆发出震耳欲聋的掌声。

出征告捷，马团长率众回团。他还要开个总结会，好的表扬，不好的诚勉。立竿见影，把每个人该得的当场兑现。把这一切处理完，马东东已经筋疲力尽。他拖着快散架的身子走出大楼，仰面四望，啊，此时已是车水岸晓风残月！

马东东不由得咒骂：CTMD，我这还是正经的歌舞话剧团吗？这个团长有什么干头！

部队老文工团的李其初协理员因"胡风问题"获罪，多亏马副司令帮助，才得以去一个中学教书。他平反后，到一家出版社工作。离休后，半身瘫痪，寂寞之中，不免思念老战友，就派儿子李进来看望马副司令和何花。李进就此认识了马东东和马北北。

李进混得不错，成了不大不小的老板。他和马东东年龄相仿，父辈又是老战友，所以两人很快热乎起来。

这天，适逢周末，李进邀请马东东去"天外天"玩玩，放松一下。马东东对"天外天"早有耳闻，知道那是个有名的高级夜总会，奢靡的销金窟。所以，他不想去。

李进说：大江东去，人生几何！去见识见识有何不可？

李进告诉马东东，"天外天"一般人是进不去的。那地方十分隐秘，而且戒备森严，你坐的车达不到一定的档次，根本就进不去。

"天外天"的服务很特别，分"跪""坐""躺"三种。"跪"就是服务生全部实行跪式服务，还要求"举案齐眉"。这样就让被服务者感到身份无上尊贵。服务生绝对与性无关，她们年轻漂亮，气质高雅，有不少是在校学习的大学生。她们来打工，一次小费至少五百元，多则上千元。"坐"就是坐台，陪酒、陪唱。"天外天"对坐台小姐的要求很高，不仅容貌出众，气质非凡，而且还要能喝会唱，琴棋书画，无所不知，古今中外，无所不晓。坐台只坐"素台"，绝不"出台"。她们一般也与性远离。客人与她们的肌肤接触，以腰带为"三八线"，"三八线"以下为禁区。她们的收入一是小费，二是酒水提成，三是损坏提成，也就是包房里的所有东西，客人损坏的赔偿，她们可以提成。所以，她们比服务生的收入高得多。所谓"躺"，不言自明。她们也坐台，一旦客人有特殊需求，她们可以出台，是为"花台"。"天外天"小姐的出台费很高，至少要上万元。但是，"天外天"不允许在他的场所有性活动，客人需自寻去处。所以，去"天外天"休闲，基本上还是安全的。

马东东听李进这么一介绍，也就同意去"天外天"看看。两人来到地方，要了一楼一个包房。妈咪立即领来六位小姐走台。所谓"走台"，就是让小姐亮相，由客人挑选。

哪知道，六位走台小姐一进来，马东东突然傻眼了。他发现，进来的六位小姐中，竟然有两位是他歌舞话剧团的舞蹈演员！六位小姐各自报"艺名"，那自称阿娟、阿秀的两位，就是他马东东的团员。这两人面貌和身材都很好，但缺乏才气，只能伴舞，所以收入没有其他演员高。马东东也曾经听说，本团有人去夜总会当小姐，还不相信。现在，眼见为实，令他极为痛心。哎呀，我的高雅的艺术殿堂，现在都成什么啦！

那自称阿娟、阿秀的两位，当然也看到了马团长。她们想不到，马团长这么衣冠楚楚的正人君子，竟然也到这样的地方来。但是，事已至此，也无可奈何，只能装作互不相识。

在六位走台的小姐中，阿娟、阿秀两位肯定是最为出色的。那不明就里的李进倒是眼光高，一眼就看中了阿娟、阿秀，让她俩留下来，其他的走人。马东东本来是不愿留阿娟、阿秀的，有她俩在这里，会很尴尬。但是，人家李进为消费埋单，人家选的人，马东东不能干涉，所以他只好默认现状，见机行事。

李进留下两位小姐，本来是要"一对一"服务的，可是，马东东身为团长，哪能让自己的团员为自己服务！所以，他就抛开阿娟、阿秀，单独和一个服务生闲聊。原来，这个服务生是大三的学生，学习美术的。她家境困难，曾当过家教，也曾为老师当过裸体绘画模特。最近父亲患病，急需用钱，万般无奈，她才经同学介绍，来到这里。她觉得，虽然跪式服务有些屈辱，但比当人体模特挣钱多得多，所以就坚持下来了。她说，这里虽然名声不佳，但只要洁身自爱，能挣到钱，还是可以的。她学的是油画，打算在这里多挣一些钱，毕业后，去西欧各国游学，亲眼看一看那些油画大师的不朽作品。

马东东甚是感慨，觉得这女孩真可谓出淤泥而不染。她就是狂风暴雨中的一朵小花，但愿她能如愿绽放。马东东给了这女孩一千元小费。女孩以为马东东是什么腰缠万贯的大老板，也就欣然接受，然后退出包房，站在门外听候召唤。

马东东看着自己的两个团员和李进饮酒嬉笑，顿时感慨万千，真是痛心疾首。他为这俩女孩子惋惜。她们作为舞蹈演员，身体条件是不错的，这样的女孩在团里不少，马东东也想给她们继续深造、不断提升艺术水平的机会。但是，团里太穷，连报销医疗费都困难，他是心有余而力不足。他为她们惋惜。他知道，她们现在只能跳集体舞或伴舞，在艺术的道上，不会再有更好的发展。天地难老，人生易逝，岁月无情，青春转眼不再，这两个女孩的艺术生命很快就要终结。今后她们也许会傍大款，当小三，或者嫁个如意郎君，但都与艺术无缘了。马东东为她们难过，但也能理解她们。现在的女孩，大都爱虚荣，不富偏要炫富，要什么宝马车、普拉达包、香奈儿化妆品等。歌舞话剧团不能让她们挣更多的钱，她们的欲望得不到满足，就自寻门路了。这与艺术无关。马东东自问，艺术在哪里？当艺术成了金钱的妓女的时候，还有艺术吗？

李进喊：哎，东东，你发什么呆？两位美女，你我一人享受一个。花钱消费，别误了大好春光。

李进一边一个小姐，似有飘飘欲仙之态。马东东一看，李进正往阿娟、阿秀乳沟里塞几张有着暧昧意味的粉红色人民币。他心中一阵刺痛，不由得皱眉道：哎，你多大啦，她们都是孩子！

李进奇怪地说：嗬，怪了，来到这里，就是花钱买快乐。小姐高兴我高兴。双赢。你看，她们笑得多让人动心！

马东东说：那你高兴吧，对不起，我告辞了！

马东东要走，李进起身拉住他。阿娟、阿秀忙说，要不我们唱歌吧，来唱歌！

李进笑道：对对对，我知道你老哥是大团长，热爱艺术。好好，我们就唱歌。

阿娟、阿秀急忙调整好音响，选一首流行歌曲。阿娟拿起麦克风唱起来。李进把马东东按坐在沙发上，听阿娟唱歌。阿秀则给他们两人倒酒水。李进对流行歌曲不感兴趣，让阿秀选了一张怀旧歌碟放进机子里。画面出现，李进拿过麦克风，大声唱起来。他唱的大多是"文革"时的歌曲。他摇头晃脑地唱着《抬头望见北斗星》，感情充沛，好像很投入。马东东也好像回到那火红的岁月，受到感染，似乎年轻了几十岁。他也跟着唱。阿娟、阿秀的任务本来就是陪酒、陪唱，当然又是唱歌，又是倒酒水。一时间，包房里激情四射，热闹非凡。

忽然，马东东不小心打烂了一只茶杯。阿秀随口说：这杯子要赔偿五十元呢。

李进说：管它，一百元又如何？我赔就是了。

马东东说：不对，这明明是黑社会的敲诈嘛！他喊门口的服务生：去把你们的领班叫来。

领班来了。马东东问：一只茶杯赔多少钱？

领班说：一百元。

马东东生气地说：不是五十元吗？怎么成一百了？

领班说：你要是叫经理来，就是五百元了。

马东东气极，就说：那好，就叫你们经理来。

楼层经理来了。马东东问：一只茶杯到底要赔多少钱？

楼层经理说：五百元。

马东东大声道：岂有此理！你们这黑社会也太黑了吧！明目张胆地敲诈嘛！

楼层经理说：我们不是黑社会，我们是红社会。我们头上有把大大的红伞，红得发紫。

马东东吼道：什么大红伞？多大？我是团长，我爹是副司令！

楼层经理知道，大凡来这第一层消费的人，一般都是些暴发户、土老财，有钱而没有什么过硬的背景，所以就放肆地说：什么团长、师长、副司令，见的多了。我还是副司令他爹呢！

马东东忍无可忍，失去理智，立马给了楼层经理一个掏心拳。楼层经理趔趄几步，大喊：你小子胆大包天，还敢在这撒野，来人！

一眨眼，几个凶神恶煞的壮汉跑了过来。把包房围了个严。

李进怕把事情闹大，赶快息事宁人地说：对不起！对不起！我这兄弟喝多了，多有得罪。赔多少？我赔，我赔。

那楼层经理冷笑道：赔吧，十万元摆平。

李进傻眼了，知道事情难缠，但不知如何解决。

就在李进和那楼层经理交涉之际，马东东赶紧打了个电话，简要讲了事情经过，让对方赶快想办法到"天外天"一楼"救人"。

那楼层经理正和李进纠缠不休，几个壮汉虎视眈眈，摆出要吃人的架势，十几个警察忽然闯进来，为首的大喊：干什么？干什么？聚众闹事，破坏安定团结，是不是？带走！统统带走！

那几个壮汉见势不妙，早已溜之大吉。十几个警察一拥而上，把楼层经理塞进一辆车里，把马东东、李进塞进另一辆车里。汽车排气管放出几个冒烟的响屁，把"天外天"扔在后面，越来越远。

当然，那楼层经理在车里被训斥一顿，半道上就放掉了。而马东东和李进则被一直护送到挂着"省歌舞话剧团"大牌子的楼前。

李进问：是谁出手帮忙？

马东东说：公安局长何昊天，过去我爸警卫员的儿子。

李进说：好！铁！啥时候给引见一下？

马东东说：看来你是无孔不钻啊！等着吧。

以后，马东东好几天都不想上班，说是病了，其实是烦。他真的不想干这个狗屁团长了，干吗呢？俩眼一睁，忙到熄灯，还不是给别人做嫁衣裳！他又翻出《警魂》剧本，想把它再打磨一番，找个刊物发表，这才是真家伙！《警魂》是主旋律作品，公安局、组织部、宣传部、总工会、教育局等单位都包了场，所以，演出场次不少。但是，演过了也就过去了，好像什么也没有了。只有剧本发表，才能证明你的存在，才是最真格的东西。

第十四章

白露已过，暑气渐消。赵梦桃还在招聘的大海里搏击。她知道，靠半拉子剧本《警魂》进歌舞话剧团的美梦该醒了，如果说，她改编《警魂》时的热情是 101 摄氏度，那现在只有零下 1 摄氏度了。她已经完全把那个东西抛开，一心一意跑招聘会。

今天的招聘会人照样很多，外面虽然已经少了暑气，但招聘会上仍是汗臭味泛滥。赵梦桃拜访了好几家招聘摊儿，都没有什么希望。眼看时至中午，早晨喝的半碗豆浆已经变成汗液排出，肚子咕咕发出抗议。赵梦桃对自己说：坚持一下，再试一家，就一家。这一家是"百雁"房地产开发公司，摊儿上有三个人。

赵梦桃想，房地产开发公司和我这个学编剧的能有什么缘分吗？管它呢，试一试再说，也许人家需要一个文秘什么的，也未可知。反正已经失败若干次了，再失败一次又如何！于是，赵梦桃不怀任何希望地把自己的简历递给坐在中间的那个约五十来岁的招聘者。那人接过简历，随意瞟了一眼，然后，眼光在赵梦桃脸上起码滞留了两分钟。赵梦桃感到奇怪，难道自己的脸上有什么毛病？

那招聘者问：你叫赵梦桃？

赵梦桃笑着点头：那不是写着的嘛。

招聘者又问：你的父母叫什么？

赵梦桃不怎么高兴，觉得此人问的不够礼貌。她和许多招聘者打过交道，没有一家问过她父母亲名字的。所以，她就不大客气地说：请问，是我个人求职，和我父母有什么关系吗？

招聘者忙解释：啊，是这样，我们公司很重视员工福利，每遇重大节日，都要给员工的父母发送慰问信和礼品，所以就要了解一下。

赵梦桃点头道：原来是这样。我父亲已经去世，母亲叫白菊。

赵梦桃看到，中间那招聘者的表情变化很快，说不上他内心是怎么想的，但可以肯定，他脑子里瞬间转了不少弯儿。

中间那招聘者说：我们公司需要一位文员，你如果愿意搞文秘工作，我们就决定录用你，并可以马上签约。

赵梦桃真的不敢相信，今天这事会如此顺利。抱着希望的总是失望，没抱希望的反而达到愿望。这世界上的事儿可真难说。她当然喜不自禁，忙说：可以，我愿意搞文秘。

中间那招聘者让两边的助手立即与赵梦桃办了相关手续。事妥，中间那人说：你如果有私事要办，晚几天来上班也可以。比方说，陪你的妈妈出去买点东西、散散心什么的。

赵梦桃离开招聘会，脚步轻松得简直要飞起来。啊，多少天没有这么畅快过了。忽然，手机响了，是马北北打来的，约她到"雅宾楼"吃午饭。嗨，这真是好事成双啊，肚子正抗议呢，就有人请吃饭。反正和马北北也算熟人了，不吃白不吃。于是，赵梦桃趁着高兴劲儿，兴冲冲地去了雅宾楼。她按马北北说的，找到一个叫"藏春阁"的包间门口。

漂亮的女服务员极为礼貌地说：请问，是赵梦桃小姐吗？

赵梦桃说：是啊。

服务员赶紧引导赵梦桃进房入座。可是，雅间空无一人。赵梦桃心想，这个马北北，不知请几个人，要是就两人，吃个午饭要这么大的包间，也太奢侈了吧！赵梦桃坐定不久，忽然有人捧着一束鲜艳带露的红玫瑰进来说：请问，您是赵梦桃小姐吗？

赵梦桃点点头。那人递上鲜花说：这是有人送给您的。

送花人退出。赵梦桃从花束中抽出一个精致的信封，再抽出信纸。

尊贵的赵梦桃小姐：

我的女神，我爱你！

马北北

赵梦桃蒙了，她想不到，家境优越、身为政府处长的马北北会爱上她这个如水上浮萍、到处找工作的小女子。她一时间激情翻滚，思绪逐浪。说实在的，她对马北北印象不错，但是，还谈不上有什么感情。在此之前，她的爱的伊甸园基本上是密封的。现在既然有人在敲伊甸园的门，她就不能不有所回应。不小了，该考虑一下了。至于马北北的求爱，她还是心存疑虑，她怀疑马北北是纨绔子弟，有可能在玩弄她的感情。但是，如果他是真心的呢？那岂不是丧失了一次机会！赵梦桃从小家境就不好，她考虑问题很实际，绝不好高骛远。正在她胡思乱想的时候，马北北进来了。

马北北笑对赵梦桃说：怎么？感到很突然，是吧？其实，你在我家修改剧本的时候，我就已经爱上了你，我真正体会到了什么叫一见钟情。不过当时怕吓住你，我没敢表示。

赵梦桃说：你还是吓住我了。

马北北说：不要怕，我不是狼，绝对不会吃了你。

赵梦桃调侃道：如果是一只披着羊皮的狼呢？

马北北笑道：你可以用猎枪打呀！

赵梦桃说：如果真是一只好山羊呢？所以，我需要时间来验证。

马北北心中不禁暗暗称奇，这姑娘别看年龄不大，倒还真沉着老练。就说：据说，地球的末日快到了，请你给我一点时间，让我打造我们的诺亚方舟。

赵梦桃笑：好了，马处长，其他的事以后有时间再谈，我早上只喝了一碗豆浆。

马北北赶紧吩咐服务员上菜。吃饭间，马北北告诉赵梦桃，他已经给她联系到一家广告公司，如果她愿意，明天就可以去上班。赵梦桃捂着嘴笑。

马北北奇怪：请问，有什么不对吗？

赵梦桃告诉马北北：我刚刚和一家公司签了约，是搞文秘，也是明天就可以上班。我觉得，搞文秘对我来说，更适合一点。

马北北自嘲道：看来我这殷勤献的不是时候。

赵梦桃去"百雁"房地产开发公司上班前，陪妈妈逛了一天商场，游了一天公园。她对妈妈说：我看公司那个小头头挺有意思。他说公司不仅关心员工，还关心员工家长，特意问了家长的名字。他说，公司以中国传统道德为核心价值观。妈妈，我觉得他们的想法不错。

白菊说：我不管他是什么价值观，只要我女儿在那里工作满意，我就放心了。

赵梦桃第一天到公司上班前，觉得要给人一个好印象，不能素面朝天，就略微化了点妆。头发呢，还是散的好，扎个马尾总给人不成熟的感觉。到了公司，年龄三十左右的办公室主任接待了她。女主任告诉赵梦桃，原来王总的秘书已另有任用，她的任务就是做王总的秘书。主任特意交代了工作应注意的事项以后说：好了，王总就在里面，你进去吧，看王总有什么吩咐。

赵梦桃有点忐忑不安地进到里间总经理办公室，她看见，在豪华办公桌后坐着的，竟然是那天招聘会上接待她的那个五十多岁的人！原来，他并不是她猜想的什么小头头，而是公司的老总。赵梦桃想，她是老总亲自选的，看来这是个好兆头。嗯，王总看来没架子。她略显拘束地站在办公桌前说：王总，我来上班了。

王总很和蔼地点点头说：好，好。坐吧。

赵梦桃就坐在王总对面，准备聆听他的指示。王总笑眯眯地看着赵梦桃，像欣赏一件艺术品，好久不说一句话。赵梦桃不知道自己是否做错了什么，心里像有几十个小老鼠在乱窜。

王总终于说话了：梦桃，我觉得，一个小女孩，不施粉黛比化妆好，扎马尾巴比散开了好。你说呢？

王总叫她梦桃，使她有一种异样的感觉。看来王总很注重员工的仪表，今后得注意。她说：是的，我可以扎起来。说着，她立即掏出皮筋，三下两下，很利索地就把马尾巴扎好了，还不失俏皮地一笑道：您看，这样可以吧？

王总满意地微笑着点点头。赵梦桃以为王总该谈工作的事了，可是，他却又扯开了别的：梦桃，你来上班前的几天，是不是陪你的妈妈出去玩一玩了？

赵梦桃当然以实相告。

王总看来很高兴，一连说了很多话。他说：好，好，就应该这样。我一向要求我的员工要有家的观念，把公司当成自己的家。公司有钱赚，员工才能多拿钱。对不对？你是为公司干，归根结底你还是为自己家干。对不对？所以，你就要爱家。爱国爱家爱国家。国家，国家，国和家是密不可分的，不能想象，一个不爱家的人会爱国。对不对？你为你的家努力工作，大家的家都富了，国家也就富了。小河有水大河才会满嘛，对不对？你要对你的家做贡献，不要忘记你的父母。他们是你生命的源头，也是你的家的源头。对不对？公司凡是来了新员工，我都要给他们讲这个道理。好了，为了公司，也为了你的家，为了你和你的父母，好好干吧。至于工作上的事，按办公室主任说的干就行了，慢慢来。

王总说话间，问了好几个对不对，赵梦桃只能不停地点头。她离开王总办公室还在想，这个老总还真有点人情味儿。

赵梦桃回家把她第一天上班的情况仔仔细细给妈妈讲了，还添加了一些自己的观点和评论。

白菊说：碰到一个好老板，是你的运气，处处小心，好好干吧。

赵梦桃上了一个礼拜的班，就按妈妈说的"好好干"，努力工作，不敢稍有懈怠。其实，她觉得，王总的秘书还是比较好干的，基本上都是一些琐碎的事务性工作。而一些工作，王总根本就不让她做，他自己就做了。开始，赵梦桃还以为，王总怕她是新手，干不好。后来，她发现，并不是那回事。

比方说，按办公室主任交代，赵梦桃应该在王总上午上班半个小时后，给王总送上一杯热咖啡。但是，王总还没有等赵梦桃去端咖啡，他自己就端来了，而且端的不是一杯，是两杯。他自己留一杯，给赵梦桃一杯。

赵梦桃以为自己做错了什么，王总才故意这样，那意思似乎就是，让你看看，是你伺候我还是我伺候你！她不知所措，急忙接过咖啡说：王总，我做得不对请您批评指教，您的这种批评方式……

赵梦桃由于心慌意乱，接咖啡时不小心把咖啡洒到王总身上，自己胸前也洒了一点。赵梦桃更害怕了，以为搞脏了王总的高级西服，一定会挨一顿训斥。想不到王总不但不责备她，反而赶快擦她的衣服。赵梦桃歉疚地说：王总，真是对不起！您看我毛手毛脚的，把您的衣服都搞脏了。我拿去洗衣店给您洗一下。

王总笑道：没事，没事。其实，一个人喝咖啡是很烦闷的。人常说，喜酒闷茶无聊的烟，就是这个意思。两人喝咖啡就不一样了，可以一边品味，一边聊天，很有趣的。我喜欢和谐。你以后冲咖啡，就一次两杯。

以后，赵梦桃就按王总的吩咐，上午一上班，就先冲两杯咖啡，一杯献给王总，一杯留给自己。两人一边品咖啡，一边谈工作，有时也闲聊。比如，王总会随意地问赵梦桃，你昨晚吃什么饭，你妈妈会烧什么拿手菜，等等。这样，赵梦桃就不再有什么压力。

有一次，赵梦桃不小心碰碎了一只玻璃杯，咖啡倒在王总的办公桌上，地下是玻璃碎片。赵梦桃急忙打扫玻璃碎片，手割破流了点血。王总急得不得了，赶紧掏出自己的手绢给赵梦桃包手。这使她很感动。

但是，赵梦桃有时也会产生疑虑。王总为什么会对自己这样？她也曾经听说，有很多男老板打年轻女秘书的鬼主意，就有秘书等于小蜜的说法。难道王总对她有什么图谋不轨？不会，看他那个样子，还是蛮真诚的，眼睛里没有丝毫淫邪的目光。相反，王总还处处保护她。

因为工作需要，王总会经常带赵梦桃出入各种场合，免不了场面上的应酬，而这个时候，年轻貌美的女秘书往往会吃亏。每遇到这种场合，王总就会预先向大家打招呼：诸位，这是我侄女，出来历练历练，请多关照。这样，谁也不会对赵梦桃怎么样。

如果是出差，王总对赵梦桃的关照更是无微不至，晚上，王总经常是先看一遍赵梦桃的房间，嘱咐她夜晚一定关好门窗才离开。王总还会利用出差的机会，带赵梦桃游览名胜古迹。

赵梦桃始终对王总存有戒心，她想不通，王总为什么对她会这样好。说王总爱惜人才？可是，赵梦桃觉得自己并不是那种十分有才气的人。她对自己工作的评价也达不到百分之百。但是，真要说王总对她有什么不良居心，赵梦桃自己也不相信。

赵梦桃并没有把自己的疑虑对妈妈讲。妈妈对赵梦桃当老板的秘书，一开始就不大放心，因为，在她的观念中，年轻女秘书总是和老板不清不白的。妈妈一再告诫赵梦桃，千万要洁身自好，把握住自己，如果发现老板不轨，立即走人。赵梦桃如果给妈妈讲了自己的疑虑，妈妈肯定不让她再干下去。可是，她还真舍不得离开百雁房地产开发公司，也舍不得离开王总。她已经吃够了到处找工作的苦头，再换个单位，还会有这么好的岗位，这么好的老板吗？赵梦桃打定主意，就在百雁干下去，往后自己多加小心就是了。

不久，王总和赵梦桃进行了一次长谈。王总告诉赵梦桃，经过这一段时间的观察，他发现，赵梦桃并不适合搞文秘工作，这有点"大材小用"。他的公司要多元化发展，已经注册了一个文化发展公司，只要与文化有关，不违法并且能赚钱的，都可以干。当然，刚开始，需要打开局面，不赚钱，甚至赔一点钱，也可以试一试，搞点人脉投资。王总说，他发现赵梦桃在文化发展方面，思想活跃，有创意，所以，决定让她担任百雁旗下的文化发展公司经理，并且，派一个有经营管理经验的副经理协助她工作。

王总最后说：你就搞文化创意，具体经营让副经理去抓。我相信你能胜任这个工作。大胆干吧，不要辜负了我对你的信任。你负责的公司就叫梦之桃文化发展公司。

赵梦桃也曾经想过，老当秘书是没有什么发展。现在王总让她搞这个，非常合她的心意。她觉得，她的才能可以在这方面得到充分发挥。她想，王总真是伯乐，发现了她这"千里马"。运气好啊！

赵梦桃终于忍不住了，回到家就把这个"特大喜讯"告诉了妈妈。白菊当然为女儿高兴，但是，她毕竟"过的桥"比女儿"走的路"多。天上会平白无故掉下馅饼？现在还有这么好的事吗？白菊对女儿说：你说的这个伯乐，我倒是很想见一见他。

马东东虽然不想干团长了，但是，他的根还在歌舞话剧团，所以，他还是为团里的发展做了规划。团里的演职员流失严重，稍微有点名气的，或者走穴，或者跳槽。整个歌舞话剧团已经形成了青黄不接、人才断代的局面。马东东召开全团大会，向大家讲了他的打算。要成立一个学员队，招收有表演才能的青少年进来，老同志对学员们进行一对一"传帮带"，希望能让招进来的苗子尽快脱颖而出。等人才，等着摘人家熟了的果子，那是不现实的。老团员也都赞同，纷纷表示，分给的带学员任务一定完成。

广告打出去，很快就有许多喜爱文艺表演的青少年前来报名。为了慎重，马团长把老团长何花也请来参加录用的面试。童灵知道了这件事，把她的"铜铃铃"少儿艺术学校里的尖子生亲自领过来参加考试。何花见到童灵，俩老战友高兴得抱在一起，激动得眼泪都流出来了。

何花对童灵说：你那时办艺校，我还不理解，现在我看出来你办学的意义了。你看，你为咱们培养出多少接班人啊！

童灵说：老团长，我希望你能把我带来的学生多录用几个。这不算走后门吧？

何花笑：什么团长，老战友！考官不是我一个，大家看吧。不过，我相信你的教学水平肯定不会差。

招考学员进行得很顺利。童灵带来的几个尖子学员，凭着严格的训练和扎实的功底被全部录取。其中最突出的就有庞天明的老疙瘩女儿姚天，还有陈丽丽的女儿秦巧巧。

秦巧巧唱民歌声音甜美，把握得好，人也聪明。何花很喜欢秦巧巧，认为她有潜力，今后一定会成为一名优秀的歌唱演员。她知道秦巧巧是陈小妹的外孙女，又是童灵的学生，感情上难免有所偏爱，就拉过秦巧巧对马东东说：我看秦巧巧是棵好苗子，你们最好特别关注一下。

马东东说：底子是不错，不过我看她放不开。搞艺术，放不开就很难有大的发展。

想不到秦巧巧忽然"放开了"，她当着新老两位团长的面竟然敢说：我现在还是学员，哪敢放开？真要放开了，你们可能就受不了，反而会批评我。

马东东很吃惊，心想，这个女孩子，和她妈妈陈丽丽完全不同，她会成为一个什么样的艺术人才呢？

招收学员队的事情办完，马东东松了一口气。他觉得自己又为团里办了一件大事，船到码头车到站，该休息了。拉套的老黄牛也该卸套了。

另外，职称问题也到了头。马东东改编了《警魂》，又创作了几首获奖歌曲，二级作曲的任职年限也够晋升一级了。所以，他顺利地获得了一级作曲的任职资格，也就是说，马东东现在可以名正言顺地被称为马教授了。

金玲在全国性的好几个比赛中获奖，不仅在本省有名，就是在全国也小有名气，她还是个三级演员说不过去，也显得你这个省压制人才，不地道。所以，省艺术系列高评委经过反复讨论，先给她破格评为二级演员，以后，又给她破格评为国家一级演员。

陈丽丽和马东东在学校时，关系就不错，工作后，又在一个单位，关系更进一层。陈丽丽为了获奖，特意请马东东为她创作了一首二胡独奏曲《春满人间》。马东东调动自己所有的艺术细胞，倾心为陈丽丽创作这首二胡曲。陈丽丽果然通过演奏这首曲子，获得了一个全国性的大奖。马东东又以团长的身份，为陈丽丽组织了一场二胡独奏音乐会，影响不错。陈丽丽具有了一级演奏员任职资格，也是教授了。

一切安排妥当，马东东不想再"为他人作嫁衣裳"，就正式辞去团长职务，并郑重推荐国家一级演奏员陈丽丽为团长。经过全团民主评议通过，报组织部门批准，陈丽丽正式被任命为省歌舞话剧团团长。马东东为团艺术总监。

赵梦桃工作一帆风顺，心情很是愉快，而丘比特之箭也频频光顾。那次，马北北向她求爱，她虽然没明确答应，但也没有表示拒绝。也就是说，爱的窗户还是半掩半开着的。马北北自然不会放松，而是加紧进攻。他差不多每天都会给赵梦桃打电话或发短信，总是情意绵绵，令赵梦桃心情愉快。赵梦桃开始喜欢马北北了。

原来，她觉得自己是一个到处找工作的穷"蚁族"，两人相距太远。现在，情况有了变化，距离似乎已经触手可及。是的，作为一个成熟的男人，也有一定的社会地位和社会资源，马北北应该说是不错的。有时候，马北北约赵梦桃去公园度周末，赵梦桃把脑袋靠在马北北的肩膀上，竟然有一种靠得住的感觉。马北北身材高大，气质高雅，稳重大方，言行得体，真的就是赵梦桃心中"白马王子"的形象。赵梦桃实际上已经认可了她和马北北的恋爱关系。

赵梦桃告诉马北北，她现在独立负责一个文化发展公司，正准备开展工作。马北北很为赵梦桃高兴。他对赵梦桃说：你这个公司，要想很快赚钱，就要在演艺圈打开局面。马东东就是本省演艺圈里响当当的人物，他现在虽然不是团长了，但说话还很管用。快去找他吧，正好你们以前两人合作改编过剧本，也是熟人了。

赵梦桃觉得马北北的点子很好，就去拜访马东东。她把梦之桃文化发展公司的事一说，马东东敏锐地感到，这是一件大好事，对赵梦桃的公司和歌舞话剧团都有利。

马东东说：真是士别三日当刮目相看。梦桃，你不简单，现在是大老板了。

赵梦桃笑道：哪儿啊，我不过是个给大老板打工的。

马东东说：不管怎么样，你现在有资金在手，我们有合作空间啊！以前，我们俩改剧本是小合作，现在我们两家可以进行大的合作。

马北北在旁边加油敲边鼓，一会儿说赵梦桃的公司资金雄厚，有信誉；一会儿说歌舞话剧团人才济济，明星大腕云集，在全国都有名气。总之，是要两家合作。

当然，合作的事，还要新任团长陈丽丽点头。陈丽丽是一个适合当领导的人，她在学校学习时就当学生干部。现在当了团领导，当然要好好干一番事业。马东东把赵梦桃介绍给她，两方一拍即合。

陈丽丽信心十足地说：好，先把我们最好的演员、最棒的节目拿出去，走向市场，创出牌子！

剧团这边，有马东东和陈丽丽全力以赴，演职员们也想多挣钱。梦之桃文化发展公司那边，有市场经验丰富的副经理具体运作。两个单位首次合作比较成功，可谓双赢。剧团演职员收入提高了，公司也稍有盈利。

陈丽丽觉得，这样做是为演出市场化闯出了一条路子，今后还要把学员队也带出去，让他们经市场的风雨，见各种舞台的世面。而这些青年演员也不负众望，很快崭露头角。其中，秦巧巧和姚天最为突出。秦巧巧是陈丽丽的女儿，丽丽这个团长自然高兴。

百雁房地产开发公司的王总更是高兴。虽然公司没挣多少钱，但这说明他选择赵梦桃负责文化发展公司的决定是对的。他鼓励赵梦桃：你首战告捷，真的不错！大胆地干吧，开始就是赔一点也没关系，没有百战百胜的将军。

以后，梦之桃文化发展公司就成了省歌舞话剧团进行商业演出的经纪人，两家合作愉快。经过一段时间的历练，秦巧巧和姚天脱颖而出，成了歌坛新秀。

《爱情爱情你在哪里》这部小成本电影很成功，一炮打响，票房收入出乎预料。廖鸿飞回国后拍的第一部电影就这么走红，令他信心十足，想接着再干一场，现在正搜罗剧本。

金玲真是月亮跟着太阳走，借光了。她演电影中的女一号，感动了许多历经爱情磨难的男女，赚了痴情男女的不少眼泪。痴迷的观众对这个端庄秀丽、聪慧贤良的女一号，爱怜交织，怨愤不已。人们出了电影院还在议论女一号。

廖鸿飞调侃金玲：马嫂，你可真把那些有情人骗得够份儿。

金玲也调侃：为了演你这部烂电影，我不知道流了多少冤枉眼泪。

说笑间，更显得他们亲密无间，约定下一部电影还合作。

金玲有钱了，虽然钱不是很多，但是，在省城买一套像样的商品房还是绰绰有余。她早有买房的想法，过去因为囊中羞涩，美好的愿望无法实现。现在，她可以如愿以偿了。

金玲当着全家人的面宣布，她马上就要买一套一百平方米以上的商品房。全家人当然都很高兴。马副司令住的房子是部队分配的，后来，经过房改，他以优惠价格买了下来。这是他们老两口的财产。按说，马东东和金玲一结婚就该搬到文工团的宿舍去。但是，文工团当时住房紧张，就是勉强挤出一间，小两口也不想去住。而需要房子的人很多，何花当时作为团长，也不想为自己的儿子和别人争房。所以，这一拖就拖到现在。

马北北说：我都三十大几了，也谈了对象，结婚也得买房搬出去。可是我买房的钱呢？大概还在梦里吧！

马晓薇惊奇道：啊，好消息，马北北终于有对象了？请问，是谁家姑娘啊？能不能带家来，让我们欣赏欣赏？

马北北说：别跑了题，我们现在谈的是房子的特大问题。一个人解决了，还有两个等待解决。马晓薇你别笑，你不能总当老姑娘，赖在家里不走，你早晚也得想法搬出去。

马晓薇故作可怜苦相哀号：哎哟我的妈呀，我好可怜啊！马北北要把我赶出这个家，我没钱买房啊！

马北北说：你们女人好办，嫁一个大款，有钱有房有车，享福去。

马晓薇说：可是爹妈没有给我一个漂亮的脸蛋，大款不会要我！

何花喊道：好了，好了，不要再胡扯八道！正经点。你们虽然都已经长大成人，但什么时候都是我的孩子，谁愿意住在家里，可以一直住下去。

说真的，何花一听说金玲要买房搬出去，心里就"咯噔"了一下。唉，儿子翅膀硬了，要飞出这个窝，不会再回来了！看起来自己是老了！人老了，就想把儿女作为自己晚年的依靠，留在身边。可是，儿子和媳妇要离开这个家，靠不住了！何花又觉得自己这种想法很可笑，也很自私。据说，小鹰的翅膀一旦会飞，老鹰就会用嘴啄小鹰，硬把它赶出窝去。自己难道还不如鹰？

金玲说：北北，晓薇，你们今后要买房，别担心，我可以支援。

马北北这会儿也扯起正经事：东东你知道吧？赵梦桃的老板就是个大开发商。你可以通过赵梦桃，了解一下行情，最起码，你不会受骗，房子质量也会有保证。

马东东觉得北北的点子不错。于是，他和金玲找到赵梦桃，把要买房的意思讲了，还说了他们的要求。

赵梦桃答应和王总联系一下，让马东东等消息。

赵梦桃办事很上心，第二天，她就通知马东东，王总说，马东东是合作伙伴，今后还会合作，所以给他推荐一处质量过硬、位置最好、精装修的样板房，而且只收成本价。

马东东和金玲两口子当然喜不自禁，立刻前去看房。真的，那房子位置很好，交通便利，闹中取静，环境优美，而且户型和面积都合适。装修虽然达不到百分之百的满意，但基本上还算称心。另外，搞装修费时费精力，还容易受骗，这两口子哪有时间盯着搞装修。现在人家装修好了，倒也省心省力。两人当时决定买下来。

剩下的事，交款啊，办所有手续啊，就是金玲一个人跑了，马东东落得清闲。

不久，金玲把一切手续办妥，又买好家具、卧具、炊具等。一个新家就建成了！真是女人会办事，马东东不用操心，乐当甩手掌柜。

这天晚饭后，金玲对马东东说：走啊，马老爷，咱们去新房！

两口子来到新房，金玲开了门，打开所有的灯。她从包里掏出一套新钥匙，又掏出一个硬皮本，往桌上一摞说：这是你的钥匙，这是房产证。然后，她往新床上大字一躺，喊道：啊！我的新房，你终于属于我了！

金玲躺了有三分钟吧，按照以往的习惯，在这种情况下，马东东就会扑过来，和她亲热一番。可是，今天怎么啦？马东东半天没动静！金玲坐起来一看，嗬，这家伙在看房产证呢。

马东东瓮声瓮气地说：哎，这房产证上就你一个人的名字，是吧？

金玲说：那又怎么样？男人的一半是女人；女人的一半是男人。我的就是你的；你的也是我的。

马东东说：恐怕不这么简单吧？你刚才不是大喊着，"我的新房，你终于属于我了"吗？

金玲一下站起来，皱眉道：我说马东东，你今天故意找碴儿，是不是？房产证上就一个人的名字，我不是有意那么干的。我用我的信用卡交房款，我用我的身份证办手续。我不想麻烦你，所以就有我一个人的名字。这是我的疏忽。你如果不放心，明天我们就去再添上你的名字。

马东东酸味十足地说：我有什么不放心，我有什么资格要求添上我的名字？那是金玲挣的钱买的，我马东东没花一分钱。我没资格。

金玲满心欢喜地来到新家，本来想和马东东在新家来个第二次"洞房花烛之夜"，已经是灯火辉煌了，就等着马东东来个跃马挺枪，想不到会是这样！

金玲感到非常委屈，她真想抱住马东东，捶着他的胸脯大哭一场。但是，她努力忍着眼泪，乞求道：东东，你别再闹了好不好？我求你了！是我的错，我明天就去把我老公的名字添上。对不起了！

马东东说：不要添什么名字了，已是既成事实，再添有什么意思！我只是觉得，作为一个男人没钱买房，却让老婆挣钱买，羞愧！

金玲听马东东这么一说，眼泪再也忍不住，三峡大坝开闸似的一泻而下，她冲过去，一下抱住马东东哭道：东东快别这么说了，你是在用尖刀刺我的心！知道吗？

两个人给家里打了个电话，就留在新房过夜。但是，不管新房有多么新，马东东和金玲再也找不回新的感觉。

马东东有了新房，马北北也有望解决住房问题了。

马北北单位的旧址要拆迁，准备给本单位的职工建经济适用房，这项工作就由马北北负责。马北北把这个好消息告诉了赵梦桃，他觉得，虽然两人还没有到谈婚论嫁的地步，但是，把这样与自己切身利益有关的事告诉赵梦桃，她一定会为他高兴。

赵梦桃一听，果然很感兴趣。不过，赵梦桃和马北北想的不是一回事。赵梦桃说：啊，好啊，我们公司就是搞房地产开发的，希望你们的工程能让我们公司参与开发。

马北北的心一下凉了半截。他想，看来金钱对人的腐蚀真是无孔不入，赵梦桃是多么纯洁的女孩，才接触了几天与经济有关的工作，就对经济这么敏感。他说：按规定，我们的工程要进行招标，你们公司可以来投标，争取中标。

赵梦桃笑道：现在，谁都知道招标是怎么回事。哪家能中标，恐怕决定权就在你这位负责人手里吧？

马北北真不敢相信，从赵梦桃那红润甜美的嘴里，会说出如此充满腐朽臭味的话来。但是，事实就是这么无情。马北北又一想，也难怪她，在当今这样的商品社会，你没有经济头脑，真的很难立足。马北北觉得，赵梦桃的话他是无言以对，只好含糊其词道：其实，事情也不尽然。

第二天，赵梦桃就有了行动。以往，都是马北北约赵梦桃见面，这次相反，是赵梦桃电话主动约马北北：喂，北北，中午十二点，香格里拉酒店，我请你。好吗？

马北北高兴地说：我是受宠若惊啊！梦桃竟然请我吃饭了。

赵梦桃也笑：怎么，我现在好歹也是个经理，吃顿饭的钞票还是有的。来而不往非礼也。你请了我那么多次，我也该有所表示吧！

马北北的心，一下子就热乎起来。有所表示？这个小丫头，要向我表示什么？

马北北怀着满腔的希冀到了香格里拉酒店的一个包间。赵梦桃已经在里面等候，另外还有一个男人。

赵梦桃赶紧站起来介绍：认识一下。这位是马处长。这位是王总。马北北明白了，赵梦桃这个鬼丫头，不是要向他"表示"什么，而是给工程牵线搭桥。马北北老大不高兴，但是他丝毫没有表现出来，而是用"幸会""久仰"之类的废话搪塞一气，各自就座。

当然，马处长绝非等闲之辈，他知道王总的来意，所以，他一坐下，就来了一个封口令：王总，我进餐有个习惯，吃喝就是吃喝，绝对不谈工作。一边吃一边操心工作，多累呀，会得消化不良！而天文地理，休闲旅游，明星八卦，可以增进食欲，多多益善！王总，抱歉！

那王总当然也是满脸堆笑道：马处长高见！我也有同感。我们就是交朋友，交个朋友。

香格里拉酒店的菜很有特色，但是，马处长和王总却觉得味同嚼蜡。赵梦桃倒是吃得津津有味。

因为见过一次面，已经是"朋友"了，所以第二天傍晚，王总就亲自给马处长打电话，约他出来见面。

马处长倒也不客气：王总，对不起，工程招标期间，我们谢绝一切邀请。昨天我是以赵梦桃朋友的身份去的香格里拉。

王总更是老辣，他笑道：对了，马处长，我请你，就是与赵梦桃有关。你也知道，赵梦桃负责的公司，是我的子公司。啊，我们不去饭店，就去星巴克，茶叙，茶叙。

王总把话说到这个地步，马北北就不好再拒绝了。赵梦桃是在王总的手下工作，不能把门关得太死。马北北还是去了星巴克。

王总和马处长就在星巴克茶叙。王总真的对马处长讲了赵梦桃管理梦之桃文化发展公司的事，什么赵梦桃有才能，歌舞话剧团鼎力相助，合作双赢，等等。他一再表示，他非常支持赵梦桃的工作。

马处长是洗耳恭听，不予置评。末了，王总随意拿出一个纸包说：马处长，这里面有梦之桃文化发展公司的发展规划，当然也有我们总公司有关设备、资金、人员和公司资质等材料。马处长有空可以随便翻翻。

马北北回到办公室，随便翻王总给的资料。老实说，他对那些资料不感兴趣。他翻到一个信封，里面有一张银联卡，还写明了密码。马东东收起银联卡，心跳有点加快。下班了，他来到一个自动取款机前，插卡，输入密码，点余额。跳出来的阿拉伯数字让马北北吃一惊。那是六位数。

　　马北北想，应该把银联卡退回去。马北北又想，这与赵梦桃有关吗？真是让人纠结啊！终于，马北北决定，先等一等再说。他把银联卡锁进家里自己的抽屉中。

　　当然，在马处长的主持下，招标工作既公正又透明，百雁房地产开发公司顺利中标。

第十五章

赵梦桃的工作可以说是一帆风顺，但是，她的疑虑始终没有消除。最近发生的一件事，更使她疑窦丛生。

前不久，赵梦桃和王总去参加一个聚会，到会的都是腰缠万贯的大老板，王总只能算是老小。聚餐时，一些老板和王总饮酒，王总酒量不行，可又不愿在那些大老板面前甘拜下风，就勉强和人家对饮。赵梦桃的酒量是不错的，她怕王总喝醉了，就要代王总喝酒。那些男人乐于和一个美女饮酒，就不理王总，专和赵梦桃对饮。他们想不到一个女孩子会有这么好的酒量，结果都醉得东倒西歪，胡言乱语。

赵梦桃勉强支撑，到酒席散时，她也快醉倒了。王总害怕她出事，赶紧扶她回客房，但她全身瘫软，已无力行走，王总就背着她来到客房。王总把她轻轻放到床上，给她脱去鞋袜。此时，她衣着单薄，曲线毕露。王总站在床前看着她，好一会儿没动。

赵梦桃虽然全身瘫软，但是，脑子基本上还是清醒的。女孩子的自卫本能使她意识到，此时此地，王总如果要非礼她，就是最好的机会。她的心不由得猛跳起来。然而，险情并没有发生，王总走了。可是，一会儿，脚步声又过来了，王总又回到了床前。她刚放下的心又悬起来，难道他犹豫了？又想动手了？她把眼睛微微眯出一条缝，她看到，王总正盯着她。啊！王总的脸快趴到她的脸上了！怎么办？她非常紧张，心想，如果王总非礼她，她就要奋力反抗！然而，险情还是没有发生，王总拉过床单给她盖好，然后，脚步声渐远。她听到王总按下门把手上锁钮的声音，接着，关门声传来，一切归于寂静。

王总为什么对她这样好？爱美女？赵梦桃觉得，自己并不是大美女，顶多算小家碧玉。王总爱才女？也不对，公司办公室那个女主任就比她有才。赵梦桃想了好久，也找不到王总对她这么好的充足理由。思虑再三，赵梦桃终于把她进入百雁后，王总对她的种种关照关心关怀，全都讲给妈妈听。

白菊说：我也感到奇怪。我曾经对你说过，我要见一见你们那个王总，你一直没有给我联系，就这两天，你一定要给我联系上。

王总听赵梦桃说，她的妈妈想拜访他，很是高兴地说：好啊，我很愿意和员工的家长交流，欢迎你妈妈来。如果她方便的话，就请她明天上午十一点到中国银行大楼前的小花园里等我。我正好去银行办事，出来会有一些空闲时间。

赵梦桃考虑得很周到，她说：王总，我妈妈不认识你，你也不认识我妈。要不，让我妈妈拿上一张报纸？

王总笑：什么呀，又不是搞地下工作！

赵梦桃也觉得好笑，就说：要不，我先陪着我妈妈等你？

王总说：不用，忙你的事去吧。告诉你妈妈，我穿灰西装。

第二天上午，白菊略加梳洗修饰，十点钟就来到中国银行前的那个小花园里。进出银行的人很多，但大都是行色匆匆，没人在小花园逗留。花园里很干净，郁金香娇嫩，美人蕉火红，玫瑰花鲜艳。白菊坐在条椅上，随意观察着进出银行的人。她忽然觉得，这些人忙忙碌碌的，好像终生辛苦的蚂蚁、勤劳奉献的蜜蜂，到底都是为了什么呢？难道就是为了一个"钱"字？可是，自己一天到晚无所事事，又有什么意义呢？现在，身边唯一的精神寄托——女儿梦桃已经长大独立了，她忽然感到了困惑和孤独。

十一点到了，有一个人走进花园。虽然距离还比较远，但是，白菊从那人走路的姿势就可以断定，他是王岩。白菊的心忽然加快了跳动。她对自己说，干什么呀？这么大岁数了！但是，心脏的跳动似乎不受思想的约束，随着王岩走得越来越近，白菊的心跳得更快了。自从那次她和他在楼外楼大酒店的豪华客房话别之后，她就决心不再和他见面。然而，真是鬼使神差，女儿竟然在他的手下工作了！

白菊顾不得多想，王岩已经来到她面前。他站在她身边，微笑地看着她。白菊抬头看，啊，还是男人禁得起岁月风霜，他几乎还是以前留在她脑海里的那个样子，一点没变。女人是最不禁老的，不知道自己现在老成什么样子了。白菊瞬间思绪如钱塘江的潮水汹涌澎湃，一时间竟然不知道该说什么。她感到一切发生得太突然，令她猝不及防，手足无措。

王岩笑道：来得挺准时。

白菊这才找到话题：大老板都很忙，哪敢不准时。

王岩问：我可以坐在你旁边吗？

白菊不太自然地笑道：坐吧，这椅子不收费。

王岩说：梦桃怕我们两个不认识，出点子，要让你手里拿一张报纸。她哪里知道，我们两人早就是老相——识。王岩本来想说有暧昧意味的"老相好"，但是，话到嘴边，还是改了口。

白菊说：王总，谢谢你对我女儿的多方关照。

王岩说：什么王总，我是你早就认识的王岩。梦桃是我们的女儿，我关心她，是履行一个父亲对亲生女儿应尽的义务。

白菊说：梦桃和我讲过好多你和她的事。你对这孩子的种种好处，反而让她疑虑重重，就是找不到合理的解释。我也曾经猜想过王总就是你，现在终于明白了。

王岩说：我从招聘梦桃进公司那天起，就知道，是大慈大悲的观音菩萨把我的女儿送到我身边来了，我终于可以每天看到我的女儿，享受天伦之乐了。我当时就很想去找你，告诉你这个天大的喜讯。但是，我又觉得，时机还不成熟，就一直和梦桃打哑谜。

白菊说：王岩，这事我们俩知道就行了，你千万别把真相揭穿。现在，在梦桃的心目中，赵超群是她的好爸爸，白菊是她的好妈妈，王岩是她的好老板，都是好形象。你一旦把事情的真相揭穿，她心目中的好形象，顷刻就都会变成坏蛋！

王岩点头道：是的，我也曾多次想过，要把梦桃认作干女儿，但是，现在"干女儿"这个词儿的名声很坏，也就不再考虑。可老是这样下去，我总是心有不甘。每天看着自己的亲骨肉而不敢相认，真的好憋屈！

白菊说：忍着吧，委屈你了。为了孩子，只能这样。

王岩说：不对，还有更好的办法。如果我们两个人结婚，我就是梦桃名正言顺的爸爸。白菊，我们结婚吧！我想不出，我们不能结婚的理由。

白菊不再说话，她那刚刚平静的心又翻腾起来。是的，现在两人是没有不能结婚的理由。她现在感到了寂寞和孤独，真的需要一个贴心男人的陪伴。但是，这么多年过去，王岩还是过去他们在文工团热恋的那个王岩吗？他真的还爱着已经是黄脸婆的白菊吗？要白菊选择向前迈出这一步，是很艰难的。白菊直截了当地问：王岩，老实告诉我，这些年，你有过女人吗？

王岩有些苦涩地笑道：你要知道，一个身体正常的男人，是不能长久没有女人的。否则，他就不是个真正的男人。但是，有过女人和有爱情是两码事。我告诉你，我真正铭心刻骨一直爱着的，只有你白菊一个人！所以，我王岩现在还是单身。

王岩的话让白菊陷入沉思。良久，白菊才说：事情不能来得太突然。不能让梦桃产生疑惑。我们可以把这次见面，作为我们俩往后交往的开头。以后，慢慢发展，什么时候梦桃觉得我们俩合适了，可以走那一步了，自然水到渠成。

王岩觉得白菊说得很有道理，就说：对，就按你说的办。我们两个是不是有缘，决定权在女儿手中。

王岩拉过白菊的手，放在自己的手中抚摸。白菊没有拒绝，她微闭双眼，享受这温馨的抚摸。两人肩并肩坐着，像一对来花园休闲的老夫妻。

此时，太阳正南了，热度很高，晒得人浑身酥软。

何花喜欢陈丽丽的女儿秦巧巧，觉得这孩子乖巧伶俐，天赋优越，有希望成为歌星。马东东觉得秦巧巧虽然自身条件不错，但她身上有一种轻浮狐媚之气，难成大器。

陈丽丽是一个比较传统的人，她对自己的女儿就不满意。秦巧巧爱虚荣，追求名牌，赶时尚。这些都得花钱。陈丽丽收入全靠那点工资，秦巧巧的收入也不高，钱不够花，秦巧巧总是在妈妈面前喊穷。陈丽丽很烦，称巧巧为"小妖女"。

巧巧才不在乎，她说：妖女好啊，女人不妖，男人不爱。女人就是靠妖气俘虏男人。你大家闺秀，你小家碧玉，谁待见你呀？人家日本的女脱星苍老师妖不妖，她来到中国，红遍神州大地，很多大老板都争着一睹芳容，有头有脸的老板还争着熊抱呢！

陈丽丽发现巧巧随身带的包里有高级避孕套，非常生气，斥责道：你一个未婚女孩子，带这个东西干什么？你不要给我走歪门邪道！

秦巧巧做个鬼脸说：妈妈，女孩子带避孕套很有必要，自我防护嘛！万一遇到不可抗拒的坏人，它的作用就大了。妈妈你没有听说吗？人家外国，老师都给初中生发避孕套呢！

陈丽丽气极了，但是也无可奈何，就说：巧巧你就胡折腾吧，你闹出事来我可是不管你！

秦巧巧耍赖道：谁让你是我妈妈呢，当妈妈的就得管女儿。妈，姚天都出唱片了，我也想出。我哪一点不比她强？我长得比她漂亮，身材比她苗条，唱得比她好。她都能出唱片，我为什么不能出？

陈丽丽说：你有一条比不上姚天。她妈妈是大款，有的是钱，想出多少唱片都行。你妈妈穷，一分钱也帮不了你。

秦巧巧不服气地说：我就不信我比不上她姚天！就凭我妈给我的这脸蛋，这身姿，只要我想得到的，一定能够得到！

陈丽丽严肃地说：巧巧，我警告你，不要拿青春美貌当赌注，那会害了你，到时候，你后悔莫及。你不要好高骛远图虚荣，要踏踏实实地在艺术的道路上披荆斩棘，求得进步。艺术上不过硬，你就是出一百张唱片也没有用。谁听你的？谁买你的？白送也没有人要。

秦巧巧根本听不进妈妈的话，她我行我素，开始实施自己的计划。

马北北自从负责建设本单位的经济适用房，就成了红人，成了各色老板追逐的对象。他就是一只角马，有威武的角，健壮的腿，貌似强大，但是，它实际上并没有抵御强敌的能力。每遇到雄狮、猛虎、猎豹，它只有奋起四蹄逃跑的本领，就连极其丑陋的豺狗也敢欺负它。百雁的王总从马北北手里得到了工程。另一个黄总又想从马北北手里得到供货合同了。马北北是唐僧肉，谁都想吃一口。

黄总约马处长去"快乐天堂"休闲。马北北早就听说快乐天堂是和天外天齐名的本市高级夜总会，但是，这两个地方马北北都没有去过。黄总说：我说马处长，你一个大处长，连快乐天堂都没有去过，处长不是白当了？还会落得人家耻笑。放心，所有消费，全由我埋单！

马北北毕竟是政府官员，去这样的地方有所顾忌，犹豫着说：那里安全吗？

黄总笑道：嗨，你不知道吧？快乐天堂的后台老板就是咱们省的这个。他伸出两根指头在马北北面前摇晃，接着说，去那里休闲的多了去了，放心吧！

马北北终于被黄总说动了心，跟着他去了快乐天堂。

快乐天堂的确让人快乐，你一进门，就有站成一排身穿鲜艳旗袍满面春风的迎宾美女让你赏心悦目。接着，就有了如迎皇上般的接待。你选好包间，就进入了梦幻般的温柔之乡。等待你的，就是令你想象不到的享受。你在这里，才能真正理解什么叫花天酒地，什么叫纸醉金迷，什么叫销魂蚀魄。

黄总引领马处长来到一个包间。两人刚一落座，妈咪就领来四位小姐走台。马处长是第一次来到这种场合，不懂其中规矩，一切由黄总安排。黄总问：这四位怎么样？

马处长摇摇头。说实在的，马处长见的美女多了，眼前这几位看似漂亮，实则都很俗气。黄总让妈咪再换几位。另四位小姐又进来了。马处长还是摇头。

妈咪奇怪地问：不知道老总们到底喜欢什么样的？

黄总说：请你们最顶尖的小姐来吧！

妈咪笑道：可以。不过那是我们接待特殊客人的，台费很高……

黄总口气很大：有多高？比长白山还高？不就是钱嘛！快去请来！

不一会儿，妈咪又来了，这回领来的两位小姐果然非同一般，她们不仅仅是貌美，更主要的是气质高雅，举止得体，美中有媚，媚中有昧，昧中有魅。你只需看上一眼，就会神魂激荡，妙不可言。

妈咪看出来了，这位仪表堂堂的人物才是今晚的取款机。她笑嘻嘻地看着马北北，颇有信心地问：这位老总，怎么样？

马处长连连点头，心中的满意毫无遮掩地呈现在脸上。妈咪得意地笑道：看吧，我说呢！她扭着肥硕屁股走了。

留下的两位小姐，分别叫阿紫和阿兰。马处长看中了阿兰。这个阿兰，身材和面貌很像赵梦桃，那嘴特像，不过鲜嫩的嘴唇比赵梦桃的更性感；眼睛也像，不过目光中多了一些狐媚。这就是马北北看中阿兰的缘由。

此时此刻，马北北忽然产生一种不可告人的极其阴暗的心理。他和赵梦桃交往的时间不短了，他对赵梦桃的爱慕是与日俱增。爱一个人，不可能不爱她的身体。马北北对赵梦桃的身体渴慕已久，虽然赵梦桃对马北北也有柔情蜜意，但是，她绝无狐媚之姿，更乏风骚之态。因此，马北北不敢对赵梦桃有什么轻浮的举动，他甚至还不曾亲吻过赵梦桃的芳唇。现在，眼前这个阿兰，酷似赵梦桃。马北北心里暗自把阿兰当作赵梦桃，就可以对她的身体探险，享受耳鬓厮磨、肌肤亲昵的乐趣。是的，马北北就是想如此替代式意淫的。

那阿兰果然不愧为顶尖小姐。她伺候马北北真是风情万种，技艺超群。你要她陪唱，她会唱当前所有的流行歌曲，而且音色甜美，韵味十足，简直比一些当红歌星唱得还好。你要她陪酒，她不仅酒量惊人，而且能表演许多饮酒的花样绝技，什么"银桥渡水""源远流长""高山飞流""凤拜观音"，真让马北北大开眼界，赞叹不已。

马北北当然对面前这个意念中的赵梦桃恣意妄为，满足他渴望已久的欲念。阿兰当然不是等闲之辈，就在马北北情醉神迷的时候，阿兰已经神不知鬼不觉地把一点粉末倒进盛满酒的杯子里，很巧妙地劝马北北一饮而尽。

不久，马北北就感到昏昏沉沉，好像酒醉的样子。他似乎听到赵梦桃说：啊，他醉了，我扶他去休息。

马北北觉得好像坐在一辆凯迪拉克轿车里，旁边就坐着赵梦桃。赵梦桃搂着他的脖子，笑得很幸福。啊，原来两人是结婚了！一对新人入洞房了。两人躺在婚床上了。新郎马北北紧抱新娘赵梦桃。新郎醉吻新娘的芳唇。是醉生梦死吗？马北北什么也不知道了。

马北北醒来的时候，夕阳从窗口射进来，照在马北北的脸上。马北北眯起眼，环视四周。咦，这是什么地方？好像是宾馆的客房。马北北坐起来。奇怪，我怎么会在这个地方？对了，我昨天晚上喝醉了，不知道是阿兰还是黄总把我送到这里来的。不对，醉酒怎么会睡一夜又大半天？这到底是怎么回事？

马北北忽然发现床头柜上有几张彩色打印机打出的照片，啊，那照片真是不堪入目啊！是马北北赤身裸体和一个女子睡在一起的艳照。那女的看不到脸面，但是，马北北的脸面是清清楚楚。马北北这才知道是中了圈套。是谁下的套？黄总？不会，他正有所求，不可能这么做。是阿兰？有可能。马北北还发现一封打印的信：

> 你装醉酒强暴了我，有照片和床上的血为证。我可怜你，不想让你身败名裂。但是，你必须赔偿我的损失。你暂借给我五十万元吧，二十四小时内打入下面的账户。否则，后果严重。放心，我有良心，不会老缠着你，就这一次。

马北北看到洁白的床单上，是有一小片红色的血，真假难辨。不管他马北北是否真的做过什么，反正他是已经掉进了陷阱。这个阿兰，手法一点都不高明，可以说很是拙劣。但是，那毕竟是陷阱，马北北已经掉进去了，想出来就得付出代价。怎么办？告阿兰敲诈？那自己真的要身败名裂了。马北北思前想后，最后决定把这事隐秘地窖藏下来，吃个哑巴亏。幸好还有王总送的银联卡，他还没有想好如何处理，现在只好用它填这个窟窿。

姚天在妈妈的资助下出了一张唱片，但是，好像一片树叶掉进池塘里，几乎没有什么反响，连送人人家都懒得要，人家就算碍着面子接受了，也不会浪费时间听。姚天张罗出唱片时热火朝天，她想不到唱片出来后，会遭受如此冷遇。

但是，姚天出名心切，又盯上了电视歌手大奖赛。她觉得，参加电视歌手大奖赛比出唱片好，可以在电视上露脸，要是能获个什么奖，那出名就快了。姚天了解到评委的组成，就想让妈妈利用她的影响力，走一走门子，必要时也给那些个评委搞点实惠的。

庞天明当然希望老疙瘩女儿出名，但是，对女儿的做法不赞成。她说：干什么都要凭自己的真本事，你总不能一辈子靠在你妈妈身上吧？我已经帮你出了唱片，花了我几十万，全打了水漂。你妈我的钱是好挣的吗？想当初，我就是摆个馒头摊儿……

姚天笑道：啊，亲爱的妈妈，您又要讲"一个馒头起家"的故事，开始忆苦思甜了。饶了我吧，我耳朵都听出茧了。妈妈，您现在帮我投点资，肯定是一本万利的买卖。将来我出了名，像现在好多明星大腕那样，就能挣大钱，我会加倍还您。要那么多钱干什么？当土老财呀？别人知道你是张三还是李四？得想办法出名，妈妈！

庞天明说：我怎么没出名？我是堂堂正正的省政协委员！

姚天捂着嘴笑：哎哟我的妈呀，您还真把那当一回子事！那是什么呀？幼儿园，一人给你发个棒棒糖，坐在小板凳上，乖，别闹！

庞天明一听，勃然大怒：放你娘的臭狗屁！国家大事，不许你诬蔑！混账透顶！狗屁不通！

姚天这才知道她戳到了妈妈的心尖子，赶忙赔着笑脸说：啊，啊，是我狗屁不通，妄谈国家大事，罪该万死！童言无忌嘛，小孩子不懂事，请妈妈大人多多包涵，多多包涵！

庞天明火气来得猛，灭得快。就好像汽油，遇火星就着，喷上泡沫就熄。她听宝贝女儿这么一说，就笑道：我不是不管，你得告诉我路子，要找哪些人。

庞天明听女儿说这次电视歌手大奖赛的评委会主任是何花，还有马东东，就高兴地说：嗨，这俩是老熟人，好办，一遍过！

庞天明去何花家，照例是带一些很贵重的保健品。她倒是开门见山地对何花说：就凭你和我姑的关系，还有咱在矿上的关系，还有咱们这几年走动的关系，姚天她就是咱自家的闺女。你是评委主任，大家都看你行事，咋说你也得拉姚天一把，是不是？

何花说：正因为我是主任，更应该公平公正，要不，主任不是白当啦？姚天这孩子是不错，进入决赛了嘛。天明，自己人不说假话。我觉得，在进入决赛圈的这几个人里面，姚天还不算是最强的。当然，她如果现场发挥好的话，那另当别论。

庞天明知道何花这个死脑筋不想拉姚天，就加大力度，在另外几个评委身上下功夫。马东东因为带人给她的企业家联谊会搞过演出，办起事来也就心照不宣。庞天明给马东东塞了个大红包，请他关照姚天，而且还希望他影响别的评委。当然，庞天明给别的评委送的红包也比较大。这不算贿赂，评委应该有报酬，这代表对专家评委水平和劳动价值的认可。专家们都很忙，你总不能让人家白干吧。

电视歌手大奖赛决赛，现场直播开始了。应该说，进入决赛的选手都不错，但差别还是有的，这就要靠专家评委的鉴别了。当然，艺术嘛，没有一个标准答案，评委们对一个歌手的评价，也是仁者见仁智者见智，你不能说某个评委的意见对或不对。三轮举牌，何花有两次给姚天打的是最低分，一次是平均分。而马东东每次给姚天打的都是最高分。奇怪的是别的评委给姚天打的分也都很高。何花很生气，电视观众对何花这个"老年评委"也不满，有的观众当即给电视台发短信互动，说何花评委不懂艺术，有的说她有偏见。

大赛结果，姚天夺得金奖，并荣获"兰花青年歌手"的荣誉称号。

何花回到家里，还憋着一肚子气，就指责马东东：你为什么总是给姚天打最高分？你觉得她真的就那么好吗？你是不是有私心？

马东东笑道：妈妈，我作为一个具有独立人格的评委，给谁打多少分，自然有我的理由，不管从理论上还是直感上，我都可以讲出许多站得住脚的道理。您说的"私心"应该是偏爱吧？一个人，对不同艺术风格的偏爱是正常的也是必须的，这样让不同风格的艺术都能脱颖而出。我就是喜欢姚天那种天真、率直、纯真和奔放。

何花说：我知道你现在是大教授了，讲理论是一套一套的。但是，你以为我不知道，你偏爱的是钱！艺术到你那里总有铜臭味。

马东东说：妈妈，您总是这么说。您怎么不能与时俱进呢？当今社会，艺术离开了钱，是没法生存的。你要演出，没有钱行吗？你要出唱片，没有钱行吗？你要搞画展，没有钱行吗？你要学一门艺术，没有钱行吗？他电视台搞歌手大奖赛，更是离不开钱！

何花说：行了，以后这种评委，我绝对不会再干！

马东东说：好，英明决策。妈妈您这么大岁数了，参加这类活动，又劳累又惹气，我当儿子的，还真不放心。

何花气得不知道该说什么，就嚷道：去吧，快回你们家去吧，别让我看着心烦！

马东东笑着回他的新家去了。他现在真是春风得意啊，把烦人的团长辞掉了，一身轻松，可以搞一搞音乐创作。他被北方艺术学院聘用为教授，带研究生。因为他的影响力大，报考他研究生的人多。更可喜的是，他的研究生全是美女、才女。他这么一个成熟的男子，每天身边美女如云，这是多么惬意的事！

马东东对他的学生很挑剔。如果是开名车、戴名表、提名包的，他就给开小灶。姚天就是他的研究生，基本符合他心中的标准，所以，他对姚天就很好。何花批评他，他理直气壮地说，谁开好车、名车，就说明谁有本事有钱，我就捧谁。她没钱，我推她也没有用。

这次电视歌手大奖赛给秦巧巧泼了一盆冷水。很明显，姚天的条件和基础不如她，但是，就因为她妈妈是大款，舍得给评委塞钱，结果，姚天拿了金奖，秦巧巧只拿了个安慰性质的"新人奖"。

秦巧巧似乎明白了，你这个青年歌手要想出人头地放卫星，就得有好多优质燃料装在火箭里，关键时刻助推才能上天。那燃料就是钱！

秦巧巧倒是痛快，想对了马上就干。像她这样的条件，傍一个老板易如反掌。她当然不是什么样的老板都傍，对方年龄不能太大，人要仪表堂堂，还要温柔风趣。符合这样条件的老板一抓一大把。很快，秦巧巧就选准了猎获对象，那人就是原来的文工团协理员李其初的儿子李进。李进在城北买了一处别墅，秦巧巧时不时地和李进在那里幽会。于是，秦巧巧也有钱了。

秦巧巧听说，不久就要举办"金嗓子"大奖赛，这是北方省音乐界最高奖项，很多歌手为了争这个奖，开始四处活动，用尽浑身解数。秦巧巧也要借助李进的钱作为火箭燃料，放一颗耀眼的大卫星，一定要把姚天比下去！

马晓薇是一个善良的姑娘，从小看到杀鸡就会哭，搞得家里从不敢弄回活物宰杀。有一回，她在院子里捡到一只腿部受伤的麻雀，就细心地给麻雀包扎好，放在鞋盒子里养着，直到麻雀的伤全好了，才把它放生。

人常说，从小看大，3岁看老，这话在马晓薇的身上就应验了。现在，马晓薇在一个慈善基金会工作，虽然收入不高，但她干得很愉快。本来，何花想让她当公务员，但是，她觉得在官场工作太拘束，自己的性格不适合在官场混。马东东介绍她去一个大公司当白领，她也不想去。马晓薇说，干工作就要舒心，每天心情舒畅，工作起来才有意思。后来，她来到慈善基金会，觉得在这里工作好，就一直待下来了。

这天，马晓薇来到办公室，别人还没有到，她就一边哼着歌一边打扫卫生。正在忙着，门口进来一个人，晒得黑红的脸上，看不出多大岁数。那人四周瞅瞅，见就一个女的擦地，不能肯定她是工作人员还是清洁员，就试探着说：请问，这里是慈善基金会吗？

马晓薇觉得好笑，心想，你不是看到门口的大牌子才进来的吗？干吗还明知故问。不过她还是面带微笑，热情地说：是啊，你有什么事吗？

那人说：我想找这里负责办事的同志。

马晓薇明白他是把自己当成专门打扫卫生的了，就非常友善地说：你请坐，有什么事不妨先对我说说，看我能不能帮上忙。

那人才知道眼前这个拖地的不是清洁员，大概还是个能管点事的，就说：啊，那好，我来帮你拖地吧，拖完好办事。

马晓薇觉得这人挺纯朴实在，就笑道：那可不行。我们要求必须让来访者有"宾至如归"的感觉，我怎么能让你替我拖地！

那人嘴很乖巧，就说：老百姓都说，现在的官府衙门是门难进，脸难看，事难办。你这里倒好，是门好进，脸好看，事也一定好办。

马晓薇脸笑成一朵花。人嘛，谁不喜欢好听的话呢？马晓薇想，这人真有意思，挺讨人喜欢，就说：好了，你请坐吧，事好不好办还不知道呢！你先说说看。

那人就不客气地坐了，很认真地说：我，是在这里建筑工地打工的农民工。我叫何大雄，男，现年28岁。对了，要不要看我的身份证？可以证明我不是盲流坏人骗子……

马晓薇想笑，可是实在又笑不出来，心中泛起一丝酸楚，忙撂下拖把说：不用、不用，什么事，你只管说吧。

于是，农民工何大雄就讲了他的事。原来，与何大雄同村也来工地打工的何小发从三层楼高的脚手架上摔下来，一条腿粉碎性骨折，只好截肢。造成这工伤，老板有很大的责任。因为脚手架上的防护网破烂不堪，残缺不全，完全是摆样子，根本起不到防护作用。可是，老板仅仅付了何小发的医疗费，其他再也不管。何大雄搞了一个"打工者之家"，专门维护打工者的合法权益，他就想法帮何小发打官司。何小发一条腿，行动不便。何大雄听说本市有个慈善基金会，有专门资助残肢者轮椅和安装假肢的项目，于是就找上门来。

马晓薇听何大雄这么一说，觉得他找得很对路，就热情地说：啊，是的，是的，我就是具体负责这个项目的。

何大雄高兴了：今天真是出门烧了高香，一来就碰到好人。

马晓薇说：因为资金有限，所以，资助需要一定条件。我们的资助对象是在我省范围内打工，因工伤致残者。需要一些证明文件，医院诊断书啊，工地相关证明啊，身份证啊。其实也简单，这些都是很容易办到的。一旦确认，我们就可以根据具体情况，资助轮椅，或者安装假肢。

何大雄喜笑颜开地说：啊，这就好了，你说的那些证明啥的，都能办到。对了，你们资助有时间限制吗？比如，早些年因工伤致残的，你们管吗？

马晓薇说：时间不能太久，1990 年以后的都可以。

何大雄一下子站起来，样子很兴奋：按你这么说的，我的老爹也可以享受你们的资助了。他和何小发的情况一模一样，工伤是 1993 年发生的。我老爹叫何苃子。

马晓薇忽然觉得这个名字有点熟，好像在哪儿听到过，就随口问道：什么？何苃子？

何大雄笑了一下说：农村人，起名字有点怪。不好意思。

马晓薇想起来了，妈妈曾经讲过，她在老家农村有个弟弟就叫何苃子。难道事情会这么巧？如果何大雄的老爹何苃子，就是妈妈说的那个弟弟何苃子，那么，她马晓薇和眼前这个何大雄就是亲戚了。为了证实，马晓薇说：我看看你的身份证好吗？

何大雄有点奇怪，刚才还说不看身份证，这会儿又要看了。不过，他还是乖乖掏出身份证递给马晓薇。

马晓薇一看那家庭住址，和妈妈老家的地址相同，就已经确定了她的猜疑。为了慎重，她又问：你知道你爸有一个叫何花的姐姐吗？

何大雄说：听我老爹讲过，这城里有个姑姑叫何花，姑父是个大司令。不过，我爹说，不许去麻烦人家，公家人忙。

马晓薇笑着看何大雄老半天，搞得他不知所措。马晓薇说：你想不到吧？我叫马晓薇，是何花的小女儿。

何大雄很吃惊，愣了一会儿，他说：我是何苃子最小的儿子。那我们俩是……

马晓薇爽朗地笑起来：哈哈！我们是亲戚，你应该喊我姐姐，对不对？

何大雄连连点头：对对，是姐姐。

马晓薇说：好了，走，办事去。我们先见一见何小发，核实情况。然后咱们回我家，让你的姑姑看看你。

何大雄好久没有这么高兴过了。他领马晓薇见了何小发，然后，马晓薇领他见从未见过的姑姑。

马晓薇想给妈妈一个惊喜，领何大雄到家，故意不介绍。何花问：晓薇，这位年轻人是谁呀？

马晓薇说：妈，您还是问他本人吧！

何花看着眼前的年轻人，刚要问，对方就喊着：姑姑，我叫何大雄，是何芡子最小的儿子。

何花立即激动起来，拉着何大雄的手说：啊，你是我的亲侄儿！于是免不了问长道短。侄儿说起他爹伤残在家的事，何花眼泪汪汪，唏嘘不止。大家劝慰一番，才复于平静。老马见过何大雄，随口夸赞几句。正巧马东东、马北北也都回来了，大家互相认识寒暄。

马晓薇忽然问：妈妈，何大雄是该叫我堂姐呢，还是表姐呢？这个问题我就是搞不明白。

马东东、马北北兄弟俩互相看着，似乎也不能确定。

何花笑道：嗨，现在是独生子女时代，好多人搞不懂。你们记住，你爸爸兄弟姐妹的孩子，属于叔伯亲，如你叔叔、大伯家的孩子，就是堂兄弟姐妹；你爸爸姊妹家的孩子，就是你的表兄弟姐妹了。妈妈的兄弟，你要叫舅舅，他们的孩子与你同辈分，是你的表亲，这属于姑舅亲，血缘很近，有句俗话说：姑舅亲，辈辈亲，砸断骨头连着筋。妈妈的姐妹，你们叫姨妈，他们的孩子与你们同辈分，虽然也是你们的表亲，但血缘远了一点，这就属于姨表亲兄弟姐妹。也有句俗话说：两姨亲，不算亲，没了姨妈断了亲。长辈也是这么分，称呼有许多种，你们要分清记住：大伯、大妈、叔叔、婶婶（对外人介绍时可称：伯父、伯母、堂叔、堂婶）、表叔、表婶；舅舅、舅妈（舅爷爷、舅奶奶）；姨妈、姨夫（姨爷爷、姨奶奶）等等吧。人伦五福，辈分称呼不能乱，一定得分清楚。

马晓薇笑道：啊，我明白了，原来表亲这么多，怪不得小铁梅唱道，我家的表叔数不清呢！

马晓薇就是个能给人带来欢笑的快乐宝贝。大家在快乐中围着圆桌吃午饭，暂且忘却所有的烦恼。

第十六章

秋高气爽，何花家的小院一派丰收景象。院子当中的通道上，葡萄的枝蔓爬满架，紫葡萄一嘟噜一串地挂满了花架子，十分诱人。架上的丝瓜吊下来，根根翠绿，有一米多长。那蛇豆也不甘示弱，要和丝瓜比长短。还有那些小碗似的金黄色的南瓜，一个个吊在架上，随风微微摇摆，金铃铛似的好看。这些五颜六色的植物和果实，全都吊挂在通道的花架子上，挨挨挤挤地占住了许多空间，当人走在花架下时，总要十分小心，稍微不留神就会碰到它们。

马晓薇每走在这里，故意左躲右让，身子摇摆着像喝醉了酒，故意夸张地尖叫着。每到这时候，老马就知道是他的宝贝女儿回来了，寂寞的心情，就会为之一振。他就会站在门口，看着小女儿那走路的样子，心里乐，嘴上却严厉地说：你小心点，别碰了我的丝瓜、蛇豆、南瓜！

马晓薇呢，就装作不是省油的灯，大声喊着：老爹呀，你这些个地雷，不，吊雷！太不安全，我早晚得把它们消灭掉！

所以，只要马晓薇一回到家里，这个大而寂寥的空间就会充满热情和欢乐。

马副司令解甲归田之后，就变成了离休干部老马。老马的院子里，勉强算得上"桃花源里可耕田"，面积不大，但都可耕耘播种。老马非常勤快，几乎每天都在侍弄他那五分自留地。他很认真地丈量过这块"自留地"，院子长宽各二十米，也就是有四百平方米了，去掉走道和房檐滴水，五分地是有了。老马是个干什么都精益求精的人，他种地像绣花。何花没离休时，基本上都是老马一个人种地，何花离休后，就变成了"你做饭来我耕田，你挑水来我浇园"。夫妻两人，倒也其乐融融。

今天是周末，按常规，应该是全家聚会的时候。夕阳从围墙头上射进院子，洒下一片金黄，把那美人蕉啊，郁金香啊，还有劳动果实葡萄啊，南瓜啊，丝瓜啊，全都装扮得绚丽多姿。何花做好了饭，老马就在门前的葡萄架、瓜架下等人。

老马抽空训练他的那些"兵"——吊着的丝瓜、南瓜、蛇豆们。他对它们发号施令：立正——向右看——齐！怎么搞的？你又不是新兵，连看齐都不会！注意，看你右边人的鼻尖！

老马一边说，一边用手扶正一根吊得最长的丝瓜。何花站在门边笑。是啊，何花没有离休时，就老马一个人在家，他没有说话的对象，就只能和他的花菜果们去说，这就养成了习惯。

老马正在训兵，马晓薇回来了，也把快乐带回来了。接着，就是马北北。这两人至今还吃住在家，所以回家比较按时。不过，今天马北北还带来一位熟客——赵梦桃。

赵梦桃自从来这里和马东东一起改《警魂》剧本，就给马家所有的人留下了不错的印象。赵梦桃今天来，有一个重要任务。经过马东东的牵线搭桥，梦之桃文化发展公司和廖鸿飞打算合作搞一部电视连续剧《爱情不是粘豆包》，由梦之桃出资，廖鸿飞导演。赵梦桃已经看过剧本，她在这方面还算内行，提了几点意见，觉得剧本基本可以，这次就要和廖鸿飞敲定出资问题。

赵梦桃的到来，让何花很是高兴，她看着眼前这个端庄秀丽、温柔大方的姑娘，咋看咋顺眼，咋看咋舒服，觉得这姑娘适合做马家的儿媳妇，她就应该是马家的儿媳妇。不知咋回事，这姑娘以前来家是叫爷爷奶奶的，现在虽然很亲热，却不那么叫了。这倒好了……

几个人正闲话间，马东东、金玲夫妻俩偕同廖鸿飞来了。马东东夫妻虽然有了自己的新房，但大部分时间还是回家蹭饭吃。老两口也乐得他们这样。廖鸿飞今天来，一方面要和赵梦桃谈合作事宜，另一方面要见一见两个演员，看能不能入选他的电视剧演员班子。

好了，人到齐了，开饭吧。廖鸿飞夸何花阿姨做的饭菜特别好，不是什么大鱼大肉、山珍海味之类，而是绝对绿色环保的菜肴。所有的菜，全是自家园子里所产，没用化肥，也没用任何农药。这在一般餐馆是根本吃不上的。老马自然得意，似乎比打了一次胜仗还高兴。

饭后，赵梦桃和廖鸿飞谈正事。那赵梦桃别看年轻，谈起业务甚是老练，令廖鸿飞暗暗佩服。赵梦桃告诉廖鸿飞，这是他们第一次合作，总公司王总非常重视，他还亲自看了剧本，同意由赵梦桃具体运作。接着，就把具体问题一一敲定。

有急事，王总一个电话来，叫赵梦桃回公司。马北北赶紧送赵梦桃出去。

金玲说：哎，廖导，现在就把我们推荐的两个演员叫来你看看，好不好？

廖鸿飞说：当然、当然，叫他们来吧，也请我们的老前辈艺术家何花阿姨给评价一下。

第一个来的是姚天，她是马东东推荐的。姚天最近一直在为"金嗓子"大奖赛使劲儿，因为马东东是她的老师，又是这次"金嗓子"大奖赛的评委会副主任，所以，姚天就死咬住马东东不放。

姚天听马老师打电话，说有重要的事，让她赶快到他家来，就猜到会有好事。她开着妈妈的奔驰就来了，进屋还喘气呢。姚天热气蒸腾，面如桃花，一进来就来到马东东身边说：马老师，您找我有事？

马东东说：来，介绍一下。这位是有名的新锐导演，廖导；这位是歌舞话剧团的演员，也是我的在职研究生姚天。

姚天是个蛮聪明的女孩子，一听说马老师介绍她和导演认识，马上产生联想，心不由得加快了跳动。

廖鸿飞笑道：既然是马教授的弟子，我想一定是棵好苗子。他盯着姚天，一言不发地看了半天，看得姚天很是紧张，小米粒似的汗偷偷从额头钻出来。

廖导盯着姚天的眼睛，终于说话了：是这样，我们准备拍一部三十集的电视连续剧，里面有一个重要角色，算是女三号吧。马教授向我推荐了你，说你可能是这个角色的人选之一。当然，对马教授的眼光，我是很信赖的。今天，我们先见个面，我把剧本给你看一看。最后，能不能定下来，也不是我一个人说了算，还有制片人啊，编剧啊，等等。

姚天听廖导这么一说，简直高兴得不知道该说什么才好。演电视剧，这是她做梦都想着的好事，想不到这么快就落到她的头上。真要能演那个女三号，比"金嗓子"大奖赛获奖风光多了！这都是马教授的特意提携和悉心栽培啊！姚天真想立刻在马教授脸上狠狠亲一口，当然，这不过是放电似的一闪念，不可能付诸实施。她说：廖导，我盼望着您的好消息啊！先学习学习剧本吧。

姚天接过剧本，像一个十分用功的小学生，开始很认真地翻阅起厚厚的剧本来。这是一种心情，也是一种姿态。

廖导当然明白，就说：慢慢看吧，你可以请马教授多给你指导，以加深对剧中人物的理解。

这边正说着，那边金玲赶快给秦巧巧打电话，让她立刻到何花奶奶家来。秦巧巧只是在歌舞团里见过何花奶奶，从没有到过何奶奶家，金玲阿姨特别告诉她街道门牌号。

秦巧巧是在李进的别墅里接的电话，当时两人正黏糊着。李进笑道：何花家呀？我去过，我送你去。

于是，李进立即开车把秦巧巧送到何花家门口，看着秦巧巧进去，才开车走了。

金玲原来和陈丽丽对马东东都有意思，虽然不是明里的情敌，暗地里也在较劲。后来，陈丽丽主动退出，金玲和马东东结婚，还请陈丽丽当伴娘。这样，金玲和陈丽丽的关系又好起来，所以，金玲对丽丽的女儿秦巧巧也比较关照。这次有一个拍电视的机会，金玲就努力推荐秦巧巧。

秦巧巧来到何花家，金玲也把她和廖鸿飞做了介绍。廖鸿飞不偏不倚，像对待姚天那样，把事情对秦巧巧讲了。秦巧巧当然是喜不自禁。何花笑嘻嘻地把巧巧拉到自己身边坐下。何花原来就喜欢秦巧巧，加上她是老战友陈小妹的外孙女，免不了更加偏爱。

廖鸿飞对姚天和秦巧巧说：你们两个在剧中是死对头。金玲演婆婆，姚天演媳妇，秦巧巧演"小三"，和姚天演的角色争一个男人。

秦巧巧一听，不禁怨愤和嫉妒并生，心想，真是冤家路窄，电视歌手大奖赛，我秦巧巧本来十拿九稳可以得金奖，就是你姚天搞歪门邪道，用钱开道，把金奖弄到手。这回要上电视，不知道你又玩了什么鬼把戏，也能挤进来凑热闹。于是，秦巧巧就借机发泄，真作假时假亦真地即兴表演起来，她指着姚天的鼻子，淫声妖气，扭腰摆臀地说：你老想着把男人拴在裤腰带上，你拴得住吗？你知道怎么拴住男人的心吗？告诉你，玩男人，你就是小儿科！你那男人，是他自己跪到我的石榴裙下的，你就抱着膝盖哭去吧！

姚天感到很突然，一时不知道该如何应对，愣愣地看着秦巧巧，然后又环视大伙傻笑。

何花鼓掌笑道：好个秦巧巧，一眨眼就能入戏，我看演"小三"行！其他几个人也都夸秦巧巧不错，来戏快。

就在秦巧巧得意忘形之际，马北北送赵梦桃回来了。本来出去送人要不了多大会儿，可是，他们这两人正在热恋时期，一出院子就黏黏糊糊，说不完的柔情话，一派抽刀断水水更流的架势，所以这一送就送出去好几个十分钟。

马北北进屋一看，咦！这不是快乐天堂的阿兰吗？她怎么会在这里！马北北忽然怒火中烧，眼睛射出两道火箭，直对阿兰，并且径直向阿兰走去。

金玲不明就里，站起来说：啊，介绍一下，这位是我的弟弟，马北北处长，这位是我们团的秦巧巧，陈丽丽的女儿。

马北北很吃惊，这个化名阿兰的狐狸精竟然是歌舞话剧团的演员，还是团长陈丽丽的女儿，真是活见鬼了！

秦巧巧也发现了马北北就是那天进入她圈套的"大老板"，他竟然是原团长马东东的弟弟！我的妈呀，这搞的是哪跟哪呀！真是乱了套，闯了祸啦！秦巧巧是何等聪明之人，随机应变是她的拿手好戏。她的小脑袋瓜在一秒钟之内起码转了一百个圈，怎么办？量他也不敢当面揭穿。管他呢，顶风上！秦巧巧立刻站起来，甜甜地对马北北笑着说：哎呀，您就是马处长啊，真是久闻大名，如雷贯耳啊！可惜一直没得见面。您和我妈妈是同代人，我应该叫您叔叔的，对吧？

秦巧巧真是个天才的演员，她走向马北北，上前拉住马北北的一只胳膊摇晃着，撒娇似的扭着身子说：马叔叔，看在我妈妈是你的朋友的面子上，今后请多多关照啊！

马北北身材高大魁梧，秦巧巧小巧玲珑，两人站在一起，真像叔侄俩呢！马北北不具备表演才能，面对如此尴尬的局面，他不知如何应对，就那么木立着。

何花笑道：巧巧你叫北北叔叔是应该的。别闹，大家谈正事。

何花随意的一句话，给马北北解了围。马北北冷着脸坐到一边不吭气。廖鸿飞一直在注意秦巧巧，他是从导演的角度来看她。他看出来，秦巧巧对马北北说的话，有夸张的表演成分，看来这个小姑娘在表演上很有潜力，好好打磨，将来会是个好演员。

不管秦巧巧多么能随机应变，但是，面对一直冷眼斜视着她的马北北，她心里还是忐忑不安，不知道马北北会如何对付她。她实在坐不住了，就站起来说：各位前辈，各位老师，我还有点事，告辞，先行一步了。廖叔叔，有事联系，啊！

秦巧巧走了。马北北犹豫了一下，也走了出去。秦巧巧急匆匆刚走出院子的大门，马北北三步并两步地就赶了上来。

马北北一把抓住秦巧巧的胳膊说：阿兰，你别走！

秦巧巧轻声叫着：哎哟，马叔叔你干吗呀，抓疼我了！

马北北余气未消地说：刚才演得挺像啊，再装，你也是快乐天堂的阿兰！

秦巧巧像可怜的小鸟被人抓在手里，不由得浑身发抖。她不是怕马北北会揭穿她，控告她，她料定他不敢。她是怕高大威武的马北北会不分青红皂白地揍她一顿，逼她把钱吐出来。她给自己壮着胆子说：快乐天堂的阿兰？我不懂！马叔叔，你认错人了吧？这世界上长得一样的人多了去了！

马北北说：我从来不会认错人，你扒了皮我也能认出你来！你就是在快乐天堂骗人的阿兰！

秦巧巧装出一副无辜的样子说：天哪，哪儿没有屈死的冤魂啊！我秦巧巧竟然成了快乐天堂的阿兰！马叔叔，我是堂堂正正国家歌舞话剧团的演员，怎么能去快乐天堂那样下流的地方？马叔叔，请你不要污蔑我们剧团，你的妈妈、你的哥哥曾经是那里的团长！

马北北一时间被秦巧巧的话给噎住了，不知道该怎么回应。其实，秦巧巧过高估计了马北北，马北北压根儿就没有想到狠揍秦巧巧一顿，更没有抱希望要那笔钱，他只是觉得太可气，太窝囊。

秦巧巧见马北北不说话，就发动攻势说：马叔叔你松手，老抓着我干吗？我是你侄女辈的人，要是喊一声你非礼我，那可就不好玩了。

马北北一听，像抓了一块烙铁，赶紧松了手。

秦巧巧见形势逆转，就进一步出击道：马叔叔，就算你对我的污蔑成立，就算我是你说的那个阿兰，又怎么样？对马叔叔你有什么好处吗？你又能得到什么？

马北北无奈，就搡了秦巧巧一把说：就算我认错人了，滚吧！

马北北回到家里，对廖鸿飞说：鸿飞，我看秦巧巧这个人不适合参与你们的团队，最好别要她！

屋里的人都很奇怪。姚天一听，心里暗自高兴，有点幸灾乐祸。何花不明白马北北为什么讨厌秦巧巧，就说：巧巧怎么啦？我看这孩子挺好的嘛！

廖鸿飞说：何花阿姨说的对，我觉得秦巧巧这个女孩子是块当演员的好材料。你看刚才她那个样子，不用演，就是个活灵活现的"小三"！

马北北再也无话可说，只能压下这口气，干吃哑巴亏。

金玲现在是个大忙人，虽然在歌舞话剧团挂个名，实际上在团里工作的时间不多。团长陈丽丽虽然不支持她出去走穴，但是也不能禁止人家，只能要求她在团里有大型活动时，她必须参加；另外，她走穴需要按天数向团里缴纳"管理费"。因为歌舞话剧团是你的单位，要管你的许多福利，还要管你的退休金。在中国，单位是非常重要的。对于金玲来说，缴纳那几个管理费，也就是九牛一毛，不值一提。

这不，最近团里接到宣传部的通知，要为国庆节演出一台节目。可是，金玲同时接到一个邀请，请她参加一个特大企业组织的文艺演出，出场费高达六位数。怎么办？金玲要顾及两方面，就很紧张。好在两方面时间没有冲突，只是在团里参加排练的时间不够。金玲一再向陈丽丽保证，为国庆节演出一定不会出纰漏，陈丽丽这才点头。毕竟两个人关系不错，陈丽丽也不想撕破脸。

这天，金玲要出去走穴了，是晚上九点的飞机。她晚饭后收拾好出行需要的东西，坐在客厅的沙发上，看马东东在弹钢琴。她知道马东东是在创作一首歌曲，在这种时候，他最忌讳打扰，那会干扰他的创作灵感。所以，在这个时候，让他去机场送行是不可能的。再说，金玲经常外出，如果每次都让马东东接送也不现实。因此，是否接送，金玲就不太在乎。好在也是多年的夫妻，不必计较这些。

金玲走到马东东身边说：东东，我要走了。

马东东停下弹钢琴的手，站起来说：啊，要不要我送你去机场？

金玲笑着摇摇头说：不用，别打断你的创作。

马东东说：啊，抱歉。辛苦你了，不好意思。说着，又坐下开始弹钢琴。

金玲本来想给马东东一个告别的吻，但是，听他说出如此客套的话，心就凉了半截。金玲想，什么夫妻"相敬如宾"，绝对是害人的玩意儿，其恶果就是"相敬如宾"演变成"相敬如冰"，没有浪漫作为催化剂，爱情就会死亡。如果当时马东东来点浪漫的语言或行动，金玲一定会用更浪漫的语言或行动来回应。那他就是不去机场送行，金玲的心情也会像天上的飞机一样快乐得如腾云驾雾一般。

金玲拎包下楼去了，高跟鞋敲击楼梯的声音和马东东敲击钢琴键盘的声音形成巨大的反差，使金玲的情绪低落到了极点。

　　"金嗓子"大奖赛就要开始了，姚天很是着急。她知道，就凭她的基础，连本团的秦巧巧都比不上，更何况还有全省其他的高手呢！但是，她也知道，只要功夫使到家，得奖也不是不可能。上次"电视歌手大奖赛"，她能拿金奖就是最好的证明。评委会副主任马东东是她的老师，这是多好的条件啊，别人想都想不上。所以，姚天认定，只要靠在这棵大树下，获奖十拿九稳。

　　金玲离家的第二天，姚天就给马东东打电话：马老师，"金嗓子"大奖赛就在眼前了，您得辅导我呀！我是您的学生，我要是唱砸了，会毁了您的牌子。

　　马东东说：我正特意为你创作一首最适合你演唱的歌曲，叫作量体裁衣，马上就好。你晚饭后来我家吧。

　　晚饭后，姚天轻施粉黛，风情万种地来到马东东的新家。马东东看着姚天那青春勃发的样子，顿时受到感染，兴致勃勃地为姚天弹奏他才创作的歌曲。

　　创作实在需要激情，有激情才能点燃灵感，搞音乐创作尤其如此。老实说，马东东真是为姚天下了很大功夫，他很想让姚天获奖。姚天如果能获奖，也是他马东东艺术道路上的里程碑。马东东倾心为姚天创作歌曲，创作的时候，马东东的脑海里总是飘荡着姚天的形象。姚天的健壮丰满，姚天的淳朴率直，姚天的开朗活泼，姚天的朝气蓬勃，还有姚天走路的姿态，姚天说话的腔调，姚天唱歌的表情，姚天欢笑的面庞，甚至还有姚天头发的飘逸，姚天嘴唇的性感，姚天丰乳的俏丽，姚天圆臀的招摇，全都化作音符，通过马东东的手指，在钢琴的键盘上蹦跳出来。

　　马东东为姚天创作的歌曲，的确能发挥姚天之长，回避姚天之短，非常适合姚天演唱。姚天听了两遍，就能跟着钢琴的演奏唱顺溜，还唱得不错。马东东又对姚天每一个音节进行逐一辅导，姚天很快就把这首歌唱出了韵味。

　　"金嗓子"大奖赛要求歌舞并重，像人家大歌星邓丽君啊，梅艳芳啊，费翔啊，都是载歌载舞的。所以，马东东接下来就指导姚天也载歌载舞。遇到这么好的老师，真是机会难得啊，姚天学得很卖力，不一会儿就汗湿香腮。

姚天也不忌讳，把衣服脱得不能再少了，以至于让马东东看得眼热心跳。

一心扑在工作上，时间在不知不觉中溜走。已经到二十三点半了，姚天说：马老师，你看我浑身是汗，在你们卫生间冲洗一下，行吗？

姚天还没有等马老师答应，就径直进了卫生间，轻轻关上了门。很快，卫生间传出"哗啦啦……哗啦啦"的水声，这水声虽然不大，却不断敲击着马东东的耳鼓，进而撞击着他的心脏。

姚天很快冲洗完毕，裹着一条不大的浴巾从热气腾腾的卫生间飘出来。她一摇三摆地走着，那浴巾好像没裹好，要散开的样子。她重新裹浴巾，那维纳斯玉体，不经意间就在马东东眼前闪现了一下。不巧，可能是姚天从热腾腾的卫生间来到客厅，温度骤然下降，她忽然连着打了两个喷嚏，就急忙说：哎呀，马老师，不好，我可能要感冒了！怎么办？

这个姚天，还没有等马老师说什么，就急忙跑进卧室，爬上老师的大床躺下来，拉过毯子盖在身上，拉熄床头灯，简直就像在自己家里一样。

马东东心"怦怦"直跳，像开戏前的锣鼓点。他知道今晚要发生什么，这明明是姚天刻意所为，一心投怀送抱。但是，马东东毕竟不是毛头小伙子，人到中年，又有相当的身份，所以，一时间不敢轻举妄动。他坐在客厅的沙发上，心猿意马，不知如何是好。

忽然，姚天在卧室喊：马老师，我可能感冒发高烧了，身上好烫好烫，你快来看看！

马东东知道，好戏，就要开场了。他大步走进卧室，忽然有了过去初进花烛洞房的激情。他走到床边，一股青春少女独有的温馨体味扑面而来，瞬间钻入脑髓。

姚天娇声道：马老师，你快摸摸，我身上好热啊！

马东东把手伸出去，还没有到达地方，就被一只玉手拉到了大床上……

金玲这次出去走穴，遇到一个大老板，那大老板对她特别好，想和她玩一夜情，金玲当然严词拒绝。不过这倒勾起了她对马东东的思念。她检讨近来和马东东的关系，觉得两人似乎距离越来越远，夫妻间的感情出现了裂缝。

仔细想一想，金玲觉得自己有一定的责任。最近，她离家外出的时间，比在家的时间多得多，夫妻间交流少了，性事更是少之又少，即使偶尔有一次，也是例行公事，没有激情，毫无乐趣可言。金玲觉得，长此以往，夫妻关系很危险。所以，这次外出，原计划要三天，她两天就回来了。

坐在飞机上，金玲就想，今晚一定给马东东一个惊喜，不打电话告诉他到家的时间。反正你就是告诉他，他也不会来机场迎接。

金玲下飞机是夜里十一点半，偏偏遇到路上堵车，她到家已经是凌晨两点了。她轻轻上楼，轻轻开门，轻轻走进卧室。金玲闻到卧室有一股异味。她打开灯。

啊，大床上，睡着两个人！金玲还没有看清楚床上的人是谁，就听到一个女声大喊道：谁让你开灯的！接着，一个女体赤条条地坐起来，毫不掩饰她的裸体。

金玲定睛一看，天哪！女的竟然是姚天！金玲顿时眼冒金星，头晕目眩。她厉声道：姚天，你怎么会在这里？

姚天揉揉被灯光刺花的眼睛，她不像一般偷情女人那样惊慌失措，而是不慌不忙地说：你说我怎么会在这里？还是问问你自己吧！你作为一个女人，老不着家，把男人晾在家里。我是帮你的忙，替你尽女人的责任。你应该感谢我！

金玲想不到这个小狐狸精竟然说出如此无耻的话来，气得七窍生烟。她想用最恶毒的话骂姚天，可是她不会骂架，只能骂道：不要脸！破鞋！随手捡起一只拖鞋向姚天砸去。这小丫头倒灵巧，身子一闪躲过了飞来的拖鞋。

这个姚天，你说她不要脸，她还真就不要脸了。她光着身子下床，赤条条站在地上，指着金玲说：谁破鞋？你才是破鞋！你是被穿了不知道多少年的大破鞋，破得不能再破的破鞋！不信，你瞧瞧你那奶头，黑得像黑桑葚，肚皮花得像西瓜皮。你再看看我，奶头像红樱桃，肚皮像白缎子。你说谁破？

金玲从来没有遇到过如此毫无廉耻的女无赖，竟不知道该如何对付。她想冲上去打这个小妖精一顿，可是，长这么大，她从来没有打过架。再说，她看姚天那浑圆壮实的身架，恐怕真打起来她不是姚天的对手，只能吃亏。

更可气的是，马东东就光着脊背坐在床上，一动不动，一声不吭，好像眼前两个女人的骂架与他无关。金玲捡起一只拖鞋砸向马东东。马东东伸手接住飞过来的拖鞋，像接一只垒球，然后撂在地上。

姚天不慌不忙地穿好衣服，如入无人之境。她走到门口，还回头对金玲一笑道：拜拜，不用送了！

金玲气得五内俱焚，指着马东东说：你既然喜欢那个小妖精，你也跟她走吧。滚！这房子是我买的！

马东东很快穿好衣服走了，那重重的关门声像在金玲的心尖子上敲了一记重锤。走了！走了！这个叫马东东的男人就这么一声不吭地走了，金玲知道，这个男人将永远不会再到这里来。

金玲欲哭无泪，哭又有什么用？似乎该发生的都已经发生了。金玲觉得天花板在下坠，地板在下陷，整个楼房在摇晃。她瘫软在沙发上，感情如海潮涌动。马东东，马东东，这些年来，我金玲对你忠贞不贰，即使经常外出活动，游刃于花天酒地、声色犬马之中，也从未移情别恋。而你马东东却背叛我，另觅新欢！今天被我碰到的还不知道是第几个。马东东你好健忘！这才多久，你就忘了我们那次被雨水淋湿后的初吻，你就忘了我们在小河岸边的拥抱，你就忘了我们共谱《山上的妹妹你下来》时的激情。

老实说，金玲是爱马东东的，她的心坎上，除了马东东，从没有第二个男人的位置。就在此时此刻，金玲也舍弃不掉对这个薄幸男人的爱，只是这个男人背叛了她，太可恨，使她无法原谅！

罢了，罢了！木已成舟，一切归于乌有。一江春水向东流，奈何春水不回头！金玲不得不面对现实唯一的选择——离婚。

对于离婚，马东东是无话可说。他能说什么呢？说他不想离婚，他还真心爱着她？说他和姚天仅仅是逢场作戏？马东东知道，说这些都没有用。所以，他只能听金玲的，金玲说离婚，他也说离婚。

金玲把要和马东东离婚的事对妈妈讲了。童灵非常惊奇地问：你们过得好好的，为什么离婚？难道是你这些年外出，颠颠跑跑的，有外遇了？

金玲说：妈，说什么呀！你自己的女儿是什么人，你还不了解？

童灵问：那到底是为什么？

金玲实在不愿意说出事实真相，就搪塞道：感情不和嘛，过不到一起，还是离了好。

童灵自己的婚姻不幸，原来看女儿小两口恩恩爱爱的，很是高兴。她不想看到女儿的婚姻也和自己一样不幸。所以，金玲不说出实情，她坚决不同意他们离婚。金玲无奈，只好把事情对妈妈全盘托出。

童灵想不到事情会是这样，气愤地说：马东东一个大教授，怎么会干出这种下三滥的事来？

金玲说：还不是姚天那个小狐狸精勾引的！妈妈，你不知道，现在，我们团里的那些女孩子，都把青春美貌当成获取名利的通行证，把身体当诱饵，什么事情都能干出来！

童灵说：直到现在，你怎么还为那个没良心的东西开脱？苍蝇不叮无缝的鸡蛋，那个马东东也不是什么好东西！离！离了好！不过，这就苦了小星星了，她不再有一个完整的家。

金玲说：妈妈，我想好了，离婚后，我就在北京买一套房子。你也该享受晚年幸福了，不要再管什么艺校，带着小星星跟我去北京。小星星不再姓马，就叫金星星，让他马家永远见不到我的女儿，不这样，就难解我的心头之恨！

马东东也把要离婚的事告诉了父母亲。何花一听，着急地问为什么离婚，有什么过不去的事非得走这一步。

马东东说：感情不和呗，是金玲她提出要离婚，我也没有办法。

何花问：难道金玲另有所爱？我觉得她不是那种水性杨花的人。那么，东东，是不是你做出了对不起金玲的事？

马东东摇摇头，无言以对。

老马对何花说：我猜想，肯定是你儿子招蜂惹蝶，干了坏事，他能好意思讲出来吗？我早就对你说过，儿子要贱养，女儿要贵养，你就是不听，惯啊，宠啊，现在，结出苦果了吧！

何花回嘴道：你说什么？子不教，父之过。你才最有责任！

眼看老两口要争吵起来，童灵和金玲来了。两亲家相见，自然免不了一番客套寒暄。按人之常情，女婿因偷情导致和女儿离婚，丈母娘往往会对亲家出言不逊，发泄一番。但是，从内心讲，童灵对何花和马副司令一直心怀感激之情，他们儿子的事情也怪不到老两口身上。所以，童灵此次来见亲家，也不是要吵闹一番，而是想说明情况。为了照顾马副司令的面子，童灵把何花拉到一边，向她悄悄说了事情的真相。

何花一听，连连向童灵表示道歉，一再请童灵原谅。童灵告诉何花，事已至此，也只好承认现实。只是金玲想要小星星的抚养权。

童灵说：我就这一个女儿，她说她再也不想结婚，就带着孩子过。你有两儿一女，不愁没有下一代。

何花也只有同意。小星星自从生下来，马家就没有带过，现在真要和人家争孩子的抚养权，从情理上也说不过去。

两亲家母再来到客厅，金玲还在沙发上呆坐。何花坐到金玲身边，拉着她的手说：孩子，对不起，真是委屈你了！

金玲一听，不禁鼻子一酸，流下泪来。她哽咽着对何花说：妈妈，您到什么时候，都是我的妈妈，永远是我的妈妈，我以后会来看您的！

何花和金玲两人抱着哭作一团。金玲想起以前上学的时候，妈妈下放到工厂，何花阿姨对她多方照顾，想起她在放学的路上被流氓欺负，何花阿姨抱着她流泪的情景，如今成了这样，哭得更加伤心。

老马最见不得女人流泪，就站起来走到院子里看天。天上飘着几丝马尾云，倒是爽朗，老马的心情却糟糕透了。昨晚下了霜，他的自留地里一片肃杀景象。葡萄藤枯了，丝瓜秧干了，南瓜蔓萎了，美人蕉败了，三叶草蔫了。原来生机勃勃的园子，现在毫无生命迹象。

老马当年在沙场上叱咤风云，从未吃过败仗，是何等的威武！然而，此时此刻，他竟然有一种从未经历过的失败的感觉。

当然，马东东和金玲为什么离婚，老马还是知道了真正原因。这样，他更感到了挫折，人生道路上的重大挫折。想当初，他对马东东是何等的疼爱，又寄托了多大的希望。儿子的成功就是老子的成功；儿子的挫败就是老子的挫败。老马就是这么认为的。正因如此，马东东的"堕落"才使老马如此地痛心。

人是需要精神支撑的，人到老年更是如此。马东东的事使老马的精神支柱几近坍塌。精、气、神不济，老马的身体衰弱得很快。

马东东被金玲赶出来，只好又回家住。老马简直不能和马东东照面，他一见马东东就有火气，血压就会骤然上升。何花也很无奈，毕竟是自己的儿子，家里有地方，你总不能让儿子出去租房子住吧。看着儿子那呆头蔫脑的样子，何花感到很心痛。

马东东白天基本上不进家，一天三顿饭都在外面混。为了少和父亲碰面，他都是很晚了才回家，进家就一头钻进自己屋里不出来。

家里幸好还有"快乐天使"马晓薇，总能给家中沉闷的空气吹进一股快乐的清风。

马北北干的事也让何花高兴。据说，他负责的单位经济适用房，工程进展顺利，用不了多久，马北北就会有新房了。他和赵梦桃的关系，虽然没有当着两位老人的面敲定，但那不过是时间问题。老两口对赵梦桃非常满意，简直挑不出一点毛病，这也是两位老人的精神支柱吧。

第十七章

已经入冬，老马家的小园子需要清理了。最近，老两口刚从马东东离婚的阴影里走出来，心情好了不少。这天上午，太阳暖洋洋的，老马和何花两个人慢慢清理园子。

这时，何大雄来了，还提了一兜子苹果。

何花笑嘻嘻地说：你挣的钱多是不是？能想着来看看你大姑，我就高兴了，谁让你拿东西的？

何大雄笑道：姑姑，看看您说的，五讲四美三热爱嘛，我来看我姑父、姑姑，两手掮十根光棍儿，成什么样子！

一句话把老马说得哈哈大笑，这老马，好久没有这么畅快地大笑过了。笑过，老马说：看吧，还是农村人实在！

何大雄看俩老人在清理园子，就说：哎呀，哪能让你们老人干这事，我来，我来！说着，立马就干起来。

老两口也就笑眯眯地站在旁边看何大雄干。

老马说：你看看大雄多好，一来就帮我干活。你那两个表哥呢，五大三粗的，每天过来过去，眼皮子都磨出膙子了，从来也不说帮我干一下。

何大雄笑道：五个指头不一般齐，人和人哪能一样！两个表哥都是官，人上人。我就是个出力干活的料。

何花说：不对，现在是社会主义新时代，人人讲平等嘛。

何大雄说：平等？那是梦想。现在的人，早就分三六九等了。就说我们农民工吧，到啥时候都是被人踩在脚底下。

老马说：老子当年战场上拼死拼活，就是要个人人得解放，人人都平等。真想不到，现在成这个样子！

何大雄一边干活，一边就着这个话题，把他的目的说出来了。何大雄和几个热心肠的工友搞了个"打工者之家"，是专门维护打工者的合法权益的，也就是几个人在一块，商量着为大伙办点事，跑跑腿。眼看快过春节了，到时候，打工的人就会一个个回家过年。何大雄想在元旦搞一个"打工者"联欢晚会，让大家在一起乐和乐和，也显示一下几亿农民工在这个社会上的存在，也要发出农民工自己的声音。何大雄知道，姑姑一家子都是搞文艺演出的，就想让姑姑和表兄帮忙，把"打工者"联欢晚会搞得更好一些。

何大雄把事情说完了，清理园子的活也干完了。

何花听了何大雄讲的事，真是喜不自禁，这事特别合她的心意。原来何花早就有个想法，就是联系原北方文工团的一些老团员，发扬过去文工团的革命传统，下去给工人演出。现在何大雄的想法可以说与她不谋而合。何花决定促成这件事。她对侄儿说：很好！你们这样做很有意义。你回去赶快行动起来，找表演者，准备节目。我这里帮你联系乐队啊，导演啊，服装道具什么的。另外，我还要找人帮你们编几个过硬的节目。总之，一定要把这件事办好，搞得红红火火，漂漂亮亮的。

何大雄高高兴兴地去做准备了。这边，何花开始了总动员。干了一辈子表演的何花，一做起这样的事情，就特别有精神。她当天晚上趁儿女们都在家，特意召开了一次家庭会，把她的打算讲了，要求全家总动员，尽量为这件事献策献力。

马北北首先表态。他的单位就是专管劳动资源与社会保障的，他还对农民工的状况做过专门的调查研究，写过不错的调查报告。他说：现在，我国农民工的问题很大，他们的合法权益得不到保障。第二代、第三代农民工必须赶快融入城市，让他们成为名副其实的城里人。所以我们应该特别重视这个问题……

马晓薇拍拍巴掌说：精彩，精彩！尊敬的马处长，这是在家里，你还是别作报告，说点实际的吧。

马北北笑道：到时候，我会代表我们单位上台讲话，表示对他们的理解和支持。

马东东皱眉摇头道：你怎么老是站在官方的立场上打官腔？这是民间活动！

马北北这才说：我负责给他们联系演出场地。这可以吧？

何花说：好，这还差不多。

马北北高兴了，又说：另外，我还可以动员赵梦桃编几个节目，她这方面是内行。

马晓薇鼓掌：马处长这次接触了大问题。我也表态吧，我希望有残疾农民工的节目，比如轮椅舞蹈什么的，既新鲜，也有意义。我可以提供轮椅、拐杖等道具。我也可以编这方面的舞蹈。

马东东说：乐队我负责和陈丽丽联系，义务的，不收费。我还准备创作《打工者之歌》等几首歌曲。如果需要，我愿意做他们的艺术指导。

老马本来是想当旁听者的，他一听刚才的发言，感觉出儿女们在妈妈的领导下，团结一致奔一个目标的向上精神。老马意气风发了一辈子，最喜欢的就是这种精神。作为一家之长，老马感到了久违的欣慰和激动。他眉开眼笑地说：好，这才是我马家的家风！

何花精气神特足，第二天就打电话联系她的"老北方"，说明缘由，请她们晚上务必来她家聚会。这些人虽然住在同一个城市，但离休后各自为家政贡献余热，很少聚会。大伙听到何花一说，兴致都很高，表示一定赴会。

第一个到何花家的是祁雅莉。祁雅莉虽然有了一些白发，但是面色红润，很是富态。何花和祁雅莉原来关系就很好，现在久别重逢，立即亲热地抱在一起，说不尽的知己话。

陈小妹一进来就喊道：哈，你祁雅莉倒是腿快。嗬，好年轻！廖团长都是给你吃了什么高级保健品啊？

童灵上次因为金玲和马东东离婚的事来过何花家，她本不想再来，但是，一听说是"老北方"聚会，机会难得，还是来了。

四个老战友见面，感到从未有过的亲热。大家年轻的时候，互相之间也许有些磕磕碰碰，但是，随着岁月的流逝，随着年岁的增加，过去所有的不愉快都消失了，而美好的回忆为相互之间增添许多亲热和欢快。三个女人一台戏，四个女人更红火。

祁雅莉喊着：马副司令呢？也不出来见一见他的兵！

马副司令从卫生间里晃悠出来了。几个女人一拥而上，活像一帮淘气的小姑娘，乱喊乱叫：马司令！马司令！

老马好多年没有这么高兴过，他比几个女人高出一头，这时候，他举起双臂挥舞着，做着向下压的动作喊着：姑娘们，别闹，别闹，记不记得你们被土匪抓住，哭成一堆的样子了？

祁雅莉尖叫：啊，马司令你好坏，哪壶不开提哪壶！谁让你不把我们保护好了？那天你要是晚到一步，叫你娶不到老婆！

啊！真痛快！几个人好像又回到那火热的战争年代，返老还童，青春勃发。提起表演，这几个老演员兴致极高。离开舞台好多年了，如果能再登舞台，就是找回了已经丢失的艺术生涯。豫剧大师常香玉曾说"戏比天大"，足见舞台对演员艺术生命的重要。

童灵说：来，咱们合唱《北方好地方》，好不好？

大家齐声响应。于是，这首多年没有唱过的老歌，就在这所老房子里响起来，那激越的旋律穿越门窗，冲出小院，向人们宣示着某种精神的存在。

最后，大家商定，联欢会上，她们四个人就唱《北方好地方》这首歌。童灵推荐车间主任钱天翔的孙女、她的学生钱鑫鑫当主持人。据她介绍，钱鑫鑫已经出落得亭亭玉立，端庄大方，典雅秀丽，一表人才，曾经当过主持人。

何花说：好，排练时就让她试一试。

几个老战友、好姐妹都表示一定利用各自的人脉资源，为联欢会出力。大家尽欢而散。

经过各方面的共同努力，"打工者"联欢晚会终于在元旦的晚上顺利举办。马北北在一个不错的社区剧场联系到免费演出场地。陈小妹利用她在文化厅的关系，联系了一家区属电视台直播。祁雅莉请来了省戏协、音协的头面人物。童灵拉来她艺校的小学员伴舞。

联欢会的剧场不大，早已是座无虚席，有些热情的观众干脆自带板凳。演出前，马北北果然代表省劳动与社会保障厅讲话，表示对联欢会的支持。有官方出面，当然为联欢会增添光彩和底气。

主持人就是钱鑫鑫，她果然青春靓丽，也是一道风景。演出开始，第一个节目是"老北方战友"合唱《北方好地方》。主持人钱鑫鑫介绍了"老北方战友"的情况。大幕启动，四位满头银丝，身穿旧军装、腰扎宽皮带，精神矍铄、英姿飒爽的女战士出现在舞台上，她们还没有演唱，就博得一阵掌声。及至唱完，整个剧场掌声雷动，热烈的气氛被四位奶奶级的战士点燃。

马东东专为联欢会创作的歌曲《打工者之歌》，以大合唱的形式表演，场面壮观，气势恢宏，表达了亿万打工者的心声。赵梦桃编写了小品《老板不要跑》和《谁发工资》，演出效果极佳，引来阵阵笑声，笑过之后，难免令人泛起一丝苦涩。

童灵编舞《晨曦中的精灵》，表现马路清洁工的精神境界。她不仅指导排练，还把她艺校的学员拉来伴舞。

马晓薇编舞《轮椅上的梦》，既控诉了老板不顾工人死活，致使工人致残的丑恶，又歌颂了残疾人奋发向上的精神。六把轮椅皆为马晓薇提供。

快板书《春节回家的路》诙谐风趣，表现农民工回家过年的种种遭遇，令人发笑，也发人深思。

诗朗诵《我不叫农民工》令人震撼。"是谁给我们起的名字——农民工？这是不平等的名字，这是歧视性的名字。我们不要！我们有自己的名和姓！我叫向天笑，他叫云中鹰！我姐名叫金玉蝉，他妹取名万山红！农民工，这顶帽子我们已经戴了三十年，现在，应该扔进历史的垃圾坑！"

演出正在进行，何大雄急匆匆找到马北北说：表哥，不好了，有几个警察来到剧场门口，说我们这是非法集会，要么停演散场，要么缴罚款。他们要找负责人说话。

马北北骂了一句：扯淡！就气呼呼地来到门口，对几位警察说：我就是这里的负责人。诸位有什么说头？

几位警察见来人派头不小，不知深浅，态度也就和缓了不少。其中一个领导笑着对马北北说：你们没有在公安部门登记，我们都不知道，属于非法集会。

马北北皱眉问：怎么样？

那领导说：停演，或者罚款。

马北北大声说：你不知道，就能说明我们没登记吗？告诉你，是我亲自给我的大舅哥何昊天打电话登的记。大舅哥，懂吗？你们的局长何昊天的妹妹，是我的老婆！不信？那你马上打电话问何昊天，打呀！马上打！

那位领导笑着说：啊，既然这样，那就是误会，误会！对不起，你们接着演吧。

几位警察走了，何大雄躲在一旁，捂着嘴偷偷笑。马北北一点也不笑，大步进去了。

联欢会顺利结束。由于有一个区级电视台直播，使不少打工者看到了这场演出。后来，有人把演出的视频发到网上，更扩大了影响。

就在这年的最后一天，马北北负责的单位经济适用房竣工验收了，马北北理所当然地考虑到与赵梦桃结婚的大问题。

赵梦桃笑道：直到现在，我妈妈还没有见过她女儿的男朋友。你不见一见未来的丈母娘，怎么好提结婚的事？

马北北觉得有理，就选一个礼拜天，穿一套高级西服，提着高级礼品，和赵梦桃一同去她家，接受未来丈母娘的检验。别看马北北比赵梦桃大了不少，但是，马北北终日坐办公室，面相比实际年龄年轻，再加上他身材魁梧，仪表堂堂，和赵梦桃站在一起，倒也般配。

赵梦桃已经提前告诉妈妈，今天男朋友要来，所以，两个人一到赵家，白菊已经做好准备，迎接重要的客人。

马北北一见赵梦桃的妈妈，很亲热地叫阿姨。马北北小时候虽然和白菊在一起过，但那时候都是孩子，现在好多年过去，两个人根本就互不相认。白菊看到马北北一表人才，不由得心中欢喜。

赵梦桃说：妈妈，这就是我的男朋友，马北北。

白菊听女儿说出"马北北"三个字，一下惊得目瞪口呆。她以为自己听错了，就又问：谁？他是谁？

赵梦桃说：他是马北北，政府的马处长。

白菊这回听清楚了，但是，她还是希望自己听错了，就问马北北：啊，你妈妈是……

马北北想，看来她很想了解未来亲家的情况，干脆多说几句：我妈妈叫何花，原省文工团的团长。我爸爸叫马虎，原省军区副司令。他们都已经离休。

白菊再也不能怀疑自己听错了。她忽然感到天旋地转，陷入一个巨大的旋涡之中，似乎面临灭顶之灾。这难道是上天对自己的惩罚？这难道是自己当年年轻放荡的报应？不行，不能让他们再继续下去，趁着还没有成为事实，坚决斩断他们的联系！白菊的思绪在飞速旋转，在激烈争斗，她在想，如何才能恰当处理此事。

赵梦桃很明白地说：妈妈，我们已经谈了很长时间，准备尽快结婚了。现在是征求您的意见。

马北北也说：是的，阿姨，我们想听您的意见。

白菊想，既然你们说明了，我也就不必绕圈子，就直截了当地说：你们为什么不早征求我的意见？告诉你们，我不同意！

赵梦桃喊道：啊，妈妈你为什么？

白菊冷着脸说：婚姻要讲门当户对。你们俩，门不当户不对的，不配！

她说完，扭身进了卧室，"砰"的一声关上了门。

马北北很尴尬，刚才还火热的心瞬间冰凉。他原来以为，就凭他的条件，在未来丈母娘那里肯定能顺利通过，哪想到会受到如此冷遇！

两个人从家里出来，赵梦桃安慰马北北说：不要紧，我再做做我妈妈的工作，我相信她会同意的。

马北北回到家里，把他去赵梦桃家的事对妈妈讲了。

何花说：对赵梦桃那姑娘，我们还是满意的。就凭你这条件，她妈为什么不同意？

马北北说：她妈说是门不当户不对。

何花问：怎么门不当户不对？她们家是什么情况？

马北北说：赵梦桃家就她和妈妈两个人。

何花问：她妈叫什么？以前是干什么的？

马北北说：这个我倒没有问过。我是和赵梦桃谈对象，问她妈的事情干什么！

何花训斥道：你白长这么大个人，糊涂！女儿的婚姻，她妈至少当一半的家！快打电话问问。

那边，赵梦桃正在和妈妈谈话。白菊觉得，只有说明了实情，才能割断他们的关系，所以，就把她小时候在马北北家，认他妈妈为干妈的事对赵梦桃讲了。赵梦桃听了，惊出一身冷汗，也难怪妈妈那么坚决地不同意，这事的确悬。可是，经过这么长时间的接触了解，她确实爱上了马北北，现在真要拉倒，赵梦桃无论如何也舍不得。思想斗争了一阵子，她对妈妈说：你们那时候又没有到有关部门办什么正式领养手续，关系不能成立，是非法的。再说，也没有一点血缘关系，我和马北北结婚应该是合法的，没有问题。

白菊说：合法不合理！我思想上通不过，何花他们家知道了真情，也不会同意的！

就在这时，马北北给赵梦桃打来电话，问她妈妈的情况。赵梦桃看着妈妈。白菊故意大声说：你还犹豫什么？全告诉他们！就说你妈妈叫白菊，过去是文工团的演员，别人都叫她"小百灵"！

电话声音很响，白菊的话，马北北听到了，旁边的何花也听到了。两个人你看我，我看你，谁也不说话。这事太突然，太令人猝不及防，太不可思议了，简直令人无话可说！

良久，何花看着马北北那垂头丧气的样子，安慰道：真想不到会是这样。

北北，我看这事不能再提了。好姑娘多得很，再找一个吧。

马北北来到自己的房间，一下瘫卧在床上。他回忆起小时候，白菊、马东东和他在一起的情景。那时候，他们兄弟俩喊白菊为姐姐，虽然相处的时间不长，但是，关系很融洽。马北北很后悔，为什么不早一点去赵梦桃家，早一点把事情搞明白！现在，两人感情深厚，要结婚了，却成了不可能的事。美好的希望瞬间变成镜中花、水中月。

马北北无精打采的样子，让老马看了很不高兴。何花觉得，这不是儿子的错，生怕老马责怪北北，就把实情对老马讲了。

老马说：不知者不为过。这也没有什么。谈对象嘛，这个不行，另找一个就是了，犯得着摆那种半死不活的样子吗？

何花说：你个老马，不懂年轻人的感情！两人好了这么久，忽然被王母娘娘划了一道天河，能不难受吗！

老马说：那谁是王母娘娘？你？

何花说：我倒是挺喜欢那个小姑娘，只是天理人伦不容。

老马说：这都是他自作自受，怨不得别人。

马北北毕竟成熟一些，感情上受的伤害尚能承受。赵梦桃可就不行了。原来在一起耳鬓厮磨的时候，没有体会到热恋的幸福，现在骤然变故，再相处下去变为不可能，就特别留恋那美好的时光，越发不能承受爱情的伤痛。几天不见，她无法忍受与马北北分离的痛苦。周末下午，赵梦桃给马北北打电话，约他到"小豆豆"咖啡厅聚会。

马北北也十分思念赵梦桃，接到电话，立即前往。两人一见面，赵梦桃立即抱着马北北的肩膀泪流满面。她流着泪，不住地亲吻马北北，好像已经到了世界末日，再不热吻就没有机会了。

赵梦桃说：北北，北北！我们该怎么办？难道就这么完了？

马北北说：我想不出更好的办法……

赵梦桃说：你一个堂堂男子汉，是女人的靠山。你都没主意，我又能怎么办？难道我们的命运就掌握在别人的手里？

马北北说：我们和命运抗争，就会伤害三位老人。

赵梦桃固执己见：不会的，不会的！一旦成为事实，他们就不得不接受我们的选择。北北，我们今晚就去开房，我们把生米做成熟饭！

马北北还是比较理智，摇头道：不行，那样我就害了你。

赵梦桃说：如果我们不能相爱，我活着有什么意思？不行的话，我就去死！北北，我们一块死吧，我们到天堂去相爱！

马北北苦笑道：你真是孩子气。我们的事并非绝对没有可能，时间就是我们的希望。干吗往绝处想？

赵梦桃说：那我们要等到猴年马月？我有一个主意。我们公司王总准备在我国南方发展，我想就此机会到南方去。你干脆辞职和我一起去南方打拼。到那里，我们就可以相爱结婚。你在政府当个小处长，整天看别人眼色行事，有什么意思！

马北北实际上也想脱离机关。他负责单位的房建工程，做了一些不可告人的事，他想就此洗手脱身。听赵梦桃一说，他马上赞成，于是两个人达成共识。临别，赵梦桃给了马北北一个长长的甜蜜的热吻，吻得马北北几乎喘不过气来。

马北北把要辞去政府职务下海的事，正式对父母亲说了。离休之后，很少发火的老马气得火冒三丈，大骂马北北混蛋，愧为马家的种！

何花很少见老马如此震怒，虽然他骂得很难听，何花也不敢吭气。

马北北已经决心辞职，也就不怕老马发火，小声嘀咕：机关里下海的人多了，何况领导也鼓励，我为什么不能下海？

马北北的话无异于火上浇油。老马一听，更是七窍生烟，暴跳如雷，他骂道：你以为我不知道你的阴谋诡计？你早不辞职，晚不辞职，偏偏这时候辞职，还不是为了那个小妮子！为一个女人如此，你还有什么出息！

马北北也许被骂昏了头，竟然嘀咕道：为一个女人不见得就没有出息。当年你为妈妈……

老马想不到这个小儿子会为一个女孩子顶撞他，更想不到他会说出如此放肆的话来。他心脏病突然发作，昏倒在地。

马北北后悔莫及，赶紧打电话叫急救车。何花也顾不得责备儿子，抱着

老马大喊：老马，老马！你醒醒！

老马一进医院，就住进高干特护病房。突然昏厥倒是抢救过来了，但是，老马出现好几种器官衰竭的危象。人到暮年，尤其需要精神支柱，而现在，老马的精神支柱坍塌了。大儿子因为犯贱离婚，小儿子因为有违人伦的乱爱而舍弃公职。老马从两个儿子身上，感到了失败的痛苦和怨愤。现在唯一的精神慰藉就是何花了。特护病房，时刻都有人值班。但是，老马一刻也离不开何花，一睁眼见不到何花他就不愿意。如果何花二十四小时守在病房，她身体也受不了。所以，马晓薇和马东东就轮流值班守护。马北北是不敢露面的，外面的事就由他去跑。白天，老马一睁眼看到何花，就抓住她的手不松。

老马的战友、原副省长葛福林由女儿陪着，来看马虎。葛福林说：老哥，别忙着去你们一家子马克思那里报到。我还有点私事没有办完，等等我，咱俩一起走。

马虎说：你这家伙总是"私"字当头，当年我们在战场上的劲头哪里去了？好，报到我等你。

原文工团团长廖冲和祁雅莉一同来看马副司令。马副司令问：你们两口子有什么仙方妙药，身体保养得这么好？

廖冲笑道：告诉你，马副司令，我们的养生诀窍就是，天塌下来也不管，只要两口子好就行。

原文工团协理员李其初是坐在轮椅上，由儿子李进推着来的。为了能把轮椅推进特护病房，李进还和护士长吵了一架，最终获准。

李其初说：马副司令，你得感谢我。当初我要把何花调文工团，你还不干，何花她要不去文工团，以后就是个带孩子的家庭妇女。你看，我们给你培养一个多么好的夫人啊！

马副司令说：是啊，不是我替你说情，你这"胡风分子"早蹲监狱去了，哪有今天。

老马精神不济，各种脏器日渐衰竭，所以，医生严禁他人来病房探视。后来，连家人也不让进来了。但是，老马清醒的时候，必须要何花在跟前，还必须抓住何花的手才行。医生知道病人的时间已经不多，也就允许何花在旁边守护。

这天晚上，医生悄悄对何花说：病人情况不好，今晚你要有思想准备。何花就一刻也不敢离开，总是抓住老马的手。

老马费力地睁开眼，叫了一声：新媳妇……

何花似显羞涩道：老马，说什么？

老马说：我说过，你啥时候都是我的新媳妇，到那边也是……

何花鼻尖一酸，忍住了泪，勉强笑道：那是，永远是。

老马说：你要是早生几年，咱们就能一起走。

何花说：你要是晚生几年，咱们也能一起走。

老马说：就这也不错，一起过了几十年呢！

何花说：就是，多好的几十年！

老马说：小姑娘，唱支歌吧……

何花就趴在老马的耳边，轻声哼起了他最爱听的歌《北方好地方》。何花的歌声送走了老马。老马在何花的歌声中慢慢松开了他一直抓着的他终生的新媳妇的手。

老马走得很安详，就好像睡着了一样。

何花当时没有流泪，她对老马说：你先走吧，给我在那边盖好新房子，准备迎接你的新媳妇……

丧事办完，何花已经筋疲力尽。晚上，马晓薇不放心，要陪妈妈睡。何花说：放心，你妈妈好着呢。你走吧，我想静一会儿。

夜渐深，人寂静。何花耳际似乎响起一首歌，这是一位歌手引用唐诗的前几句作为歌词开头，创作的一首伤感的歌曲。此时此刻，何花觉得，这首歌比较符合自己的情感，于是，就顺着歌词，吟出了自己的诗句：

君生我未生，我生君已老。

君恨我生迟，我恨君生早。

幸得同船渡，喜结秦晋好。

共为伉俪美，不畏结发槁。
今君去天涯，抛我在海角。
我欲化蝶去，寻觅原上草。
愿为连理枝，同做比翼鸟。
日日伴君行，何惧天地老！

尾　声

北方歌舞话剧团（原文工团）纪念建团 60 周年大会，在新落成不久的省艺术剧院隆重举行。

这几年，各地经济发展了，社会事业也在不断进步，从省到市，发达地区到县、到镇都在建大剧院。一些地方的大剧院从图纸设计就请来外国专家，直到剧院里用的音响设备，甚至座椅都是外国进口的。老百姓说，你们就看着外国的月亮圆。更让老百姓不服气的是，由于占地的原因，一些地方新的大剧院建在新城区，离老城区也就是居住老百姓多的地方太远。这不，就连剧团里一些老演员也不满意，在大堂见了面先发起牢骚。

一个 70 多岁的老团员说：我从西城到这地方，来来回回倒了三班车，光路上就用了一个半小时。

另一个老团员接上说：你能坐上车还算不错，我倒了一班车，就找不着到这儿的公交车了，又怕耽误时间，只好打的，浪费了我十五元钱。

接下来就是一片骂声。

这个说，怪不得把人民两个字拿掉，不叫人民剧院了。原来就是方便那些当官的和大老板。他们有车，不怕路远。

那个说，听说开业排的演出单位全是些大剧团，还有外国的洋剧团。要不是省委书记批示，咱团哪有资格在这种地方开会。

有人接上说，还不是老团长和省委书记的老爹老娘熟。要不是有这层关系，你文工团的信能转到省领导手里？省领导会给你批？

又有人说，现在和过去不一样了。想想当年，咱团年轻的演员哪个周末不到大院去演出，和省领导混得熟得很。咱团的团部是当时省城最好的地方。一提在青竹林上班，谁不高看一眼？

话一落音，周围一片鸦雀无声。因为这个老团员的话勾起了大家对青春岁月的回忆，也触痛了个别老团员心底的疮疤。疮疤是不能随便揭开的，因为看上去疮疤模样不好看，像贴上去的，其实下边同样是血肉，揭开了照样流出鲜红鲜红的血。

这时，不知谁喊了一句：何团长来了！大堂里立刻响起一片热烈而沸腾的掌声。两个年轻的团员正好进来，惊奇地四下看了一眼，相视笑了笑，其中一个不屑一顾地说：嘛呢？不就一老太太，我还以为是省长来了。

来者的确是个老太太。她中等个子，不胖不瘦，体态适中，虽然年事已高，但身板挺得笔直，尤其是那张瓜子脸上容光焕发，一双大眼睛炯炯有神，虽然头发全白了，但也让人一眼难以准确判断她的实际年龄。不过，她行走明显滞缓，脚后跟仿佛拖着沉重的东西，一步一步走得很慢。那些刚才还在叽叽喳喳发牢骚的老团员热情地把她围住，有几个人拉着她的手。

有的说，何团长您还是那么精神，看着比我还年轻。

有的说，这就是咱北方团的精神支柱。几十年了，北方团就凭这根支柱撑着。

老太太说：好了，别拍马屁了！她一开口，露出满嘴洁白的牙齿，整整齐齐的像经过长期训练的列队，让周围的人惊叹不已。哇，快八十的人了，牙口还这么好，真会保养！

老太太四下看了一眼，问："小百灵"来了吗？怎么也不到我身边来？说着，四下看了一眼。

人群自动闪开一条缝，一个六十开外、个子瘦小的女人出现在何花面前，怯怯地叫了一声：团长。

老太太上上下下打量了她一会儿，突然把她紧紧抱在怀里，哽咽着说：

"小百灵"，我的孩子，怎么几年也不来见大姐呢？大姐想死你了。

"小百灵"哭了，在场的老文工团员们，不管男的女的，几乎都抹起了眼泪。

老太太就是何花，北方文工团第三任团长。她之前的两任团长都已先后去世，她就是目前在世的这个团资格最老的领导。关键还不在她的资格老，她的知名度也高。20世纪五六十年代，何花的名字不仅在这个省，就是在全国演艺界也是响当当的，有"金何花"之称。"文革"结束后，一位曾经在北方省工作过、后来调到中央的老同志，恢复职务后到北方省视察，省领导问他想见哪位老朋友，他说帮我约一约"金何花"同志吧。省领导把这个任务交给了省组织部落实政策办公室，落实政策办公室先从省级干部开始查起，后来又查到地厅一级，都没有找到叫金何花的人。两天后，那位老领导离开北方省回京，这事就不了了之。过了半年，省报上发表了一篇文章，介绍全省文艺界复苏的情况，文中提到了"金何花"，说她重新登上舞台，一曲《北方好地方》引爆人民大礼堂热烈而又持久的掌声。省委一位领导这才恍然大悟，"金何花"原来是咱省文工团团长的别称。一直到20世纪90年代，何花还活跃在文艺舞台上。去年省电视台的春节联欢晚会上，她以78岁高龄登台献歌，唱的仍然是她最拿手的《北方好地方》。演出结束，省委书记率着一帮子领导上台接见演员时，握着她的手说：何妈，我是听着您老人家这首歌长大的。

这时，现任团长陈丽丽陪着省委宣传部、省文化厅等有关部门的领导来了。陈丽丽一见何花，上前又是握手又是拥抱，口口声声叫着何妈妈：何妈妈，我本想亲自去接您，可是走不开。何妈妈您不会怪罪我吧？

何花说：怎么会呢？你工作忙，我能理解。再说了，我又不是没长胳膊长腿，你接我，我也是这么来。

陈丽丽一惊，问道：何妈妈，东东哥没送您啊？他说陪您老人家一起来的呀？说完，眼睛四下看了看。突然问旁边一位团里的工作人员：金星星来了吗？

那位工作人员耸耸肩，摇摇头，没看见。

陈丽丽说：我再三叮嘱她早点儿到，一是见见何妈妈何团长，让何妈妈给她指点指点；再就是见见部里和厅里的领导，混个脸熟，大赛的时候……她意识到在一群自己长辈般的老文工团员和几个年轻的团员面前，说的话有点儿唐突、失言，马上改口道：赶快给她打电话，让她抓紧过来。

那位团里的工作人员面露难色，说：团长，人家现在是小明星了，我们说话根本不买账，弄不好还得挨她骂。

何花听了，一脸不悦地说：什么人那么牛，连团里的话也敢不听？想当年……唉，我怎么又提当年了。走，走，咱们上会场。

省委宣传部和文化厅的领导谦让地请何花先走。何花也不客气，大大方方地走在前边。一群老文工团员簇拥着她走上了红地毯。

庆祝会开始后，首先是各级领导讲话，肯定北方歌舞话剧团60年来取得的巨大成就，对北方省文化建设做出的重要贡献，鼓励新的团员继承和发扬老一代团员的光荣传统，深入基层，深入生活，深入人民群众，创造新的辉煌。接着是老团员、年轻团员代表讲话。老团员代表是"小百灵"。她一上场，台下一片唏嘘声，坐在何花旁边的陈丽丽更是生气得直拍大腿。何花一看，也觉得有点儿不高兴。在大堂时，"小百灵"穿着一件短外套，看不见里边穿戴。此刻，她脱去了外套，穿的竟然是一件洗得发白的黄军衣。这件黄军衣一看就有一段历史，也容易让人产生联想。没想到，她语出更加惊人。她说：我的外孙女今年12岁了，从小就喜欢唱歌，嗓子也好。她要报名参加全省的青少年歌曲大赛，长大后还要当歌星，可是我把她拦住了。我对我女儿说，你要是让你女儿、我外孙女走这条路，以后咱就不是母女！

台下一下子静寂了，静得连排坐着的人互相能听见对方的心跳。陈丽丽跳起来，转身向操作室挥了挥手，示意把麦克风掐断。没想到"小百灵"不用麦克风，声音也很清脆、响亮。她接着说，我让大家受刺激了，对不起！今年是咱们团成立60周年，我也整整60岁。要说的话太多太多，几天几夜也说不完。我只想给在座的年轻团员说一句话，你们的父母把你们生了个好模样，千万别对不起你们母亲生你们那阵子痛苦的分娩！

"小百灵"说完，向台下鞠了三个躬，然后转身消失在红色大幕后。不知是谁带头鼓起了掌，掌声在装饰豪华、音响一流的剧院里像大海涨潮一样轰轰烈烈。陈丽丽早已红了脸，亲自跑到台上，双手挥舞了半天，台下仍然掌声不断。没办法，她只好决定临时改变会议议程，马上开始演出，而且把原本放在后边压台的节目——何花和一位青年歌手合唱的《北方好地方》调到第一个来演。

何花毕竟做过团长，演唱水平和综合素质高，既懂得服从组织安排，又懂得怎样调和场上的气氛和调动观众的情绪。她一上台，先开玩笑说："小百灵"刚才表演的小品很有意思，我唱歌也不能让大伙失望。

台下一片笑声，气氛果然轻松了许多。

与何花合唱的青年歌手登台了。她自报家门说：我叫金星星，金子的金，天上星星的星星。今天很高兴能和老前辈同台演出。

何花趁着和金星星对唱时看了她一眼，心里一惊，这小姑娘怎么这样面熟呢？她忽然发现，这小姑娘眉心有一颗红色的"眉里藏珠"痣。咦，这难道是马东东和金玲的女儿小星星？

金星星的确称得上是个美女，中等个子，体形苗条，苹果形的圆脸上青春飞扬，月牙儿似的眉毛下一双水汪汪的大眼睛，虽然脸上化了妆，依然掩不住风华本色。她的嗓子好，演唱技巧也好，对《北方好地方》这样具有浓烈地方色彩的民歌把握得恰到好处，表演不夸张、不做作、不虚伪，让何花暗暗惊叹，真的是后继有人，这小姑娘将来大有发展前途！一曲下来，何花喜欢上了这位小姑娘。然而，接下来却让她生了气。按照人之常情，金星星和她这样一位堪称自己奶奶的老艺术家演唱完，应当主动上前搀扶她一把，和她一起走下舞台。她的确做好了这个准备，并且打算夸她几句，鼓励这位年轻团员。没想到金星星演唱完，只向她远远地点了点头，就大步流星地下了台。

好在主持人还有眼色，上前搀住她的胳膊，请她即席给大家尤其是年轻的团员讲几句话。她早就准备好了腹稿，从从容容地说了一段话。她说：我是在炮火纷飞的东北战场上加入解放军，当上一名文工团员的。60多年了，我自己都记不清参加过多少次演出，给多少观众唱过歌。每一次唱完歌，听到台下观众的掌声，我都会觉得非常幸福。我用歌声带给观众快乐和享受，观众用掌声给了我生活和工作的美好。歌声也让我活得年轻。如果来世让我再选择职业，我一定还会选择当一名歌手！

台下又响起一片掌声。不过，何花自己明显感觉到，给予她的掌声不如给予"小百灵"的掌声热烈。

接下来一个多小时的演出，有歌有舞，还有导演精心安排和组织的台上台下互动，整个活动丰富多彩，不时掀起一个个小高潮。何花和周边的老文工团员不时对某个年轻的团员评点几句。

人们仿佛已经把"小百灵"刚才的话抛到九霄云外。

庆祝晚会结束时，何花在一些老团员的陪同下朝外走。一个老文工团员不满地说："小百灵"真是，也不看看、想想今天是个什么日子，在台上讲那些不高兴的话干吗？

另一个老文工团员感叹地说："小百灵"有些话没讲出来，其实，她也是有感而发。眼下文艺团体改制，实行企业化管理，加上各种文艺团体层出不穷，表演形式千姿百态，竞争越来越激烈，专业团的日子越来越难过，有些演员……

何花突然停下了脚步，惊讶地问：有些演员怎么了？按照她的想象，团里可能哪个演员患重病，付不起手术费医药费；抑或孩子上学、老人生病等等出现了暂时的困难。这种事情，她当团长的时候就经常发生。一个几百人的大团，也属于正常现象。

刚才说话的那个老团员长长地叹息一声：唉，我也说不清。您到门前看看就明白了。

到了剧院门口，何花站在台阶上四下看了一眼，还没等她看出什么不正常，那位刚才说话的老团员朝停车场指了指说：老团长您看见了吗？宝马、奔驰、奥迪、别克……全是几十万一辆的好车，都是年轻团员开的。可是，他们每月的工资收入呢，连加油钱也不够。

何花皱了皱眉头问：你是说？

那位老团员忙说：老团长，我只是让你看看咱们年轻团员的气派。我可什么也没说啊!

何花沉默了。一直到马东东派来的司机把她送回家,一路上都默不作声。

当天夜里十二点多,小保姆发现何花房间的灯光还亮着,轻轻推开一条门缝往里看,她正坐在台灯下,戴着老花镜,一笔一画地写着。何花写的文章,题目就是《 文工团员 》。